BUCHVERLAG
ANDREA SCHMITZ

Die Deutsche Bibliothek — CIP-Einheitsaufnahme

Fichtl, Betti:
Injiziert
6. Auflage — Egestorf: Schmitz, 2007
ISBN-10: 3-927442-33-X
ISBN-13: 978-3-927442-33-7

6. Auflage: 2007

Titelgestaltung: Erik Kinting

ISBN 978-3-927442-33-7

Betti Fichtl

Injiziert

Kapitel 1

Im Mai 1993

Der Abend dämmerte ins Zimmer. Tatjana lag auf dem Bett, die Arme hinter dem Kopf verschränkt, und starrte geistesabwesend zur Decke. Sie träumte ... Um sie herum lagen stapelweise Comics. Sie liebte diese Hefte und Alben über alles, wünschte sich, selber so zeichnen zu können. Das Comic stellte die ideale Ausdrucksform für sie dar, aber sie hatte absolut kein Talent. Statt dessen träumte sie die Geschichten anderer Künstler weiter, veränderte sie nach ihren Wünschen und Vorstellungen und begnügte sich damit, ihre Lieblingsfiguren nachzuzeichnen — selten, daß sie mit dem Ergebnis zufrieden war.

Langsam richtete sie sich auf und stieg aus dem Bett. Nachdem sie ihre Schätze wieder ordentlich in den Schrank geräumt hatte, verließ sie ihr Zimmer.

Unten stand wie immer die Türe zum Atelier offen. Vera Holl arbeitete an einem Aquarell. Sie bemerkte ihre Tochter, ließ sich aber nicht stören.

"Ich gehe aus", sagte Tatjana.

"Wann kommst du zurück?"

"Warum fragst du?"

Tatjana war nicht gewillt, die Frage zu beantworten. Sie war siebzehn und alt genug, ihre Entscheidungen selbst zu treffen, wie sie fand. Sie ging noch zur Schule, die sie ziemlich vernachlässigte. Ihr Interesse daran hatte merklich nachgelassen. Seit dem Tod ihres Vaters vor fünf Jahren, hatten sie und ihre Mutter sich mehr und mehr auseinandergelebt. Das Ganze gipfelte in Carsten, dem mittlerweile festen Dauerfreund Veras. Er ließ keinen Zweifel daran aufkommen, daß er sie nicht als Tochter annahm. Tatjana kapselte sich ab und hörte auf, die Mutter an ihrem Leben teilhaben zu lassen — Carsten wollte sowieso nichts damit zu tun haben. Sie entwickelte eine regelrechte Aversion gegen das gutbürgerliche Leben, um das sich ihre Mutter so bemühte. Ihr kam der Versuch, das ehemalige Familienidyll aufrecht zu erhalten, wie eine Farce vor.

Carsten war nicht ihr Vater, konnte und wollte es nicht sein — wie sollte da ein 'Familienleben' zustande kommen? In ihre Abneigung gegen die 'Fassade' ihrer Mutter mischte sich langsam die Ablehnung von allem und jedem, das auch nur ansatzweise zu der Welt gehörte, in der ihre Mutter leben wollte und in die sie Tatjana hineinzustecken versuchte. Immer häufiger blieb sie mit selbstgeschriebenen Entschuldigungen dem Unterricht fern. Am Abitur hatte sie mittlerweile keinerlei Interesse mehr. In ihrer Vorstellung, die sie mit niemandem teilte — also auch keiner Kritik aussetzte — fand das wahre Leben außerhalb der bürgerlichen Gesellschaft statt. Dort, wo man sich in dunklen Ecken herumtreiben mußte, um der Öffentlichkeit und der Polizei zu entgehen. Dort, wo man verschwiegen-verschworene Gemeinschaften bilden mußte, um nicht in Schwierigkeiten zu geraten. Dort, wo man wußte, was Spaß macht — was genau 'Spaß' nun eigentlich war, wußte sie nicht.
Sie begann sich in Diskotheken herum zu drücken, seit sie alt genug aussah um nicht mehr nach ihrem Ausweis gefragt zu werden, was noch nicht lange zurück lag. Sie ging alleine hin und kam alleine zurück. Sie ließ sich von der Atmosphäre beeindrucken, von den zuckenden Lichtern, den freakigen Leuten, den kleinen Heimlichkeiten die sie hier und da in dunklen Ecken und dem unterirdischen Labyrinth der Toilettenanlage wahrnahm. Sie fühlte sich dabei etwas erwachsener, cooler und abgeklärter. Das Ziel ihrer Sehnsüchte aber lag woanders — es hatte bisher einfach noch niemand versucht sie 'in irgend etwas hineinzuziehen'. Gott und die Welt warnten davor, daß es Typen gäbe, die einen zu Drogen und 'wer-weiß-was-noch-alles' bequatschten. Besonders dieses 'wer-weiß-was-noch-alles' reizte Tatjana ungemein ...
Manchmal gelang es ihr, sich einer kleinen Gruppe anzuschließen. Dabei fiel immer mal der eine oder andere Trip ab, ein Joint, der auf seiner Runde auch an ihr vorbei kam, oder auch nur ein Bier, das ihr einer der Typen ausgab. Bisher war daraus jedoch kein fester Kontakt entstanden. Obwohl sie mittlerweile einen Lieblingsladen hatte, traf sie selten dieselben Leute zweimal. Das mochte daran liegen, daß sie um 23.00 Uhr zu Hause sein mußte — auf Auseinandersetzungen mit Vera hatte sie absolut keinen Bock. Das wurden immer zähe, nervige Dauergespräche in denen Vera versuchte ihre

Mutterpflichten herauszukehren und Tatjana wie verrückt daran arbeiten mußte, daß ihre Mutter weiterhin davon ausging, es sei alles in Ordnung. Tatjana wollte nicht, daß sich Vera um sie kümmerte. Sie empfand es als Einmischung. Das Schlimmste, was ihr passieren konnte war, daß Vera verzweifelt aufgab und Carsten zu Hilfe holte. Der Berufspädagoge und Sozialarbeiter war mit seiner unerträglichen Abgeklärtheit und Allwissenheit, was Jugendliche und ihr Innenleben betraf, einfach das wirkungsvollste Brechmittel, das man sich nur denken konnte. Also war sie immer zu vertretbaren Zeiten zu Hause, ging überhaupt nur freitags und samstags aus. Unter der Woche verbrachte sie viel Zeit mit Musikhören, Comiclesen und Träumen.

Von Ectasy, Hasch und Trips wußte sie bisher nur das, was sie von anderen gehört hatte und das war nicht viel. Irgendwann einmal hatte sie ein Drogeninformationsblatt der Kripo in die Hand bekommen. Es war eigentlich ein gut und wertfrei aufgemachtes Faltblatt, in dem die verschiedenen Drogensorten mit Aussehen, Wirkung, Risiko und Nebenwirkungen aufgelistet waren, aber weil es von der Polizei war, glaubte sie nur das, was ihr gefiel.

Die ganze Anti-Drogen-Kampagne, die Tatjana als reine Polemik ansah, manifestierten in ihr die Überzeugung, daß alles was offiziell über Drogen verbreitet wurde, zurechtgezimmert sei und nur sie die Wahrheit kannte — sie und jene Typen, die sich einen Dreck um Verordnungen von oben scherten. Zu denen wollte sie gehören, nicht zu den 'Heile-Welt-Typen', die den Hauptteil ihres Lebens damit verschwendeten, einen schönen Schein aufrecht zu erhalten, der den Wertvorstellungen einer bestimmten Gesellschaftsschicht entsprach.

Die wenigen eigenen Drogenerfahrungen die sie bisher gemacht hatte, bestärkten ihre Meinung — sie konnte ja sehen, daß man nicht gleich zusammenbrach, in der Gosse landete oder seines Verstandes beraubt wurde.

Ein kurzer Blick traf die Mutter an der Staffelei. Wenn die das wüßte!

"Du schlägst dir die Nächte um die Ohren. Wir wissen nicht, wo du dich überall herumtreibst", sagte Vera über die Schulter.

"Ihr braucht nicht alles wissen", gab Tatjana zurück. Reine Rhetorik — in Wirklichkeit interessierte sich Vera doch gar nicht

mehr für sie. Tatjana dachte an die abgefahrenen Leute im *Fantasy* und schon beim Gedanken daran knisterte es.
Vera seufzte. Tatjana ging ihre eigenen Wege, ohne sie davon in Kenntnis zu setzen, wohin sie führten. Töchter in diesem Alter schweigen über ihre Erlebnisse und verbitten sich jegliche Einmischung, obwohl eine Mutter gute Ratschläge geben könnte. Vera verstand nicht, warum das so war und ob das so sein mußte, aber sie nahm es hin — sie war ja auch mal jung gewesen.
Im Eßzimmer aß Tatjana eine Kleinigkeit. Carsten setzte sich zu ihr: "Ich möchte dir etwas zeigen. Es kann nicht schaden, wenn du das liest." Er reichte ihr die Zeitung und deutete auf einen Artikel.
"Ein Drogentoter", las sie laut. "Und?" Sie überflog den Bericht.
Carstens Gesicht war ernst. "Ein Drogentoter in unserer Stadt. Die Drogenszene hat nun auch in der Provinz Einzug gehalten, schlimm genug."
"Warum erzählst du mir das? Ich bin erwachsen und kann auf mich selbst aufpassen."
"Ich habe dich nur darauf aufmerksam gemacht." Er schwieg. Bei jungen Leuten wußte man nie genau, in welchen Kreisen sie verkehrten, nur, daß sie in der Regel auf 'Teufel-komm-raus' versuchten sich zu amüsieren und etwas vom Duft der großen, weiten Welt zu schnuppern.
Noch immer hielt Tatjana die Zeitung in der Hand und blätterte darin. So was kann mir nicht passieren, dachte sie. Von den paar Tabletten hin und wieder stirbt man noch nicht. Das passiert nur Leuten die dumm genug sind, nicht auf sich aufzupassen.
Sie ging in ihr Zimmer zurück und zog sich um. Ein kurzes, enges Kleid, Schaftstiefel mit hohen Absätzen und eine silberfarbene Nylonjacke — einigermaßen der 'letzte Schrei' und gerade noch bezahlbar gewesen. Sie bekam ein recht üppiges Taschengeld, aber Mode war nun mal teuer.
Ihre schwarzen lockigen Haare ließ sie offen auf die Schultern fallen. So ganz hatte sie ihren kindlichen Traum vom schönen Prinzen auf dem weißen Roß noch nicht überwunden.
Vielleicht, ja, vielleicht kam ja eines Tages dieser 'Prinz' ins *Fantasy* und würde sie mit sich nehmen, in seinem Ferrari, in seine große Villa, auf abenteuerliche Reisen in ferne Länder, sie bräuchte sich

um ihre Zukunft keine Gedanken mehr zu machen und würde sogar ihrer Mutter damit imponieren, oder? — und das konnte alles platzen, wenn sie dann aussah wie Aschenbrödel. Sie warf noch einen letzten Blick in den Spiegel und machte sich auf den Weg.

Sie ging wie immer ins *Fantasy*, wie immer allein.
Hier war alles anders, die Atmosphäre, die Musik und die Leute. Besonders die Leute! Der Raum war in ein flimmerndes Rotlicht getaucht. In den dunklen Ecken saßen Typen die rauchten, Pärchen die knutschten, oder fummelten oder noch hemmungsloser waren — stellte sie sich wenigstens vor; genau erkennen konnte sie es nie, so sehr sie es auch versuchte — bezüglich der Geschehnissen in den 'Separées' ging ihre Phantasie einfach auf Freiflug. Andere tanzten zu den hämmernden Beats, mit denen die wechselnden DJ's versuchten das Publikum in ihren Bann zu ziehen. Tatjana fühlte sich magisch angezogen von dem Flair, badete in dem Gefühl 'cool' zu sein, 'dazu' zu gehören — obwohl sie keine genaue Definition von diesem 'dazu' hatte.
Dafür nahm sie sogar die Musik in Kauf. Ihr eigener Geschmack war irgendwo in den Sechzigern und Siebzigern steckengeblieben: Flower-Power, Beat, Rock 'n Roll, die *Doors*, *Jimmy Hendrix*, die *Rolling Stones*. Von den modernen Bands stand sie mehr auf die wilden Rocker wie *Guns 'n Roses*, *Aerosmith*, die *Toten Hosen* und *Die Ärzte*. Auch wild-romantische Sänger wie *John Bonjovi* und *Brian Adams* konnten sie begeistern. Sogar *Queen* mochte sie sehr — mit dem ganzen Techno- und House-Kram kam sie weniger gut zurecht, aber Läden, in denen etwas anderes gespielt wurde, gab es in ihrem kleinen Provinzkaff nicht.
Mit einer Cola lehnte sie sich in der Nähe der meterhohen Lautsprechertürme an eine Wand. Sie spürte regelrecht, wie die Lichtfinger der gewaltigen Lightshow über ihr Haar flimmerten, ihr Gesicht verzaubert wurde. Sie nahm einen Schluck aus der Flasche und war sich sicher, daß sie genau so aussah, wie sie es sich wünschte: leicht gelangweilt, 'ober-in' und abgebrüht. Tatsächlich schlug ihr Herz jedesmal bis zum Hals, wenn sie hier war. Allein der Gedanke, daß sie Anschluß an Leute finden könnte, die ihrer Vorstellung von 'tolle Typen' entsprachen, die geheimnisvoll, verrucht oder 'freakig' waren

machte sie so high, wie das mit Drogen kaum möglich gewesen wäre.
"He, das ist ungesund, sagt man. Weißt du das nicht?" Der junge Mann, der sich neben sie geschoben hatte lachte, obwohl die meisten Besucher des *Fantasy* bei Wortwechseln zu verzerrten Gesichtern neigten. Es war einfach schwierig sich bei knapp 120 Dezibel verständlich zu machen.
Während sie den Typ musterte, fragte sie sich nervös, ob er wohl spüren könne, wie unsicher sie war. Sie sah ihn hier zum ersten Mal. Vor Aufregung brachte sie kein Wort heraus und tat spöttisch-überlegen. "Glaubst du?" sagte sie endlich, als die Musik gerade ausgeblendet wurde.
Er zog ein Blechetui aus der Jackentasche und schnippte es lässig mit dem Daumen auf. Mit den Zähnen zog er eine etwas unförmige, selbstgedrehte Zigarette heraus und hielt ihr die Dose vor die Nase. "Willst du auch? Das ist eine ganz besondere Sorte." Er zwinkerte dabei etwas.
Zögernd kam Tatjana seiner Aufforderung nach und nahm eine der selbstgedrehten Zigaretten heraus. Sie ließ sich von ihm Feuer geben und sog den Rauch ein. Eine besondere Sorte — in der Tat! Sehr scharf und würzig. Tatjana vermutete, daß es sich um einen Joint handelte und klemmte ihn sogleich zwischen Ring- und Mittelfinger der rechten Hand ein, machte eine Faust und wollte gerade aus der Öffnung zwischen Daumen und Zeigefinger ziehen — wie sie es oft gesehen hatte — als sein heißer, feuchter Atem in ihr Ohr drang — die Musik schwoll wieder zu voller Lautstärke an. "He! Bist du verrückt geworden?"
Tatjana zuckte kurz, rückte etwas von ihm ab und nahm den Joint wieder zwischen die Lippen wie eine Zigarette. Sie warf ihm einen langen, tiefen Blick zu und sog absichtlich etwas geziert. Langsam blies sie den Rauch durch die Nasenflügel. Sie spürte seinen Blick auf ihrem Gesicht, ihrem Körper und fühlte sich taxiert. Er gefiel ihr — mehr als ihr je ein Mann gefallen hatte. Sie wußte nicht, ob es an seiner forschen Art lag, an der schnellen Nähe, die der Lärm in der Disco erzwang oder etwa an dem Image, das sie ihm direkt zuwies — einen Moment hatte sie mit dem Gedanken gespielt über den heimlich untergeschobenen Joint sauer zu sein, aber einerseits

war sie ganz scharf auf jede Art von Drogen, andererseits war es ja möglich, daß er sie einfach gleich richtig eingeschätzt hatte und schlußendlich: Diese Art Kerl gefiel ihr einfach.
"Hajo! Ich heiße Hajo", brüllte er in ihr ausbrechendes Gefühlschaos hinein. Ein kleines Lächeln zeigte sich auf seinen Lippen.
"Tatjana."
"Wie nett."
Plötzlich kam Leben in sie, wenn sie auch das Gefühl hatte, ihr Kreislauf wäre gerade dabei sich zu verabschieden. "Was ist das?" wollte sie wissen.
"Sinsemilla", sagte Hajo gleichmütig.
"Hm?"
"Mensch, das ist Grass", lachte Hajo. "Noch nie Grass geraucht?"
Grass! Sie erschauerte leicht. Gehört hatte sie davon schon, aber bisher hatte sie nur das handelsüblichere 'Dope' geraucht.
Er rückte näher an sie heran. Der Glanz in seinen Augen verstärkte sich, sie signalisierten Gefallen und sprühten fast schon Funken in dem Bemühen um diesen Eindruck. Tatjana mußte lachen. Hajo sah sie fröhlich an. Er hatte scheinbar keinerlei Probleme mit seinem Ego. Andere Typen bekämen einen Anfall, wenn eine Frau lacht, während sie sie anbaggern. Sie fühlte, daß aus der Begegnung mehr würde — der Typ machte sie einfach an. Sie fragte sich sogar ernsthaft, ob sie die Initiative ergreifen sollte, stellte dann aber erleichtert fest, daß es nicht nur unnötig war, sondern eher ungeschickt wäre. Hajo könnte sich verletzt fühlen, wenn sie ihm das Heft aus der Hand nahm. Außerdem würde sie es sowieso nicht bringen. Sie bekam schon Herzflattern, wenn sie nur daran dachte. Hajo hatte damit aber keinerlei Probleme. Er steuerte sie locker und unverkrampft durch den Abend, mischte ruhige Gespräche in bestem Timing mit Tanzeinlagen zu knallharten Beats, vermittelte ihr das Gefühl akzeptiert zu sein, so daß sie sich hemmungslos gehen lassen konnte, ohne sich zu schämen oder um diese neue Bekanntschaft bangen zu müssen. Sie tanzte ausgelassen, schüttete ihm ihr Herz aus und hatte nach nur zwei Stunden das Gefühl ihn schon ewig zu kennen — daß er so gut wie nichts über sich selbst erzählt hatte, schrieb sie ihrem überschwenglichen Redefluß zu. 'Breit' war er nicht, da war Tatjana sich sicher — wenn, dann höchstens sie. Sie vergaß die Zeit und war einfach glücklich.

Irgendwann in der Nacht brachte er sie nach Hause. Glücklicherweise schliefen Vera und Carsten schon. Tatjana legte sich aufs Bett und ließ ihre Gedanken kreisen: Vor ihrem geistigen Auge erlebte sie den Abend noch mal aus der Zuschauerperspektive. Sie stellte sich vor wie sie in den einzelnen Situationen ausgesehen hatte, wie sie und Hajo auf andere wirkten, wie cool sie gewesen war, wenn sie rauchte ...
Hajo hatte sie regelrecht verzaubert. Es gab sie wohl wirklich, die Liebe auf den ersten Blick — sie hatte sich in ihn verliebt. Tja, und er war ein Kiffer. Das war zum einen praktisch, weil sie nun wohl problemlos an Dope gelangen würde, zum anderen war es genau der joviale Umgang mit Drogen und Illegalität, der Hajo in ihrer Weltanschauung als 'abgefahrenen Supermacker' definierte. Ob er viel rauchte, womöglich davon abhängig war? — Einerseits wußte sie, daß Haschisch keine körperliche Abhängigkeit verursachte, andererseits war es illegal und verlieh dem Ganzen diese schillernde Aura des 'Untergrundes'. Sie war schlicht begeistert von ihm! Das unangenehme Gefühl, tief in ihrem Inneren, ignorierte sie, weil sie es ihrer Erziehung — 'Konditionierung' wie sie neuerdings sagte — zuschrieb. Die in dem Kripo-Blatt erwähnte 'psychische Abhängigkeit' hielt sie für an den Haaren herbeigezogen — so was konnte Leuten wie ihr oder Hajo nicht passieren. Und wenn doch: Die 'Freakbrothers'[1] machten es auch so und sie nahm einfach mal an, daß die Geschichten halbwegs autobiographisch waren. Also würde Gilbert Shelton[2] so leben und der war immerhin schon ziemlich alt und lebte immer noch. Eine Biographie über ihn hatte sie allerdings nicht gelesen. Immerhin konnte es ja sein, daß ihre Vorstellung nicht der Wirklichkeit entsprach und das hätte sie nicht ertragen können. (Tatsächlich sagte Shelton in Interviews, daß er sich nicht vorstellen könne, daß irgend jemand tatsächlich auf die Idee käme, die 'Freakbrothers' seien auch nur ansatzweise realistisch — es war eben alles ein riesengroßer Spaß; diese Interviews hatte Tatjana aber nie gelesen.)
Sie ließ die trüben Gedanken fallen und gab sich lieber süßen Träumen hin. Es war alles viel zu schön. Sie fiel in einen unruhigen Schlaf.

Lautes Pochen an der Tür riß sie in die Wirklichkeit zurück. Langsam drang Carstens Stimme in ihre Träume: "Vergiß nicht aufzustehen."

"Laß mich in Ruhe", brummte sie und drehte sich auf die andere Seite.
Als sie hinunter kam, war Carsten schon außer Haus. Er war Heimleiter und eine starke Persönlichkeit. Sein scharfer Blick drang einem in die Seele. Sie empfand ihn wie einen Schnüffler im Haus. Das erschreckte sie. Wenn sie regelmäßig kiffen würde, bliebe ihm das nicht lange verborgen.
Mit einer Tasse Kaffee nahm sie im Eßzimmer Platz, nachdem sie sich vergewissert hatte, daß auch ihre Mutter gegangen war. Sie plante für diesen Tag etwas anderes, als zur Schule zu gehen: Sie wollte sich mit Hajo treffen. Dieser Gedanke brannte in ihr und jagte Schauer über ihre Haut.

Als sie das Haus verließ, war es erst 9.00 Uhr. Sie ging noch eine Weile ziellos durch die Straßen, bis sie zu ihrem Haus zurückkehrte und auf Hajo wartete. Der Tag war kühl und regnerisch, doch sie fand ihn wunderschön — er hatte eine völlig neue Dimension bekommen. Hajos Gesicht mit dem blonden Wuschelhaar, die Augen mit dem eigentümlichen Glanz darin, waren ihr allgegenwärtig.
Ein Wagen kam die Straße herauf. War das Hajo? Sie erkannte sein Gesicht hinter dem Steuer. Er lächelte ihr flüchtig zu und ließ sie einsteigen.
"Wohin?" fragte sie.
"Wo wir ungestört sind."
Die Antwort überraschte Tatjana. Warum wollte er nicht gestört werden? Was hatte er vor?
"Wie fühlst du dich heute?"
"Nicht schlecht", wich sie aus. Ihre Stimme klang nicht so gleichgültig, wie sie es wollte. Sie war wie elektrisiert. Verstohlen musterte sie ihn von der Seite. Die blonden Haare kräuselten sich um ein markantes Profil. Viele Fragen brannten auf ihren Lippen. Sie wagte nicht sie auszusprechen, wollte nicht neugierig sein. Noch kannte sie Hajo zu wenig — sie kannte ihn eigentlich überhaupt nicht. Er war geheimnisvoll — hurra! — und er kam ihr zuvor.
"Du tust wohl gar nichts? Eigentlich solltest du jetzt nicht neben mir sitzen."

Sie lächelte kurz. "Nein, das sollte ich nicht. Aber ich wollte mich mit dir treffen. Jetzt. Und du? Hast du dich irgendwo freigemacht?" Ihr Lächeln vertiefte sich.
"Ich habe einen Job. Im Moment habe ich Urlaub."
"Ach! Ich bin noch in der Schule und habe keinen Bock auf das Abi. Ich bin siebzehn. Und du?"
"Dreiundzwanzig."
Sie sah ihn aus den Augenwinkeln an. Ob er Dope dabei hatte? Sie fand den Gedanken stark, mit einem Typen unterwegs zu sein, der Drogen mit sich rumschleppte, als wäre es die normalste Sache der Welt.
Hajo führte sie in das *Mount*. Hier war er regelmäßig anzutreffen, wie er ihr erklärte. Es war noch relativ ruhig, schließlich war es erst halb zehn vormittags. Aus den bescheidenen Lautsprecherboxen kamen alte Stücke von den *Doors*, aber auch moderner Punk. Sie fand, daß das genau die Art von Laden war, die ihr entsprach — sie war glücklich.
Sie setzten sich an einen Tisch in der Ecke, neben der Türe. Hajo saß ihr gegenüber. Seine Augen glänzten noch immer eigenartig — und zogen sie magisch an. Er bestellte zwei Cola. Ein Typ kam herein und setzte sich zu jemandem am Tisch gegenüber. Tatjana beobachtete, daß die beiden in einen heftigen Wortwechsel gerieten. Hajo zog das Blechetui heraus und bot ihr einen Joint an — am Vormittag!
"Vielleicht später." Für einen Augenblick mischte sich Zwiespalt in ihre Faszination, aber die Joints lockten, Tatjanas Widerstand schmolz, sie griff schließlich doch zu. Wer weiß wann sich die nächste Gelegenheit bietet, dachte sie — und: Cool! Am Morgen ein Joint und der Tag ist dein Freund! Sie fühlte sich tierisch. Hajo beobachtete sie fasziniert.
"Sinsemilla?" fragte Tatjana lächelnd, als sie ihm zart das Feuerzeug aus der Hand nahm.
"Äh, nö. Grüner."
Tatjana nahm an, daß Hajo voraussetze, daß sie wußte was er meinte. Sie wurde ein bißchen rot, als er sie mit schiefem Kopf angrinste: "Ist doch egal. Dope jedenfalls."
Sie zündete sich so beiläufig wie möglich den kleinen Joint an, der fast so aussah wie eine verunglückte selbstgedrehte Zigarette.

Langsam und genießerisch blies sie ihm den Rauch ins Gesicht, als würde er ihr besonders gut schmecken. Tatsächlich trieb ihr das starke Zeug Tränen in die Augen, sie mußte sich kurz umdrehen, um sich mit dem Ärmel über die Augen zu wischen. Hajo ließ sich nicht anmerken, ob er es bemerkt hatte. Sie war ihm dankbar dafür, denn entgangen war es ihm vermutlich nicht. Sie entspannte sich etwas und nahm noch einen Zug. Es war ein Spiel mit dem Feuer, und es reizte sie. Sie wußte vom Vorabend, daß seine Joints ziemlich stark waren und bei ihr deutliche Wirkung zeigten, aber morgens ... ?
"Sag mal, weißt du wo ich was Dope bekommen kann?"
Tatjana war auf die Schnelle nichts Besseres eingefallen und im Grunde wollte diese Frage dauernd aus ihr heraushüpfen, aber bisher hatte sie sich nie getraut. Bei Hajo war das anders — es war ihr regelrecht peinlich, wie sie herausgeplatzt war.
"Na hier! Ich sag dir Bescheid, wenn ich einen seh'."
Aufgeregt sah sie sich um.
"Nun guck nicht gleich!"
"Wieso nicht?" Sie hätte sich am liebsten auf die Lippen gebissen, für diese Frage.
"Frag nicht so blöd!"
Tatjana schwieg einen Augenblick. Ein Gedanke schoß ihr durch den Kopf, der sie beunruhigte: Wenn sie in eine Razzia geriete, würde ihre Mutter informiert werden — und Carsten!
"Du mußt keine Angst haben. Das gibt es doch überall, nicht nur hier", beruhigte Hajo sie, der die Angst auf ihrem Gesicht sah. "Aber wenn du so auffällig guckst, wird keiner der 'unauffälligen' Herren Bock haben, sich mit dir zu befassen. Da könnten sie ja gleich das Fernsehen einladen, nicht wahr?"
Er schaute in ihre Augen, und sie glaubte ihm — was auch immer. Er war bei ihr. Für sie war er fast so etwas wie ein Wesen von einem anderen Stern.
Sie quatschten über Gott und die Welt, berührten einander immer wieder beiläufig an den Händen und tauschten tiefe Blicke aus. Gegen Mittag war noch immer kein Dealer aufgetaucht. "Ein andermal vielleicht", meinte Hajo.
Tatjana zog einen Flunsch. Dann fiel ihr Blick auf die Uhr und sie ließ sich seufzend im Stuhl zurücksinken: "Ich muß nach Hause."

"Du Ärmste." Er sah ernsthaft betroffen aus.
"Du hast mir noch nicht gesagt, wie du wohnst." Tatjana wollte mit dieser Frage das Gespräch beenden um aufzubrechen, aber sie gestand sich ein, daß sie sich keine besondere Mühe damit gab.
"Allein. Ich brauche meine Freiheit", sagte er.
"Freiheit", wiederholte Tatjana. "Das muß schön sein." Sie dachte an Zuhause und kam sich beengt vor. Jetzt noch mehr, wo die Freiheit in Form von Hajo neben ihr saß.
"Ich muß los. Fährst du mich?"
"Nun drängel doch nicht gleich." Er nahm noch einen Joint. Diesmal bot er ihr keinen mehr an — es war nur noch einer im Etui — und sie wirkte ohnehin schon etwas angeschlagen. Stumm wartete sie ab. Hajo zeigte keine Eile. Er tauchte seine Augen in die ihren und sie vergaß wieder alles um sich herum. Sie genoß den Duft des 'Grünen' — sanft blies Hajo den Rauch in ihr Gesicht und lächelte. Der Zauber des Augenblicks machte sie atemlos.
"Nun?" erinnerte sie, als der Joint zwischen seinen Fingern verschwunden war. Sie wurde unruhig. "Kannst du überhaupt noch fahren?"
"Na sicher", brummte er und winkte lässig in Richtung Bedienung, beziehungsweise des schmuddeligen Kerls, der die Bedienung darstellte.

"Ich rufe dich an", versprach er, als er sie vor dem Haus absetzte. "Und morgen gehst du in die Schule."
Benommen schaute sie dem Wagen nach. Sie freute sich auf ein Wiedersehen und sie war sicher, daß er sie wiedersehen wollte — daß er wirklich anrief.
Später, in ihrem Zimmer, dachte sie über die Kifferei nach. Am Anfang hatte es bei ihr überhaupt keine Wirkung gezeigt — da hatte sie angenommen, daß es zuwenig gewesen war oder nicht gut oder sie irgend etwas falsch machte. Es mußte ja schließlich einen Grund dafür geben, daß all die anderen Typen kifften. Später — weil sie sich beharrlich darum riß, es auch mal auszuprobieren — fühlte sie sich, als hätte sie gerade einen Marathonlauf hinter sich. Weiterhin ging sie davon aus, daß irgend etwas nicht richtig war. Von Hajos Joints war ihr richtig schwummrig geworden, aber jetzt hatte sie sich schon etwas daran gewöhnt und gab sich größte Mühe, Gefallen daran zu finden, schließlich wollte sie das 'Feeling' der 'Freakbrothers' für sich erobern!

Kapitel 2

Gedankenverloren ging Tatjana ins Haus. Sie träumte den schönsten Traum von allen und — er war wahr geworden! In der Diele stieß Tatjana mit ihrer Mutter zusammen.
"Entschuldige", murmelte sie.
"Du kannst essen."
"Jetzt nicht", rief Tatjana von der Treppe zurück. Sie war in Gedanken schon in ihrem Zimmer.
Hinter Vera tauchte Carsten auf. "Was sind denn das für Manieren", fragte Vera ihn. "Verstehst du das?"
"Wer weiß." Er zuckte mit den Schultern.
Tatjana schloß sich in ihrem Zimmer ein. Sie wollte allein sein. Die vier Wände bedeuteten für sie eine Oase, in die sie sich zurückziehen konnte. Sie legte die *Doors* auf und versuchte sich die Situation, in der sie steckte, vor Augen zu führen: Hajo war ein Wahnsinnstyp und sie liebte ihn. Er war älter als sie, aber das machte nichts. Er hatte eine eigene Wohnung und arbeitete; sie wohnte bei ihrer Mutter und ging noch zur Schule. Er kannte sich aus und konnte ihr alles beibringen — einschließlich Sex! Er wußte wo man Drogen herbekam, wie man mit ihnen umging und was Spaß machte — perfekt! Ein voller Glücksgriff! — "Das habe ich mir verdient!" kicherte sie, den bekannten Werbeslogan zitierend, in sich hinein. Dann wurden ihre Überlegungen kritischer: Ob er drogensüchtig war? Irgend jemand hatte mal gesagt, daß Hasch eine Einstiegsdroge sei. Ob er sich unter Kontrolle hatte? Ob er damit umgehen konnte? Was, wenn er ein haltloser, schwacher Charakter war, der selbst gestützt werden mußte und sie mit sich ins Unglück zog?
Aber der Zauber, der von ihm ausging, besiegte die widersprüchlichen Gefühle. Er wirkte überlegen und stark und das gefiel ihr, reichte ihr vollkommen.
Die Bücher auf dem Schreibtisch erinnerten sie an die Schule. Morgen würde sie ihrer Verpflichtung nachkommen. Hajo wollte es so! Sie rief sich seine Worte ins Gedächtnis zurück und lauschte verzückt dem Klang seiner Stimme, der in ihr an- und abschwoll, wie die Saiten einer Gitarre. Sie liebte diese Stimme mit dem tiefen,

angenehmen Klang. Sie würde alles tun was er wollte — er würde doch sowieso nichts von ihr verlangen, was nicht gut für sie wäre. Sie war jetzt erwachsen, hatte einen Freund, einen 'Lover', einen, der auf sie aufpassen konnte, einen, der sie mitnahm in die große weite Welt der Szene, der Pisten, der Clubs und Partys.
Im Haus schrillte das Telefon. Tatjana schnellte hoch und zitterte. Mit einem Satz war sie an dem Apparat in ihrem Zimmer und hielt den Hörer in der Hand. Ihr Herz schlug wie ein Presslufthammer: "Hallo? Oh ... einen Augenblick bitte." Sie rief nach ihrer Mutter und leitete das Gespräch ins Erdgeschoß weiter. Deprimiert setzte sie sich an den Schreibtisch. Rief er noch an diesem Abend an oder erst am nächsten Morgen? Das Warten zerrte an ihren Nerven, obwohl sie gerade erst damit angefangen hatte. Zudem wollte sie so schnell wie möglich wieder einen Joint rauchen. Sie konnte fühlen, wie sie langsam dahinter kam, was alle anderen so toll daran fanden. Wieder durchströmte sie dieses 'Zugehörigkeitsgefühl', fühlte sie sich so unglaublich 'wissend'.

Der Nachmittag verging und sie saß immer noch herum, unfähig etwas Vernünftiges zu tun. Als sie keine Nerven mehr dazu hatte, Hajos Namen mit unzähligen kleinen Herzchen verziert auf Hefte, Zeitschriften und sonstige freie Flächen zu malen, ging sie hinunter.
"Ißt du jetzt mit uns?" fragte Vera.
Hatte die denn keine anderen Sorgen? "Ich möchte nicht", entgegnete Tatjana.
"Was ist los mit dir?"
"Nichts."
Vera fiel auf, daß Tatjana anders war als sonst — und das lag nicht nur daran, daß sie zwei Mahlzeiten ausließ. "Es ist spät geworden gestern", sagte sie schließlich. Bei Tatjana wußte man einfach nicht, wie sie reagierte. Das Zusammenleben mit ihr gestaltete sich schwierig, obwohl Vera sich tolerant zeigte. Auch Carsten konnte ihr dabei nicht weiterhelfen. 'Intensiven Kontakt zur Bildung einer Vertrauensbasis', hatte er mal gesagt. Das klang noch anstrengender als es blöd klang. Vera hatte ihn danach nicht mehr gefragt.
"Ja?" fragte Tatjana, als wüßte sie von nichts.
"Ich habe dich gehört."

"Ich sagte doch, ich gehe aus." Tatjana fühlte sich in die Enge getrieben. Wie gerne hätte sie Vera alles erzählt, aber niemals konnte sie damit rechnen, Verständnis oder gar Billigung von ihr zu erfahren. Mit an Sicherheit grenzender Wahrscheinlichkeit würde sie sich besorgt zeigen, tausend peinlich-kleinliche Fragen stellen und mit Tatjanas Gefühlen nichts anfangen können. Am Ende wollte sie Hajo noch kennenlernen — das fehlte gerade noch! Nach dem Vormittag wurde sie nicht gefragt, wozu auch — da war sie ja eigentlich in der Schule und somit wohl behütet. Ha! Als ob Vera auch nur einen Moment darüber nachdenken würde, was das beste für ihre Tochter wäre: Glücklich zu sein oder das Abi zu machen. Es war in diesem Haus nicht möglich, ein freies Leben zu führen und Tatjana wollte frei sein.

Nachdem Vera sich Tatjanas mürrischen Gesichtsausdruck lange genug angesehen hatte zuckte sie mit den Schultern und resignierte. "Du tust ja doch, was du willst. Na gut, dann mach — du mußt es ja wissen." Vera registrierte eine auffällige Unruhe bei ihr und fügte noch etwas hinzu. "Bist du heute Abend zu Hause?" Das Telefon unterbrach sie.

"Das könnte für mich sein", kam Tatjana ihr zuvor. Sie stürmte nach oben, noch bevor ihre Mutter den Mund wieder zuklappen konnte und hechtete an den Apparat in ihrem Zimmer. Es klingelte gerade zum zweiten Mal. "Hallo?" keuchte sie und stieß die Tür zu. Ihr Gesicht erhellte sich. Die schmeichelnde Stimme klang in ihre Gefühle, als sei er ganz nah.

"Wie geht es dir?" fragte er.

Sie wollte sagen: Ich warte auf dich, entschloß sich dann aber dazu "Eigentlich habe ich auf deinen Anruf gewartet", zu sagen.

"Wann können wir uns sehen?" Er machte eine Pause.

Ihr Herz klopfte. "Gleich."

"Ich hole dich in einer Stunde ab."

"Wo sind wir heute abend?"

"Im *Fantasy*", sagte er.

"Okay, bis dann ... "

Sie legte sich aufs Bett und versank wieder in ihre Gedanken. Die Schule klammerte sie aus den wundervollen Träumen aus. Sie raffte sich nicht auf, sich mit den Büchern auf dem Schreibtisch zu

beschäftigen. Dann fiel ihr ein, daß sie sich ja noch zurechtmachen mußte und sie stürzte sich auf ihren Kleiderschrank. Als sie sich ganz sicher war, daß sie jedes verfügbare Teil einmal in Betracht gezogen hatte, traf sie ihre Wahl. Schließlich fiel sie noch über ihre Schminke hcr. Sie verfluchte sich wegen der Trödelei nach Hajos Anruf. Nun mußte sie schon hetzen. Plötzlich hörte sie die Stimme ihrer Mutter: "Hier ist Besuch für dich."
Tatjana fuhr zusammen. "Sagtest du Besuch?" rief sie.
"Ein junger Mann."
Tatjana warf ihrem Spiegelbild einen kritischen Blick zu, fand, daß es einigermaßen ging und schnappte sich ihre Jacke. Die Nacht sollte ihr gehören, ihr und Hajo.
"Tschüß!" rief sie, als sie an ihrer Mutter vorbeirannte. Der Blick, den Vera ihr nachwarf, endete an der zufallenden Haustür.

"Hallo! Schön, dich zu sehen", hauchte Tatjana und gab Hajo ein flüchtiges Küsschen auf die Wange, das ihre Aufregung kaschieren sollte. Er lächelte und nahm sie in den Arm. Dann steuerte er seinen Wagen an, der etwas weiter unten an der Straße stand. Sie hätte laut schreien können ob dieser Umsicht — Vera wäre sicher stutzig geworden, wenn der Freund ihrer Tochter solch einen Wagen hatte.
"Was hast du so den ganzen Tag gemacht?" fragte er.
"Ach, eigentlich nichts."
"Nanu, nicht zur Schule gehen, keine Hausarbeiten, keine Freundinnen treffen ... nichts?"
"Nein, nichts", lachte sie und schmiegte sich etwas enger an ihn. Sie dachte, daß er so spüren würde, wieviel er ihr bedeutete, aber Hajo runzelte die Stirn. Er hatte gedacht, Tatjana sei ein wohlerzogenes Mädchen aus gutem Hause, dessen Lebensweg einigermaßen vorgezeichnet war. Völlig auf diese zu erwartende Stabilität eingestellt, traf ihn die Vorstellung, sie könnte genauso eine haltlose Herumtreiberin sein wie er und all die anderen, die er kannte, hart und unvorbereitet. Er sah seufzend ein paar Träume platzen und klimperte unruhig mit den Schlüsseln.
"Ist irgendwas?" fragte sie.
"Nein, schon gut", brummte er. "Ich finde das bloß nicht gut."
"Was ... " Tatjana mußte schlucken.

"Na ja ... daß du dich hängen läßt. Was du jetzt in der Schule verpaßt, das fehlt dir morgen und du wirst es bitter bereuen. Ich hatte dich einfach für vernünftiger gehalten ... und klüger."
Tatjana kämpfte mit den Tränen.
"Hey! Schon gut. Komm, so war's nicht gemeint. Es ist nur ... weißt du, ich glaube, ich mag dich."
Eben noch von der Möglichkeit abgestoßen, Hajo könne ein verkappter Spießer à la Carsten sein, schmiegte sie sich nun um so fester an ihn.
"Ich mag einfach die Vorstellung nicht, daß du ... nun ... daß bei dir was schieflaufen könnte, weißt du? Ich kenne jede Menge Mädchen, die einfach aufgehört haben etwas aus sich zu machen. Sie sind ausgebrannt und langweilig. Du hast eine Chance" — er nickte in Richtung ihres Hauses — "die du nutzen solltest."
In Tatjana liefen tausenderlei Gefühle gegeneinander an. Irgendwo schrie eine innere Stimme: Der hat doch keine Ahnung, wovon er redet. Chance — pah — aber eine andere warf dazwischen: Verglichen mit den Mädchen die er meint, hast du sicher eine ganz hervorragende Chance! Hör sofort mit diesem kindischen Selbstmitleid auf. Die Vorstellung von Freiheit, wie sie sie meinte, und diese konservative, gesellschaftshörige Ansicht von 'Schule-Job-Karriere' prallten aufeinander. Wie paßten Hajo, seine Art sich zu geben, zu handeln, mit dieser 'quasi-Ablehnung' seines Lebensstils zusammen?
"Ich weiß gar nicht was du meinst", quengelte sie schließlich, als sie neben ihm im Auto saß.
"Ach nein? Na, dann will ich es dir mal erklären, Herzchen: Du steuerst pfeilgerade auf das Leben einer Friseuse zu und ich hasse Friseusen. Wie will man ein einigermaßen interessantes Leben führen, wenn man nicht mal mitkriegt, was um einen herum vor sich geht? Wie will man sich durchsetzen, wenn man nicht weiß, wie man es anstellen muß?"
"Bahnhof!" sagte sie trotzig.
"Cool sein und Null-Bock sind kein Job. Selbst wenn du keinen Job willst, muß du eine Menge drauf haben, um dich anders durchzuwurschteln. Ich weiß, wovon ich rede ... ich habe heute schon wieder meinen Job verloren."
Eine Weile herrschte kaltes Schweigen zwischen ihnen. Dann versuchte Tatjana es anders herum. "Warum?"

"Was?"
"Warum hast du deinen Job verloren ... warum, äh, heute?"
Hajo sah stur geradeaus. "Weil ich heute erst nach der Mittagspause zur Arbeit kam. Meine Ausrede wollte der Meister schon gar nicht mehr hören. Ich habc cs einfach übertrieben ... "
"Wegen mir?"
"Wegen dir, oder wegen irgendwas anderem. Vielleicht wäre ich ohne dich heute hingegangen. Morgen hätte ich dann vielleicht unterwegs die Idee gehabt ins Grüne zu fahren, oder auszuschlafen oder ich habe die Nacht durchgeknallt und bleibe dann einfach bis Nachmittag liegen. So ist das ... "
Tatjana sah ihn verständnislos an.
"Ich hab' einfach keinen Bock auf den Scheiß", fügte er nach einer Weile hinzu. "Aber ich bekomme eben nichts Besseres. Außer reden kann ich praktisch nichts. Mein Vater hat immer gesagt: 'Die Sprache ist das wichtigste Ausdrucksmittel. Wenn du die Sprache beherrscht, dann kannst du alles schaffen'. Vielleicht habe ich das einfach aus Faulheit zu ernst genommen. Es war verflucht anstrengend hinterher, nach der Schule meine ich, all den Mist rauszukriegen, mit dem man einigermaßen durchkommt. Vom 'Wohnungfinden' bis zur Autoversicherung. Ich habe nicht mal 'nen Hauptschulabschluß, obwohl ich auf dem Gymnasium war. Hab's einfach sausen lassen. Als ich achtzehn war hat mein Alter mich dann rausgeworfen. Er hatte keinen Bock mehr für mich zu zahlen. Arschloch!" Hajo bugsierte den Wagen ruppig in eine Parklücke. Er rumpelte mit dem rechten Vorderrad über den Bordstein, stieß leicht gegen den hinteren Wagen und stellte das Auto dann mehr schlecht als recht auf der Straße ab.
"Komm!" sagte er nur und stieg aus.
Tatjana war wie vom Donner gerührt. Sie wußte nicht mehr, was sie denken sollte.

Tatjana zog Hajo an einen gerade freigewordenen Tisch. In der Nische konnte man sich besser verständigen und etwas zu trinken bestellen.
"Wieso meinst du denn, daß ich automatisch Friseuse werde, wenn ich einmal nicht zur Schule gehe?"

Hajo blinzelte etwas ob ihrer plötzlichen Kampfbereitschaft. "Du weißt genau, wovon ich rede. Erzähl mir bloß nicht, das wäre heute das erste Mal."
"Und wenn doch?" Tatjana bereute es in derselben Sekunde, in der sie es aussprach.
Ein milder Blick von Hajo beruhigte sie. "Siehst du, was ich meine? Im Grunde ist es dir auch klar. Du meinst nur, du könntest dich damit befreien. In Wirklichkeit beraubst du dich deiner Freiheit. Freiheit ist, wenn man alles machen kann, was man will. Wenn du nichts drauf hast, dann bleibt da nur noch wenig übrig."
"Ich bin nicht scharf auf Kohle und so. Klamotten brauch' ich auch nicht, Schmuck ist mir egal ... "
"Hör schon auf." Hajo mußte grinsen. "Du bist ja wirklich Klasse im Ignorieren. Meinst du, Auto, Wohnung, Dope, Getränke und so, meinst du, das kriegt man für 'ne Schmollippe und ein 'geh-mir-weg-mit-der-Gesellschaft'?"
"Wie meinst du das?"
"Tzz ... weißt du was ich da für einen Job hatte? Hm? Den ich da heute verloren habe? Ich war Schleifer in einer miesen Autolackiererei. Die haben da 'ne beschissene Lüftung, die Lackierer müssen sich eine Lackierkabine teilen und machen deshalb ihren Kram ständig in der Halle. Meinst du, die hätten da Atemmasken oder so was? Nee ... aber immerhin haben die mich genommen. Da sieht man über so was schon mal hinweg. Die Sozi reicht einfach hinten und vorne nicht. Ich brauch' ja allein 600,- im Monat für Kippen und Dope. Dann die Miete ... "
"Sechshundert Mark für Hasch?" kreischte Tatjana.
"Und für Kippen."
Tatjana machte dicke Backen.
"Tja, das summiert sich. Und weißt du was? Eigentlich ist es nur reine Gewohnheit. Zwischendurch ist es dann mal wieder Langeweile. Danach wieder Gewohnheit. Immer so weiter, verstehst du? Da kommt man alleine nicht so ohne weiteres raus. Es ist einfach so bequem, sich hängen zu lassen. Nein, dafür braucht man einen vernünftigen Anstoß von außen. Jemand, den man ernst nimmt und für den man so was machen würde, weil man ihn mag und so ... ich, ich dachte ... na ja, ich dachte halt, das könntest du sein und jetzt ...

jetzt frage ich mich, was ich denken soll. Denn daß ich recht habe, das weiß ich einfach irgendwie. Mein Gefühl sagt mir das. Aber ich habe weder Bock noch sonst was, für dich den großen Bruder zu machen. Weißt du, wenn ich auf etwas Bock habe und du ziehst mit, dann find' ich das in dem Moment Klasse, besser als eine, die 'nein' sagt. Aber das muß nicht immer gut für dich sein — oder für mich. Aber ich kann da nicht auf dich aufpassen. Das mußt du selber tun, verstehst du? Und deshalb kann ich dich auch nicht dazu bequatschen zur Schule zu geh'n oder so."
Tatjana bedauerte einen Moment, daß sie nun nicht mehr in der Lage sein würde, einfach zu tun was er sagte — wie zum Beispiel morgen in die Schule zu gehen — da sie nun seine Einstellung dazu kannte. Sie nickte. "Du meinst so Sachen wie Sex, Drogen und so, nicht wahr? Aber was hat das mit der Schule zu tun?"
"Oh je", stöhnte er. "Nein, damit hatte das nichts zu tun. Das ist nur eine Frage der Grenze, die man zieht. Man muß sie ja nicht soweit unten ansiedeln. Es geht um das ganze Leben. Ich brauche jemanden, der mich dazu motiviert etwas vorwärts zu kommen."
"Und das soll ich sein?"
"Na ja, vielleicht, vielleicht auch nicht. Egal. Laß uns gehen, es ist schon spät."
"Wieso? Es ist gerade halb zehn!" maulte sie.
"Ja schon, aber ich dachte, wir gehen noch etwas zu mir." Hajo sah sie so unschuldig an, wie ein blauäugiger Plüschbär.
Tatjana mußte unwillkürlich lachen. "Na schön, dann gehen wir jetzt zu dir und arbeiten an unserer Einstellung."

In dieser Nacht verlor Tatjana ihre Unschuld, aber sie freute sich darüber, war stolz darauf und fühlte sich jetzt richtig erwachsen. Ihr fiel auf, daß sie sich schon oft richtig erwachsen gefühlt hatte und fragte sich, ob das immer wieder passieren würde oder ob es irgendwann einfach aufhört.

Am nächsten Morgen brachte Hajo sie zur Schule. Ohne ihre Unterlagen oder auch nur etwas zum Schreiben lief sie die Treppen hinauf, winkte ihm noch einmal zu und verschwand durch die Flügelglastüren.

Kapitel 3

Hajo fuhr von der Schule aus ziellos durch die Gegend. Irgend etwas mußte er unternehmen, aber was? Die Idee, sich um seinen alten Job zu bemühen, ließ er gleich wieder fallen. Es war zwar das Naheliegendste, aber er konnte den Laden nicht mehr sehen. Es war sowieso sinnlos: Wie soll man eine Arbeit machen, auf die man keinen Bock hat? Sein Blick fiel auf die Tankanzeige: Er sollte langsam zu einem Schluß kommen, sonst würde er schieben müssen, um weiterhin seinen Gedanken beim Fahren nachhängen zu können. Er parkte direkt an der Straße und versank in tiefes Brüten. Vielleicht sollte er seine zahlreichen Kontakte nutzen. Er wäre nicht der erste Kiffer, der zum Dealer wird. Andererseits hatte er einen Mordsschiß vor der 'Drogenmafia'. Beim Dopehandel war es zwar nicht so schlimm, aber da sich die verschiedenen Absatzmärkte überschnitten, konnte es trotzdem zu Problemen kommen. Ein Kumpel hatte ihm erzählt, daß ein Plattenladen, in dem versuchsweise eine Art 'Coffee-Shop' eingerichtet werden sollte — natürlich ohne Segen, aber mit Billigung der Polizei — nach nur einer Woche Besuch von ein paar Türken erhalten hatte, die Schutzgeld erpressen wollten. Die Besitzer zogen den Schwanz ein und die Sache hatte sich. Was passiert wäre, wenn die Typen es hätten drauf ankommen lassen, wollte Hajo sich lieber gar nicht erst vorstellen. Aber er würde ja auch nicht offenen Straßenverkauf betreiben, nur innerhalb seines Bekanntenkreises. Er überschlug im Kopf die Rechnung: Wenn jeder, den er so kannte, durchschnittlich ein Gramm am Tag rauchte, dann wären das etwa 30 Gramm im Monat. Er schätzte, daß er so um die 50 Leute kannte, die er darauf ansprechen konnte. Das wären dann anderthalb Kilo im Monat. Er mußte zivile Preise nehmen, wenn er einen ordentlichen Kundenstamm bekommen wollte, ständige Anwesenheit, auch spät ... na ja, war klar. Service eben. Ja ja ... also, anderthalb Kilo, bei einem Verkaufspreis von höchstens zwölf Mark — bei größeren Mengen dann eben nur zehn Mark — so so, hm ... also das wären dann zwischen 1500 und 1700 Mark im Monat. Hörte sich zwar toll an, aber wieviel blieb davon für ihn übrig? Also mal andersrum: anderthalb Kilo, also 1500 Gramm mal zwei Mark, das wären dann drei Riesen — holla! Das lohnte sich ja richtig! Wenn er also den Stoff für zehn bis zwölf Mark das Gramm verkaufen und noch Schnitt machen wollte, dann müßte er den Stoff für acht Mark einkaufen können. Hmmm ... Wenn er bisher mal eine größere Menge abgenommen hatte, dann waren das höchstens zwanzig Gramm. Nicht so doll eigentlich, aber wenn er kiloweise einkaufen würde ... soviel Geld hatte er natürlich nicht. Er würde sich hocharbeiten müssen, außer ... außer er bekam das Zeug auf Kommission, das dann aber nur bei einem Profi und da bekam er es wieder mit der Angst. Also lieber hocharbeiten. Oder er beschränkte sich gar nicht erst auf Dope: Bei den härteren Sachen war die Handelsspanne größer, wie er wußte. Er könnte noch Pillen, Speed und vielleicht Koks dazunehmen. Er grübelte und grübelte und merkte gar nicht, wie die Zeit verging. Als er zu dem Schluß kam, daß er mindestens 500 Mark Startkapital und eine Woche zu futtern bräuchte um die Sache in Gang zu kriegen, war es schon nach eins. Er fuhr los um Tatjana von der Schule abzuholen.

Sie wartete unten an der Treppe auf ihn.
"Hi. Wartest du schon lange?"
"Nö, geht so. Was hast du gemacht?"
Hajo wollte ihr noch nichts von seinen Plänen erzählen, dazu waren sie ihm noch zu unausgegoren. "Ach, ich habe nachgedacht, wie es jetzt weitergehen soll und so. Weißt du, es sieht ganz günstig aus. Es ist Monatsmitte und die Miete ist erst mal bezahlt. Aber meine Taschen sind halt leer. Sag mal, du hast nicht zufällig was Kohle über?" Er lächelte verschmitzt und irgendwie so süß, daß man ihm nichts abschlagen, geschweige denn Böses unterstellen konnte.
"Na ja, ein bißchen habe ich noch auf dem Konto. Wieviel brauchst du denn?"
Hajo fragte sich, ob er nicht doch schon mit der Tür ins Haus fallen sollte, entschloß sich dann aber, das lieber auf den sicher sehr anregenden und entspannten Abend zu verlegen. "Ach, erst mal 'nen Fuffi oder so um ein bißchen was einzukaufen."
"Dann fahr mich mal nach Hause. Dazu brauche ich nicht zur Bank."
Tatjana war etwas schweigsam während der Fahrt, aber das beunruhigte ihn nicht weiter.

"Warte hier", sagte sie lächelnd. "Ich guck mal, ob ich irgendwie an meiner Mutter vorbeikomme." Sie sprang aus dem Wagen und verschwand hinter einer Gartenhecke.

Veras Sorgen ob der nächtlichen Abwesenheit ihrer Tochter hatten sich zwar in Grenzen gehalten, aber als sie sie die Auffahrt heraufkommen sah, schlugen diese direkt in Zorn um. "Wo warst du?" schrie sie schon, als die Tür aufging.
"Was? Äh ... ich war bei Hajo, entschuldige, daß ich nicht angerufen habe ... "
"Entschuldigung? Entschuldigung? Ja, glaubst du denn mit einer Entschuldigung ist es getan? Weißt du, was ich für Ängste ausgestanden habe? Kannst du dir auch nur ansatzweise vorstellen, was mir so alles durch den Kopf ging, während ich hier gesessen und mir Sorgen gemacht habe? Wenn Carsten nicht gewesen wäre, hätte ich bereits die Polizei angerufen ... " Das war zwar nicht ganz die Wahrheit, aber der Zweck heiligte in diesem Fall die Mittel, fand Vera.
"Es tut mir leid", knurrte Tatjana. "Was erwartest du denn? Soll ich auf dem Boden rumkriechen? Es tut mir leid und mehr kann ich dir nicht bieten. Entschuldige bitte." Sie huschte an ihrer Mutter vorbei und eilte nach oben.
"Tatjana!" Vera war hin- und hergerissen zwischen Verzweiflung und Wut. "Tatjaaaanaaaa!" Doch Tatjana blieb unbeeindruckt. Als sie kurz darauf wieder herunterkam sah sie ihre Mutter nur kurz an und griff nach der Türklinke, doch Vera kam ihr zuvor. "Nein, mein Fräulein, so einfach kommst du mir nicht davon. Was bildest du dir eigentlich ein?"
"Laß mich durch", zischte Tatjana.
"Nein. Wir müssen erst mal die letzte Nacht aufarbeiten, bevor du wieder das Haus verlassen darfst."
In Tatjanas Brust machte sich eine grenzenlose Kälte breit und ließ sie alle vernünftigen Reaktionsmöglichkeiten wutentbrannt beiseitefegen. "Arbeite du erst mal deine Defizite in Sachen Mutterrolle auf. Dann passiert dir so was auch nicht mehr!" Sprach's und schubste Vera einfach beiseite. Sie bekam nicht einmal mehr mit, wie Vera hinfiel und aufschrie. Sekunden später saß sie in Hajos Wagen und versuchte die Szene zu verdrängen. Es gelang ihr nur bedingt.

"Was war denn los?" fragte er.
"Ach, vergiß es. Sie ist ausgerastet, aber nur, weil sie immer gedacht hat, es wäre alles in Ordnung. Sie denkt immer, daß alles in Ordnung ist. Aber richtig nachdenken tut sie nie."
"Oha. Ziemliche Krise, was?"
"Blödsinn. Das Übliche eben."
"Trotzdem, vielleicht solltest du sie nachher mal anrufen. Es ist Scheiße, wenn man Zoff zu Hause hat."
Auf dem Weg zu seiner Wohnung hielt Hajo noch schnell bei Stefan, einem alten Kumpel, von dem er unter anderem wissen wollte, wo er größere Mengen Dope herbekommen könnte. "Warte bitte hier. Bei dem Typ kann man nicht einfach jemanden mitbringen, okay?"
"Okay."

Stefan konnte ihm zwar nicht sonderlich weiterhelfen, aber er hatte immerhin eine Ecke für zwanzig Mark da, die er Hajo überließ.
"Und wenn dir was einfällt, dann melde dich, ja?"
"Klar doch", versprach Stefan, aber beide wußten, daß er es doch nicht tun würde. Hajo mußte sich selber was einfallen lassen.
"Na? Alles klar?" fragte Tatjana aufgeregt. Für sie war die Dopebeschaffung immer noch eine verwegene Sache.
Hajo schüttelte grinsend den Kopf. Sie gefiel ihm, sie war so ... naiv? Ja, naiv, irgendwie kindlich, aber doch sehr reif ... ein reizvoller Gegensatz.
An einem Kiosk holte er noch ein paar Bier, eine Cola für den nächsten Morgen und Zigaretten.
"Nichts zu essen?" fragte Tatjana, als sie seine Einkäufe sah.
"Hm? Zu essen? Öh ... ich hab noch was, glaub' ich."
Sie lachte. "Nein, alles was ich bei dir noch gesehen habe, waren Chips, Schokolade und Weingummi — ziemlich alte Weingummi, wenn ich ehrlich sein soll."
"Na gut. Wenn wir Hunger kriegen, bestellen wir uns eben eine Pizza. So!" Sie lachten beide.
Auf der Fahrt zu seiner Wohnung wurde Hajo kurzfristig übermütig und jagte mit Höchstgeschwindigkeit durch die Straßen. Er rechnete damit, daß sie ängstlich bitten würde langsamer zu fahren. Er fand es sogar ziemlich fies und beknackt, daß er das tat, aber andererseits

gefiel es ihm, daß sie sich nicht beschwerte. Tatjana hingegen hätte sich eher die Zunge abgebissen als etwas zu sagen. Mit pochendem Herzen aber einem gekonnten 'alles-in-Ordnung'-Lächeln stieg sie aus dem Wagen.

"He! Pütz!" klang es kratzig aus dem offenen Hausflur.

"Ach du Scheiße!" stöhnte Hajo. "Der Hauswart."

"Was ist mit der Treppe? Sie sind dran!"

"Ja, sorry. Bin noch nicht dazu gekommen. Nachher, okay?"

"Nix da nachher. Jetzt gleich, sonst sag' ich dem Vermieter Bescheid, klar?"

"Ja, klar", knurrte Hajo. "Geh schon mal vor, ich komm gleich." Er gab Tatjana die Schlüssel und verschwand im Keller.

Tatjana saß vor den Trümmern ihres ersten selbstgedrehten Joints, als er verschwitzt und schnaufend kam.

"Was ist passiert?" fragte sie.

"Gute Frage, nächste Frage: Was ist hier passiert?" Er mußte grinsen.

Sie wurde rot und machte auf niedlich. "Och, na ja, ich dachte ... "

"Ich mach das schon. Erst mal duschen, ja?"

"Ja. Bis gleich."

Sie schloß die Augen und versuchte an Hand der Geräuschkulisse geistig bei ihm zu sein. Sie hörte das Quietschen der Wasserhähne, das Rappeln des billigen Duschvorhangs und das dumpfe 'Pomp-Pomp' als er in die Dusche stieg. Sie stellte sich vor, sie wäre ein Wassertropfen, der über seine Haut lief, das Handtuch, mit dem er sich anschließend abrieb, die Unterhose, in die er hineinschlüpfte ...

"Jedesmal dasselbe. Ich vergesse den blöden Treppendienst und der Arsch macht mir dafür die Lampe an. Aber ich kann's mir nicht leisten, seiner Alten 'nen Zwanni im Monat abzudrücken, daß die das macht. Na ja, Altbau eben."

Sie ließ ihre Blicke über seinen nackten Körper gleiten. Er hatte doch keine Unterhose angezogen. Es kostete sie ganz schön Mühe, den Blick nicht abzuwenden. Sie konnte die Röte richtig in sich aufsteigen spüren.

"He. Gefällt dir, was du siehst?"

Sie mußte kichern. "Wird diese Frage nicht normalerweise von Mädchen gestellt?"

"Ja, schon ... ich dachte halt, dieses blöde Rollenverhalten könnten wir doch einfach mal vergessen, hm?"

"Komm her!" quietschte sie und griff nach seinem Penis. "He!" kreischte er. "Nicht so stürmisch!" Mit einer geschickten Drehung entzog er sein edelstes Teil ihrem Zugriff. Dann kniete er sich vor den niedrigen Sofatisch und kümmerte sich um den Joint.
"Was hab ich denn bloß falsch gemacht?" jammerte sie gekünstelt.
Er mußte grinsen. "Nichts. Dir fehlt bloß die Übung."
Tatsächlich nahm er ihre Einzelteile, fegte den verkrümelten Tabak und das ungeschickt und etwas zu grob zerbröselte Dope zusammen, schob es auf das zerknitterte Papier — drei zusammengeklebte Zigarettenpapierchen — und wickelte ruck-zuck einen festen, geraden Joint daraus.
"Voilà!" jubelte er. "Darf isch Ihne präsentirääh?: Eine wandasdische Dschoind, Mädääm!"
Sie prustete und nahm ihm die Tüte ab. "Bravo, Missiö", rief sie und versuchte mit Joint zwischen den Fingern in die Hände zu klatschen. "Aben sie auch Feuer?"
"Mädäm, ihr Französisch ist abbe etwas mies, quie?"
"Du Depp!" kicherte sie und suchte den Tisch nach dem Feuerzeug ab. "Ich habe Englisch und Latein. Kannst du Französisch?"
"Nö. Ich hatte 'ne Fünf und 'ne Sechs."
"Oh."
"Ja."
Tatjana setzte den Joint in Brand und nahm einen kräftigen Zug, um ihn richtig zum Glühen zu bringen. Dann reichte sie ihn an Hajo weiter, der erwartungsvoll vor dem Sofatisch verharrte. Als er ihn gar nicht nehmen wollte, guckte sie etwas irritiert.
"Mädäm, Sie wolle eine Joind an eine nackte Mann gebe, wenn sie sind völlisch bekleidet, quie?"
"Oh, momang, Missiö, nehme Sie mir diese Joind ab und wir werde sehen."
"Okay, dann mal her mit dem Ding." Hajo nahm die Tüte lässig zwischen Zeige- und Mittelfinger der rechten Hand und zog so daran. Tatjana brauchte noch beide Hände. Während er mit kräftigen Zügen blaue Dunstwolken unter die Zimmerdecke zauberte, zog Tatjana sich das Sweatshirt aus. Das T-Shirt opferte sie gleich mit, aber als sie barbusig vor ihm saß und seine unverhohlen gierigen Blicke auf sich spürte, begann sie zu zögern.

"Oh, Mädam, Sie sind einfach süperb!" Hajo reichte ihr den Joint. "Mein schönes Kind, Sie sollten mit Ihren Reizen nicht so geizen."
"Und Sie lernen ganz schön schnell Deutsch, mein Lieber."
"Oh, quie, na ja, com-ci, com-ca, oder so ähnlich." Er mußte lachen und nahm den hingehaltenen Joint zurück. "By the way, sweet candy-gal, isch würden zahlen eine Vermögen für zu bekommen ihre Hose, quie?"
"Oh! Englisch kann er auch noch. Na so was. Sie wollen meine Hose? Macht man denn so was mit blutjungen, unschuldigen Mädchen? Hmmmm?"
"Oh, ach, na ja, warum nicht?"
Hajo hörte auf an ihr herumzukrabbeln und nahm sich erst mal ein Bier. "He, Kleines", raunte er, während er den nächsten Joint drehte. "Ich glaube, ich habe mich in dich verliebt. Glaubst du mir das?"
Tatjana spürte eine Träne in ihrem Auge. Sie brachte nur ein unterdrücktes "vielleicht" heraus, aber sie wußte, daß er wußte, daß es ein 'ja' war. Er ließ seinen Kram liegen und beugte sich zu ihr herüber um sie zu küssen. Wild knutschend landeten sie unter dem Tisch.
"Vorsicht, das Bier!"
"Ah-bah! Wir haben noch mehr", gurrte er, rollte sich von ihr herunter und widmete sich wieder dem Joint.
"Was hast du dir denn nun überlegt?" fragte Tatjana. Hajo hätte sich fast verschluckt.
"Wie kommst du denn jetzt darauf?"
"Ach, nur so."
"Tja, das ist jetzt etwas schwierig zu erklären."
"Versuch's einfach."
"Na gut. Weißt du, ich kenne jede Menge Kiffer und die haben alle dasselbe Problem: Dopebeschaffung. Es gibt zwar jede Menge Dealer, aber die haben wechselnde Qualitäten, schwankende Preise und sind auch ansonsten unzuverlässig. Am besten ist es halt immer noch, man holt sich bei 'nem Kumpel was, dann weiß man wenigstens, daß es auch was taugt, verstehst du? Man weiß doch nie, was das für Zeug ist, das einem die Typen auf der Straße verkaufen. Nicht, daß ich was gegen Ausländer hätte, aber irgendwie haben die eine ganz andere Einstellung. Die bringen das fertig, Opium oder Crack ins Dope zu mischen, um einen abhängig zu machen. Außerdem haben

die das Dope in der einen Tasche und das Heroin in der anderen. Ehe du dich versiehst, steckst du in Riesenschwierigkeiten, bloß weil du was Dope kaufen wolltest. Und da habe ich mir gedacht, ich könnte das mal professionell aufziehen. Was meinst du?"
"Du willst dealen?" Tatjana warf die Stirn kraus. Eigentlich fand sie so was ja cool und aufregend, aber sie hatte sich das irgendwie anders vorgestellt. Hier kam es ihr vor, als würde jemand einen Brötchenverkaufsstand planen und das erschien ihr in diesem Zusammenhang irgendwie lasch. "Kannst du das denn?"
"Herrje, was gibt es denn da zu können? Es geht darum Leute zu kennen. Kunden, verstehst du? Und ich kenne massenweise Leute, die froh wären, wenn sie endlich wüßten, wo sie zuverlässig guten Stoff zu zivilen Preisen bekommen."
"Dann mach das doch."
"Können vor Lachen. Ich muß erst mal einen finden, der mir den Stoff zu günstigen Einkaufspreisen besorgt. Dann brauche ich noch Kapital, die wollen das immer bei Lieferung bezahlt haben und so und ... tja ... deshalb habe ich vorhin gefragt, ob du Kohle hast. Wieviel hast du?"
Tatjana schluckte, aber ehe sie sich versah, hatte sie es rausgesprudelt: "Achthundert oder so. Auf dem Konto. Aber meine Mutter darf es nie erfahren ... "
"Da gibt es sicher einiges, was sie besser nie erfahren sollte, nicht wahr?" Hajo strahlte. 800 war eine vernünftige Summe. Damit konnte man was anfangen. Er ging im Kopf noch mal seine Kalkulation durch und fand, daß man mit der Menge, die man für das Geld bekam, durchaus arbeiten konnte. "Machst du mit?"
"Und was ist mit dem Typ, der dir den Stoff besorgt?"
"Ah ja, darum kümmere ich mich dann morgen. Ich habe da ein paar Adressen, die klappere ich mal ab. Wann kannst du mir das Geld geben?"
"Nachmittags, nach der Schule."
"Verflixt!" Hajo sah auf die Uhr. Es war schon nach vier. Hätte er gleich was gesagt, dann hätte er vielleicht noch an diesem Abend losziehen können, aber andererseits ging das vielleicht alles nur so glatt, weil er sich Zeit nahm. Schließlich kannten Tatjana und er sich noch nicht allzu lange. Tatjana wiederum wunderte sich über sich

selbst. All die Warnungen schossen ihr durch den Kopf: Über Typen, die einen ums Geld prellen und dann sitzen lassen, die einen auf den Strich schickten und dergleichen mehr. Sie konnte sich zwar nicht vorstellen, daß Hajo das mit ihr vorhatte, aber das wäre immer so, sagte man, daß man sich das bei den Typen nicht vorstellen könne. Deswegen würde die Nummer ja überhaupt funktionieren. Tatjana verlegte sich auf die 'das kann mir nicht passieren'-Variante, aber ein schaler Geschmack blieb doch.
"He, ich ruf noch ein paar Leute an, wegen morgen, danach könnten wir uns dann um meine Erektion kümmern, okay?"
"Okay", sagte sie schelmisch.
Hajo wählte die erste Nummer. "Ah, hallo Stefan. Sag mal, können wir uns morgen kurz treffen? Ja ja, du weißt ... gut, mal sehen. Bis dann." Hajo wählte die nächste Nummer ...
Nach knapp zehn Telefonaten und einigen Verabredungen für den nächsten Tag baute Hajo wieder eine Tüte. "Das war's. Feierabend für heute. Nicht daß ich mich gleich an meinem ersten Tag überarbeite."
"Ja, du siehst erschöpft aus. Willst du nicht schlafen?"
"Was? Weißt du, was ich gleich mit dir mache?"
"Nein, weiß ich nicht", kicherte sie.
"Ich ... äh ... na laß dich überraschen."
"Oh! So ein Geheimnis?"
"Quatsch!" lachte er. "Ich hab selber noch keine Ahnung."
"Nanu? Ich dachte ihr Kerle habt immer eine Standardnummer auf Lager?"
"Ich nicht. Ehrlich. Ich laß es einfach kommen."
"Aha. Und was hat mich da im Extremfall zu erwarten?
"Nichts Dramatisches. Aber wenn du willst, können wir jede Menge experimentieren." Er lächelte sie unschuldig an und bastelte an seinem Joint.
Tatjana stand leise auf, um die HiFi-Anlage anzumachen. "Was willst'n hören?"
"Egal", brummte Hajo. "Mach an, was drin ist."
"Machst du das immer so?" fragte sie.
"Meistens."
"Wie oft hast du die Scheibe dann schon gehört?"

"Hm? Welche isses denn?" AC/DC rasselten leise aus den Boxen. "Ah! Die 'If you want blood'. Live sind sie am besten, find ich."
"Wer issen das?" fragte Tatjana.
"AC/DC! Kennst du nicht? Na ja, vielleicht nicht ganz modern und nichts zum tanzen ... " Er mußte kichern.
"Hör doch auf. Meinst du, ich weiß nicht was 'Heavy Metal' ist? Hätte ich aber nicht von dir gedacht."
"Was? Bin ich jetzt unten durch?"
"Quatsch!" Sie mußte lachen, wegen dem entsetzten Gesicht, das Hajo zog.
"Und hörst du auch moderne Sachen?"
"Ich? Na klar! Zum Beispiel ... "
"Zum Beispiel?"
"Zum Beispiel ... die 'Sex Pistols'!"
"Die sind modern, ja?"
"Ja, nicht?"
"Nein, nicht."
"Ach."
"Ja."
"Auf die 'Stones' steh ich auch."
"Na gut, die haben immerhin neulich wieder 'ne Platte rausgebracht. Aber modern sind die nicht ... "
"Na gut, ich mag sowieso lieber die alten Sachen. Tja, da hast du's: Ich bin altmodisch, eigentlich ein total konservativer Sack!"
"Puh! Und beim Bund warst du wahrscheinlich auch, was?"
"Ja, woher weißt du ... ?"
"Nein, echt?"
"Ja, klar. Was sollte ich denn machen? Gekriegt hätten sie mich ja sowieso — entweder zum Ballern oder zum Arschabwischen. Da war mir Ballern lieber, und weil ich mich freiwillig gemeldet hab', konnte ich mir wenigstens die Zeit aussuchen. War aber nicht so der Hit ... "
"Na, immerhin. Ich dacht' schon, du wärst jetzt so'n ganz Strammer."
"Ja? Wär das nix? So schick in Uniform und auch noch stolz drauf, na?"
"Ich weiß nicht, ich steh' nicht auf Uniformen."
Hajo hielt ihr den Joint hin und rutschte neben sie. "Habe ich dich eigentlich schon gefragt, wie alt du bist?"
"Hast du."

"Und was hast du geantwortet?"
"Siebzehn."
"Oh, Kacke!"
"Was?"
"Wie lange noch?"
"Wie lange noch was?"
"Wie lange bist du noch siebzehn!"
"Noch fast ein Jahr, warum?"
"Weil wir den Zoff mit deiner Mutter dann vielleicht doch etwas ernster nehmen sollten, hm?"
"Wie meinst du das?"
"Nun, falls sie's drauf anlegt, kriegen wir Ärger."
"Sicher?"
"Nö, aber denk ich mir."
"Sehr witzig. Ich kann machen was mir paßt. Ich kann auch ausziehen."
"Ja, aber nur mit Erlaubnis deiner Mutter, soviel ich weiß."
"Also?"
"Also ... wie wär's mit telefonieren?"
"Ob ich heute Nacht hierbleiben kann?"
"Zum Beispiel. Aber erst mal schlichten und dann als Friedensangebot die Bitte."
"Und wenn sie's nicht schluckt?"
"Müssen wir dann sehen. Du machst das schon."
Tatjana hatte noch nicht mal über die Situation nachgedacht, als das Freizeichen ertönte und sich kurz darauf ihre Mutter meldete.
"Hi. Ich bin's."
"Tatjana!"
"Ja?"
"Tatjana."
"Ja, Mutter, ich ... "
"Du hast mir sehr weh getan!"
"Das wollte ich nicht ... "
"Komm jetzt nach Hause. Dann werden wir über alles sprechen. Wo bist du?"
"Ich bin bei Hajo, Mutter ... ich wollte fragen, ob ... "

"Das klären wir später. Komm erst mal heim. — Oder soll ich dich abholen?"
"Ich wollte fragen, ich wollte dir sagen, daß ich heute Nacht hierbleibe."
"Auf gar keinen Fall. Du kommst jetzt nach Hause. Über deinen Freund werden wir uns dann noch ausführlich unterhalten!"
"Ich wollte mich eigentlich entschuldigen ... "
"Ja. Komm jetzt."
"Nein ... "
"Bitte? Du kommst jetzt sofort nach Hause, hörst du?"
"Mutter! Ich bin siebzehn!"
"Aber du benimmst dich nicht so! Tatjana! Wenn du nicht sofort nach Hause kommst, dann ... "
Schweigen.
"Ja?"
"Was 'ja'. Kommst du?"
"Nein."
"Tatjana, überleg' dir, was du tust!"
"Überleg' du dir lieber, warum ich keine Lust habe, nach Hause zu kommen. Das liegt nicht nur daran, daß ich Hajo liebe, das liegt auch an dir!" Und nach einer kurzen Pause: "Ich ruf morgen noch mal an. Tschau."
Tatjana legte auf.
"He! Klingt nach Fehler! Klingt nach Ärger! Mußte das sein?"
"Ja, das mußte sein."
"Null Verständnis, oder was."
"Sozusagen ... sie denkt, wenn sie jetzt ein bißchen rumnervt, würde das die Erziehung ersetzen."
"He, wer klingt denn da so frustriert?"
"Ach, die kümmert sich doch 'nen Dreck um mich. Hauptsache sie hat ihre Ruhe. Und jetzt, wo's ihr auffällt, daß wir auseinander sind, da wird sie hektisch. Pah!"
"Nun komm, da sind schon ganz andere dran gescheitert, mit dem Seelenleben von Teenagern klarzukommen. Mach kein Drama draus. Auch wenn es ihr nicht paßt, gehst du deinen eigenen Weg, aber deswegen mußt du doch keinen Knies mit ihr haben, hm?"
"Mal sehen. Hast du 'n Video da? Ich muß erst mal abspannen."

"Ja, nein, keine Ahnung. Ich kann am besten beim Reden abspannen. Oder wollen wir noch mal los? 'n Zehner ist noch übrig und wir können die ganzen Pfandflaschen bei 'ner Tankstelle vorbeifahren. Das sind auch noch mal so zehn Mark. Wir könnten ja mal gucken welche Leute ich noch so in Kneipen treffen kann, hm?"
"Och nö ... "
"Durchhänger, was? Daran solltest du dich schnell gewöhnen, dir vom Dope nicht die Motivation nehmen zu lassen. Ist ein kleiner Trick, das Ganze umzudrehen, dann klappt's prima. Sonst sollteste lieber wieder damit aufhören. Wenne den Arsch nich hochkriegst, dann isser bald ab."
Hajo stand auf und wühlte in einem Pappkarton, der wohl den Wäschekorb ersetzen sollte, nach frischen Klamotten. Widerwillig zog Tatjana sich an. Es ärgerte sie doch, daß er sie so abgebürstet hatte.

Die folgende Woche verbrachte Tatjana abwechselnd in der Schule, in Hajos Wohnung und in unzähligen Kneipen, in denen Hajo sowohl nach Leuten suchte, die ihm bei der Dope-Beschaffung behilflich sein konnten, als auch nach potentiellen Kunden. Ein alter Freund, den er schon länger nicht mehr gesehen hatte, bot ihm an, gute Ware aus Holland zu beschaffen. Hajo wollte den Preis wissen und wurde auf den nächsten Tag vertröstet.
"Das Zeug in Holland zu kaufen ist eigentlich ein Supergedanke! Was das da wohl kosten mag? Muß ja günstig sein, sonst könnte Axel ja keinen Schnitt damit machen, oder wie siehst du das?"
"Tja, schon, aber dafür übernimmt er ja auch das Risiko."
"Was'n für'n Risiko?"
"Na, es über die Grenze zu bringen ... "
"Tolles Risiko. Wir haben doch jetzt 'Europa', offene Grenzen und so. Ich war schon oft drüben und bin nie gefilzt worden."
"Schon, aber wenn du da Riesenmengen kaufst ... "
"Muß ja gar nicht. Ich kann doch jede Woche rüberfahren?"
"Aber bei kleinen Mengen zahlst du doch wie blöd ... "
"Auch wieder wahr."
"Wart doch erst mal ab, was der Typ dir anbietet."
"Ja und wenn der mich abziehen will? Ich muß doch Alternativen im Ärmel haben, um verhandeln zu können!"

"Na, du machst das schon ... " Tatjana stellte für sich fest, daß sie eigentlich gar nicht so genau wissen wollte, wie Hajo die Sache aufzog. Ihr wäre es am liebsten, sie würde von dem ganzen Kram überhaupt nichts mitbekommen. "Was liegt denn sonst noch an?"
"Och, keine Ahnung? Wollen wir nach Hause?"
"Hast du was Bestimmtes vor?" fragte Tatjana schelmisch.
"Na ja, äh ... "
"Aha!"
"Na ja, ich dachte ... " Hajo grinste von einem Ohr zum anderen. Tatjana mußte lachen und zog unter dem Kneipentisch ihren ohnehin schon knappen Minirock noch ein Stückchen höher. "Na? Hältst du es überhaupt noch so lange aus?"
Hajo starrte an ihr vorbei. Er hatte irgend jemanden entdeckt. Tatjana drehte sich um.
"Da ist Pit. Den hab' ich ewig nicht gesehen. Wart' mal 'n Moment."
Er sprang auf und zwängte sich durch die Leute. Tatjana versuchte herauszufinden, wen Hajo meinte. Dann konnte sie auch Hajo nicht mehr sehen. Sie zündete sich noch eine Zigarette an und stellte sich auf eine längere Wartezeit ein.

"Pit! Hey!" Hajo zog ihn am Arm.
"Hi! Mann! Na? Alles klar? Was machst du so?"
"Och, na ja, ich schlag mich so durch ... sag mal, hast du noch immer diese Speed-Connection?"
"Geht so. Warum? Wenn du was brauchst, kann ich ... "
"Ja, klar. Aber ich zieh' das Ganze gerade etwas größer auf. Dope und so. Wär' nicht schlecht, wenn ich auch noch Speed im Programm hätte ... "
Pit guckte etwas skeptisch, zuckte dann aber mit den Schultern. "Wenn du meinst, aber halt mich da raus. Ich kann dem Typ Bescheid sagen und dann verabredet ihr euch, das wär's aber dann auch schon. Okay?"
"Das wär doch super. Danke Mann!"
"Schon gut, denk an mich, wenn du im Bau sitzt."
"Mach ich. Trinkst du'n Bier?"
"Kannst ja eins besorgen, während ich telefoniere." Pit deutete auf das kleine Clubtelefon bei den Toiletten und bahnte sich den Weg dorthin. Hajo versuchte an die Theke zu gelangen.

Als Hajo mit zwei Flaschen Alt beim Telefon aufkreuzte war Pit gerade mittendrin. Im einen Ohr ruderte sein Finger, an das andere preßte er den Hörer.
"Was? Scheiße ist das laut hier. Heute Abend? Ach morgen ... okay, ich sag's ihm. Soll ich ihn einfach vorbeischicken? Ja klar, so'n mittelgroßer Blonder mit Knollennase. Ich mach ihm das Zeichen auf'n Arm, ja? Gut ... tschau ... " Pit hängte den Hörer ein und nahm Hajo die angebotene Flasche ab. "Morgen Abend. Alles klar?" Er fummelte einen Kugelschreiber aus der Jackentasche und kritzelte einen Bierdeckel voll. "Hier. Er heißt Walter, aber kannst Walli zu ihm sagen. Gib mal her." Pit griff nach Hajos Arm und schob, ohne auf dessen irritiertes Zucken zu achten, den Ärmel hoch. "Das brauchst du", murmelte er und fing an Hajos Arm mit dem Kuli zu bemalen.
"Soll`n das?" grunzte Hajo. Er fand das offensichtlich ziemlich albern.
"He! Ich hab' kein Bock dich da vorbeizubringen, klar? Und Walli ist halt was vorsichtig. Könnte ja jeder kommen, klar? Also halt still!"
Als Pit fertig war versuchte Hajo die Zeichnung zu erkennen, aber es sah einfach nur aus wie ein völlig beknacktes 'Take' von irgend einem stumpfsinnigen Sprayer. "Is'n das?" wollte er wissen, aber Pit trank sein Bier aus und klopfte ihm auf die Schulter. "Frag Walli und grüß' ihn schön von mir. Ach ja: Zweimal klingeln, dann warten und dann dreimal, klar? Tschau." Er stellte die Flasche ab und drehte sich um, aber Hajo hielt ihn noch mal fest: "He, Moment. Hast du denn was Speed da?"
"Ach so, ja ... komm mit." Pit ging auf die Herrentoilette, Hajo hinterher.
"Hier", Pit holte ein kleines, selbstgefaltetes Papiertütchen aus der Hosentasche. "Fuffzig."
"Okay", brummte Hajo und wollte das Tütchen auspacken.
"He! Kein Vertrauen? Willst du hier den Boden vollrieseln? Das ist mein persönlicher Vorrat, nicht besonders gut verpackt."
"Hast du denn nicht mehr dein kleines Set?" fragte Hajo unruhig und meinte das kleine Kosmetikdöschen mit Aufklappspiegel, das Pit normalerweise für sein Speed benutzte.
"Nö, mußte ich neulich wegwerfen, als die Bullen mir zu nahe kamen. Dabei wollten die mich nur was fragen. Zu blöd, aber ich hab's nicht wiedergefunden."

"Pech", sagte Hajo und kramte ein paar Scheine aus seinen Hosentaschen. "Hier Mann, du ruinierst mich."
"Tu bloß nicht so. Absoluter Freundschaftspreis. Ach ja, noch was: Wenn du nur Kleinkram im Sinn hast, dann vergiß Walli. Der macht nix mehr unter 100 Gramm, okay?"
"Schon klar. Und was nimmt er so?"
"Keine Ahnung wie der Kurs gerade steht, aber er macht gute Preise. Kannste dich blind drauf verlassen. Über den Daumen ein Drittel vom Straßenpreis, du verstehst? So, ich muß los. Bis dann." Pit verschwand aus der Toilette, bevor Hajo das Briefchen verstaut hatte. Kaum war Pit draußen, kam jemand anders herein. Hajo tat kurz so, als würde er sich die Hände waschen, aber das unverschämte Grinsen des pickeligen Jüngelchens machte deutlich, daß der Kerl ihm das nicht abnahm. Hajo beeilte sich rauszukommen.
"Komm!" sagte er und war schon halb am Gehen, während Tatjana noch versuchte schnell ihr Bier auszutrinken.
"Und?"
"Erzähl ich dir später."
Tatjana folgte ihm durch das Gewühl in der Kneipe hinaus, stolperte mehr schlecht als recht hinter ihm her zum Wagen und hatte irgendwie das Gefühl, sie wäre ihm im Moment ziemlich wurscht.
"Was ist denn passiert?" nörgelte sie unwirsch, als Hajo mit quietschenden Reifen losbrauste.
"Ach, nichts weiter, aber die Sache kommt langsam ins Rollen. Wie wär's, wenn du morgen Abend mal wieder deine Mutter besuchst?"
"Wieso. Stör ich?"
"Nein, aber ich bin nicht da, und du kannst nicht mitkommen, okay? Kann 'ne Weile dauern."
"Hm."
"Nun komm schon. Ich erzähl dir hinterher, was gelaufen ist, okay? Pit hat mir 'nen Kontakt gemacht und ich seh' den Kerl morgen das erste Mal."
"Na gut. Aber ob ich zu meiner Mutter gehe, weiß ich noch nicht ... "
"Wie du willst. Haben wir noch was zu trinken?"
"Bier und Cola, glaub' ich ... "
"Fein. Das wird ein netter Abend."
"Wieso?"

"Nur so." Hajo grinste und Tatjana fragte sich, was wohl gerade in ihm vorging. Sie hütete sich jedoch, ihn in eine Diskussion zu verstricken. Er fuhr wieder wie ein Henker und sie wollte ihn nicht ablenken. Als sie bei ihm ankamen, hatte sie sich wieder beruhigt.

Hajo machte sich auf dem Klo zwei Lines Speed fertig und zog sie durch die Nase ein. Dann baute er einen Joint und legte ein Pornovideo ein.
"He, hast du was Größeres vor?" fragte Tatjana. Er hatte bisher noch keine Pornos mit ihr geguckt, wohl aber darüber gesprochen. Prinzipiell hatte sie nichts dagegen, aber sie waren nie so weit gekommen, weil sie immer schon vorher scharf genug aufeinander waren.
"Warum nicht? Ich hab heute Bock auf eine lange Nacht."
"Aber ich bin schon ziemlich müde. Wenn du nicht willst, daß ich penne bevor du anfängst, dann glotz' lieber nicht zu lange rum."
"Och, mal sehen. Vielleicht kriegen wir das ja auch noch in den Griff, was?" Er kicherte spitzbübisch und holte ein kleines gerahmtes Bild von der Wand. Mit einem Taschentuch putze er das Glas sauber.
"Jetzt 'n Putzrausch?" grinste Tatjana und sah zwischen dem Porno und dem wienernden Hajo hin und her. Auf dem Bildschirm entkleidete sich gerade eine überproportional ausgestattete Blondine, während ein untersetzter Typ an seinem Penis herumspielte. Den Ton hatte Hajo gnädigerweise ausgemacht.
"Wart's doch mal ab", murmelte Hajo und zog das Briefchen aus der Tasche. "Es gibt etwas zu naschen."
Aus einer kleinen Dose holte er eine Teppichmesserklinge und legte sie neben den geputzten Bilderrahmen. Das Bild zeigte eine aufgedonnerte Blondine — was denn sonst — die sich auf einer Harley räkelte. Aus dem Papiertütchen schüttete Hajo etwas weißes Pulver auf das Glas. Dann begann er das Zeug mit der Klinge durchzuarbeiten.
"Was machst du da? Was ist das eigentlich?"
"He! Das sind ja gleich drei Wünsche auf einmal", witzelte Hajo.
"Stimmt nicht. Das sind zwei Fragen."
"So humorlos heute?"
"Nö. Aber du tust so geheimnisvoll."
"Das ist Speed. Man muß es erst feinhacken, weil es in der Tüte immer gleich klumpt. Ist was feuchtigkeitsempfindlich, weißt du?"

"Hm. Speed? Ich dachte, das sind so Pillen?"
"Gibt's auch, aber nicht das hier. Das wird durch die Nase gezogen. Wie Koks. Ist aber Speed. Wirkt etwas anders und ist viel billiger."
"Wie wirkt es denn?"
"Keinen Bock auf Überraschungen heute?" Hajo sah sie grinsend an. "Angst?"
Tatjana zögerte. Sie hatte volles Vertrauen zu ihm und wußte, daß er sie nur veralbern wollte, aber sie fand, daß Albernheiten hier fehl am Platze waren. Ihre Besorgnis zuzugeben war ihr aber unmöglich. "Nein!" sagte sie schließlich und biß sich für ihre Feigheit auf die Lippe. "Doch, eigentlich schon."
"Keine Bange, das ist nicht weiter dramatisch. Es macht fit, weißt du? Munter, aufgekratzt und so. Es beschleunigt die Körperfunktionen. Wie das genau funktioniert, kann ich dir jetzt auch nicht sagen, aber ... na ja ... und es macht scharf ... "
"Was?"
"Was, was ... tsk tsk ... scharf! Geil! Lüstern! So was in der Art, comprende?"
"Comprende!" grinste Tatjana. "So was wie 'spanische Fliege', wie?"
"Ach Quatsch! Vergiß bloß diesen Voodoo-Kräuter-Firlefanz! Das hier ist korrekte Chemie. Astreines Doping fürs Bett sozusagen."
Hajo hatte das Häuflein durchgehackt und schob mit der Klinge vier gleich große Spuren zurecht. Dann mühte er sich noch eine Weile damit ab, die Spuren schmaler und länger zu machen.
"Damit hatte ich schon immer Schwierigkeiten. Du solltest Pit mal sehen: Zack — zack — zack! Und fertig. Na, nicht so wichtig. Sieht wohl nur besser aus."
Er holte ein fingerlanges Edelstahlröhrchen, das ein bißchen wie ein Strohhalm aussah, aus der Dose und schob sich das Röhrchen in die Nase. Dann zog er das andere Ende schnell über die erste Speed-Line und machte ein lautes Schneuzgeräusch. Tatjana verzog das Gesicht. Hajo steckte sich das Röhrchen ins andere Nasenloch und zog die nächste Spur weg. Anschließend reichte er das Röhrchen an Tatjana weiter. Die zögerte erst noch, aber als Hajo keinerlei Anstalten machte sie zu drängen, sondern sich auf den Porno konzentrierte, versuchte sie es vorsichtig. Als es ihr nicht gelang, etwas von dem Zeug in die Nase hochzuziehen, zog sie kräftiger. Etwas in ihr

sträubte sich dagegen, Pulver in die Nase zu bekommen, aber schließlich überwand sie sich doch und zog die Spur in einem Ruck weg.
"Uuuuuiiiiiiiihh!" quietschte sie und verzog das Gesicht, als hätte sie in eine Zitrone gebissen.
"Na? Zwiebelt ganz schön, was?" Hajo kicherte etwas, dann beobachtete er wieder den untersetzten Kerl dabei, wie er seinen Penis mit einer glibberigen Creme einrieb.
Tatjana wechselte das Nasenloch und zog die zweite Spur weg. Diesmal war es nicht ganz so schlimm. Das Brennen in der Nase ließ sofort nach und wurde durch ein zarteres Brennen im Hals und einen enorm bitteren Geschmack ersetzt. Nach kurzer Zeit hatte sie sich soweit dran gewöhnt, daß es sie nicht mehr störte. Dann wartete sie auf die Wirkung.
"Wie lange dauert das denn, bis es wirkt?"
"Och, das geht ganz schnell. Aber du merkst es nicht gleich. Es macht ja nur munter. Kein Rausch oder so."
"Aha." Sie lehnte sich zurück und versuchte herauszubekommen, was der Untersetzte da eigentlich machte.
Hajo schielte zu ihr rüber. "Dein erster Porno?"
Sie nickte beiläufig.
"Und?" machte Hajo.
"Na ja, nicht so doll. Ziemlich übler Typ."
"Stimmt. Nicht gerade appetitlich." Er spulte vor. "Sind lauter so Einzelszenen. Mal gucken, was noch so kommt."
Tatjana dachte kurz darüber nach, wieso er seine eigenen Kassetten nicht kannte, dann war es ihr aber doch nicht wichtig genug. Irgendwoher hatte sie schon wieder einen Joint in die Finger gekriegt. Ach so, den hatte Hajo ja vorhin gebaut. Sie fühlte die Gelöstheit, die leichte Albernheit, die in ihr schwappte wie ein Schwarm Mücken und dachte daran, daß jeder den Rausch anders empfand, je nachdem wie er/sie/es gerade drauf war und überhaupt. Aber die leichte Schläfrigkeit fehlte. Außerdem fühlte sie sich etwas übermütig. Hajo hatte fertiggespult. Sie fragte sich kurz, ob er ihr wohl auf diese Weise beiläufig seine persönlichen Obsessionen nahebringen wollte, so in der Art von 'Na wie fin'ste das?'. Und wenn sie nicht gleich 'Scheiße' schrie, würde er sich dann wohl dazu

durchringen, es ihr vorzuschlagen. So oder so ähnlich. Sie mußte kichern.
Hajo sah sie belustigt an. "Was ist? Gefällt dir das?"
Tatjana hatte gar nicht richtig hingesehen und holte das jetzt eiligst nach. Mit vor Konzentration in Falten geworfener Stirn betrachtete sie die Gruppe aus drei Männern und zwei Frauen, die irgendwie alle ineinander verschlungen waren. "Keine Ahnung", sagte sie. "Was machen die denn da?"
Hajo lachte laut auf. "Sex!" rief er. Aber du hast recht: Man kann es nicht so genau sagen ... " Wieder kicherte er und drehte sich ihr zu.
Tatjana konzentrierte sich jetzt tatsächlich auf den Film. Die Dinge, die sie sah, schockierten sie nicht. Sie hatte das meiste davon vorher zwar noch nie gesehen, aber von den meisten Dingen wußte sie aus Gesprächen oder Zeitschriften schon einigermaßen Bescheid. Überhaupt hatte sie das Gefühl, daß sie an diesem Abend ausgesprochen Lust hatte, Dinge auszuprobieren, die ihr vorher zu weit gegangen wären. Hajo zog sich schon die Hose aus, Socken und Unterhose gleich mit. Zögernd entledigte sie sich auch ihrer Kleidung. Eigentlich war es ihr nicht so wichtig, was sie als nächstes machen würden. Im Grunde war sie für alles aufgeschlossen, weil sie noch keine negativen Erfahrungen gemacht hatte, besonders nicht mit Hajo.

Als Tatjana am nächsten Morgen erwachte, fühlte sie sich, als wäre sie von einer Dampfwalze überfahren worden. Als ihr dann Stück für Stück einfiel, was sie in der vergangenen Nacht alles hatte mit sich machen lassen, wurde ihr abwechselnd übel und kalt. Sie betrachtete nachdenklich den Mann, der schlafend neben ihr lag. Er war ein prima Kerl, und sie sah nach wie vor keinen Anlaß sich vor ihm zu grausen. Eigentlich grauste es ihr mehr vor sich selbst. Sie konnte sich genau erinnern, daß sie einige sehr intensive Orgasmen gehabt hatte. Was ihr dabei sauer aufstieß, war die Tatsache, daß sie bei 'Spielchen' Orgasmen bekommen hatte, von denen sie eigentlich gedacht hatte, daß sie sie nicht reizen könnten, geschweige denn gefallen. Sie stand vorsichtig auf, um Hajo nicht zu wecken, und schlüpfte unter die Dusche.
Als sie sich angezogen hatte, stellte sie fest, daß es schon halb zwei nachmittags war. Hajo knurrte etwas.

"Bist du schon wach?" fragte sie, erhielt aber nur ein weiteres, gedämpftes Knurren zur Antwort.
"He!" lachte sie und setzte sich neben ihm auf die Bettkante. "Was ist denn nun?"
Grunzend tastete er nach ihr. Dann drehte er sich um, packte sie am Nacken, zog sie zu sich runter und küßte sie.
"He! Du hast heute noch was vor!"
"Wie spät ist es denn?" fragte er.
"Gleich zwei Uhr."
"Oh, dann haben wir ja noch jede Menge Zeit! Wie war's denn überhaupt? Alles klar? Keine Probleme?"
"Hm ... weiß nicht. Aber kein Problem. Ich muß es nur erst verdauen. Das Zeug haut ja ganz schön rein."
"Ach was, so toll ist das nun auch wieder nicht. Wir haben ja nur ganz wenig gezogen ... das meiste kam wohl aus uns selber ... hm ... ich hatte noch nie eine Freundin, mit der so was gegangen wäre. Ich staune über mich selbst ... "
"Was? Du auch? Na, immerhin bin ich dann nicht alleine ... " Sie sahen beide kurz verlegen in verschiedene Richtungen, dann fielen sie sich in die Arme und küßten sich. Endlich rollte Hajo sich aus dem Bett. "Okay, was denn nun? Soll ich dich zu Hause vorbeifahren, willst du hier warten oder was ... "
"Schon gut. Ich geh zu meiner Mutter. Ist wahrscheinlich mal nötig. Wann holst du mich?"
"Keine Ahnung, wie lange das dauert. Ich geh ja erst um sechs hin ... wenn du da weg willst, dann nimmst du dir halt 'n Taxi ... "
"Hast du mal geguckt, wieviel von dem Geld noch übrig ist? Wir haben ganz schön was verbraten. Wenn uns da nichts einfällt, dann sieht es schlecht aus für deine Geschäfte. Wieviel brauchst du denn beim ersten Mal, hm?"
"Na ja, ich müßte wohl schon ein 'Heck' nehmen ... "
"Was?"
"Ein 'Heck', das sind hundert Gramm ... "
"Na, dann sieht's ja schon mal schlecht aus ... "
"Okay, mal sehen. Dann eben kein Taxi. Kannst ja vor dem Haus warten."
"Na toll ... "

"Was soll ich denn machen? 'Ey, Typ, wir reden morgen weiter, ich muß jetzt meine Alte bei ihrer Mutter abholen'?"
"Is' ja gut ... "
"Na fein. Ich hab' kein Hunger, du?"
"Nö ... komisch ... "
"Nix komisch. Speed schlägt auf den Appetit. Dope macht Kohldampf auf Süßigkeiten, Speed macht zwar nicht satt, aber an Essen ist da eigentlich nicht zu denken. Na ja, bevor wir verhungert sind hört's auf. Aber versuch mal zwischendurch was Milch oder Fruchtsaft und so zu trinken, wegen der Vitamine. Speed iss'n Vitaminkiller."
"Aha."
"Ja, das stimmt!"
"Glaub' ich dir ja ... "
"Dann komm."
"Willst du dich nicht erst anziehen?"
"Hm? Ach so, ja ... äh ... "

Hajo fuhr Tatjana nach Hause und machte sich dann auf den Weg zu Walli. Der wohnte in der Altstadt und das größte Problem war eigentlich, einen Parkplatz zu erwischen. Als er das Haus gefunden hatte, klingelte er zweimal und wartete dann einen Moment. Dann klingelte er dreimal. Der Türsummer ging.
Walli war ein etwas zurückhaltender Typ. Nachdem Hajo eingetreten war, ließ er sich erst Pits Zeichnung zeigen.
"Was ist das eigentlich?" wollte Hajo wissen, aber Walli winkte ab. "'n alter Gag zwischen Pit und mir. Was kann ich für dich tun?" Der kam ziemlich schnell zur Sache, wie Hajo fand. Er war es gewohnt, noch jede Menge privaten Klatsch auszutauschen, bevor es ans Geschäft ging.
"Na ja, Pit meinte, bei dir könnte ich vielleicht was Speed bekommen?"
"An wieviel hattest du denn gedacht?"
"Och, mal sehen ... fürs erste immer so um die hundert Gramm."
"Hmmmmm ... " machte Walli und nickte. "Kein Problem. Ich hab' nur eine Sorte, aber die ist gut. Bei der Menge kostet's dich fünfzehn das Gramm."
Hajo biß sich fast in die Wange. Fünfzehn! Fünfzehn Mark! Ha! Der Straßenpreis — bzw. der, den Hajo bei Bekannten bezahlte — lag

bei fünfzig Mark. Was Pit ihm gegeben hatte, war auch höchstens ein Gramm gewesen.
"Also, wieviel brauchst du?"
"Äh, im Moment noch nichts, ich wollte dich erst mal kennenlernen."
"Fein. Bevor du kommst, meldest du dich telefonisch an, okay? Und bring' niemanden mit, das mag ich nicht so gerne."
"Alles klar, Mann. Dann bis bald. Ich meld' mich. Tschau." Hajo gab Walli die Hand und stand auf.
"Gut. Ich würde mich freuen, wenn wir ins Geschäft kommen ... "
"Oh, das werden wir, Walli, das werden wir. Bis bald."
Hinter ihm fiel die Tür ins Schloß und in ihm drehten sich die Zahlenkolonnen im Kreis.
Während der Heimfahrt malte er sich bereits die Absatz- und Gewinnmöglichkeiten aus. Alles erschien in rosarot und supereinfach. Nur das Startkapital machte ihm noch etwas Sorgen. Er benötigte knapp tausendfünfhundert Mark — die er nicht hatte. Aber darum würde er sich später kümmern. Als er eine Parklücke gefunden hatte fiel ihm ein, daß er noch Tatjana abholen mußte.

Tatjanas Erwartungen, bezüglich des Gesprächs mit ihrer Mutter, gingen ohnehin gegen null, aber Vera verstand es, noch einen draufzusetzen.
"Was willst du denn hier?" war das erste, was sie sagte und "Ich glaube, wir müssen uns mal unterhalten", war das zweite.
Tatjana verzichtete auf Hinweise wie 'Ich wohne hier' und 'Deshalb bin ich ja gekommen' und trottete genervt ins Wohnzimmer. Sie hätte sich denken können, daß Vera kein Verständnis hatte. Ihre einzige Hoffnung war — so paradox das auch sein mochte — Carsten. Als sie ihn im Wohnzimmer nicht sah, fragte sie Vera.
"Er ist nicht da", sagte sie nur. "Und was willst du nun? Steckst du in Schwierigkeiten? Ja? Ist es das, was dich wieder zu mir geführt hat? Dafür ist eine Mutter ja immer gut. Erst müht man sich ab ... "
"Mama", unterbracht Tatjana ihren Redeschwall, "ich wollte einfach nur mit dir reden."
"Ach ja? Und worüber? Du hast es doch sonst nicht nötig mit mir zu reden."

"Ich dachte, wir könnten jetzt vielleicht etwas besser miteinander auskommen."
"Besser? Besser als wie ... ?"
"Besser als vorher", seufzte Tatjana. "Es ist doch ... " Verzweifelt brach sie ab. Sie wußte einfach nicht, worüber sie mit ihrer Mutter sprechen sollte.
"Ich vergehe hier fast vor Sorge, und du!" schniefte Vera. Das war typisch für sie. Wenn sie nicht mehr weiter wußte, fing sie mit der Märtyrernummer an. "Wie willst du so dein Abitur schaffen?"
"Was hat das denn damit zu tun?" fragte Tatjana. "Ich gehe doch auch weiterhin zur Schule. Hajo fährt mich jeden Morgen hin und ... "
"Wer ist das überhaupt? Ich kenn' den Mann nicht, ich weiß nicht wo er wohnt ... daß ich noch nicht die Polizei gerufen habe, hast du nur Carsten zu verdanken. Er meinte, es wäre nur eine kurze Phase!"
"Nein, da irrt ihr euch. Ich liebe Hajo und werde bei ihm bleiben."
"Das kannst du ja meinetwegen, aber du gehörst hierher. Du wohnst hier und ... "
"Jetzt nicht mehr, Mama." Tatjana sah sie ernst an. "Ich wohne jetzt bei ihm und das wird auch so bleiben. Aber trotzdem bist du meine Mutter. Muß ich mich zwischen euch entscheiden? Kann ich nicht bei ihm bleiben und trotzdem mit dir klarkommen?"
"Nein!" schnappte Vera. "Wenn du bei ihm bleiben willst, dann brauchst du gar nicht mehr zu kommen. Als Notabsteige lasse ich mein Haus nicht mißbrauchen!"
"Na gut, wenn du meinst", sagte Tatjana traurig und stand auf. "Ich packe nur meine Sachen."
"Warte", rief Vera. "So habe ich es nicht gemeint. Es ist nur, ich bin so enttäuscht, kannst du das denn nicht verstehen?"
"Nein", sagte Tatjana. "Aber das muß ich vielleicht gar nicht."
"Ich mache mir doch Sorgen. Ich weiß doch gar nichts über deinen Freund, ob er gut für dich ist oder ob er dich in etwas hineinzieht. Er ist doch viel älter als du ... "
"Was ist denn schon dabei? Vater war auch älter als du, Carsten ist älter ... "
"Das ist doch etwas ganz anderes ... "
"Ja, natürlich." Tatjana lachte bitter auf.

"Kind, bitte! Es gibt noch so vieles, wovon du nichts verstehst. Ich möchte dir doch nur helfen."
"Ach ja? Und was sind das für Dinge, bei denen du mir helfen willst?"
"Nun ja, vielleicht will dein Freund irgendwann mit dir schlafen, oder er will dir Drogen geben oder ... "
"Ach? Das denkst du also? Und du meinst, du könntest mir dann helfen?"
"Natürlich, wer denn sonst?"
"Dann sag mir doch mal, was du mir raten würdest, wenn er mit mir schlafen wollte."
"Warum? Hat er das schon von dir verlangt?"
"Hajo würde nie etwas von mir verlangen!" Sie sprach das Wort spitz und angewidert aus. "Aber wenn, was würdest du mir dann sagen?"
"Du hast meine Frage nicht beantwortet!" Veras Ton wurde schärfer.
"Du meine auch nicht."
"Na gut, also ich würde dir dann raten, so schnell wie möglich wieder nach Hause zu kommen."
"Na toll!" rief Tatjana. "Eine brillante Lösung. Und das nennst du Hilfe? Ich dachte, jetzt kommen Tips, wie man mit einem Mann schläft, wie man ihn verwöhnt, wie man herausfindet, was einem selbst Spaß macht und was nicht. Aber nein, der große Ratschlag von Mama lautet: Weglaufen! Echt super!"
Vera war für einen Moment sprachlos.
"Und was war das mit den Drogen? Du hältst es tatsächlich für möglich, daß Hajo mich mit Drogen abfüllt und gefügig macht und darauf würdest du mit einem ähnlich tollen Vorschlag reagieren? Ha! Echt Klasse!" Tatjanas Verbitterung war nicht zu übersehen.
Mit bebenden Lippen versuchte Vera ihr etwas zu sagen, aber sie brachte kein Wort heraus.
"Ich will dir mal was sagen: Du kannst mir nicht mehr helfen, die Zeiten sind längst vorbei. Das bildest du dir alles nur ein. Und genau das ist der Grund, warum ich nicht mehr bei dir bleiben kann, weil du mich nämlich nicht verstehst, weil du gar nichts verstehst! Und weißt du, woran das liegt? Weil du dich nie dafür interessiert hast. Du hast immer geglaubt, du wüßtest alles, aber in Wirklichkeit weißt du nichts. Überhaupt nichts! Ich habe längst mir ihm geschlafen und

es war wunderschön. Wir tun es jede Nacht. Und von Drogen verstehst du doch sowieso nichts!" Nach dieser niederschmetternden Predigt lief Tatjana in ihr Zimmer und stopfte eilig ein paar Sachen in die Sporttasche. Den Rest wollte sie irgendwann abholen, am besten, wenn Vera nicht im Haus war. Ihre Mutter weinte unten, das konnte sie hören, aber sie versuchte es zu ignorieren.
Als sie wieder runter kam, stand Vera vor der Tür. "Bitte, setz dich wieder. Ich werde versuchen, zu verstehen. Ich will doch nur nicht, daß wir uns entfremden."
"Ach, Mama, das haben wir doch längst. Schon vor Jahren. Du hast dich seither nie richtig um mich gekümmert. Wie willst du das jetzt in Ordnung bringen?"
"Laß es mich versuchen", sagte Vera in versöhnlichem Ton. "Bitte!"
"Na gut, meinetwegen." Tatjana ließ die Tasche fallen und schlurfte wieder ins Wohnzimmer.
Vera zündete sich eine Zigarette an. "Rauchst du?" fragte sie und hielt Tatjana die Packung hin.
"Nein danke", sagte Tatjana.
"Na, immerhin, aber ich hätte noch nicht mal was dagegen."
Tatjana fand das heuchlerisch. "Hättest du auch nichts dagegen, wenn ich trinken würde?" fragte sie schnippisch.
"Nein, was sollte ich dagegen machen? Ich könnte dich doch nur vor den Folgen warnen, aber ich kann nicht mehr hinter dir herlaufen und dir vorschreiben, was du zu tun und zu lassen hast. Dafür ist es wohl zu spät."
"Ja", sagte Tatjana und unterdrückte eine Träne, die unbedingt über ihre Wange laufen wollte, "dafür ist es wohl zu spät." Schmerzlich stellte sie fest, daß ihre Mutter einfach nachträglich zugab, daß sie aufgegeben hatte, es eigentlich nie richtig versucht hatte, und jetzt stellte sie es auch noch als Entgegenkommen hin. "Hättest du auch nichts dagegen, wenn ich kiffen würde?" bohrte Tatjana schließlich weiter. Wenn schon, denn schon.
"Jetzt ist es aber langsam gut, Kind. Du hast mir schon genug zugesetzt."
"Warum? Weil du damit überfordert bist? Aber es ist nun mal so."
"Was?" Alle Farbe wich aus Veras Gesicht. "Das meinst du nicht ernst", sagte sie hoffnungsvoll.

"Was hast du denn auf einmal? Alkohol ist okay, aber bei ein bißchen Dope kriegst du einen Anfall? Und du willst mir erzählen, du könntest mir helfen? Du hast doch keinen Schimmer!"
"Das kannst du sehen wie du willst, aber ich weiß, wie man in der Gosse landet und sein Leben wegwirft. Und wenn du das, was du da gerade angedeutet hast, wirklich tust, dann bist du drauf und dran dein Leben wegzuwerfen." Vera hatte sehr leise und eindringlich gesprochen. Aber Tatjana kannte die Masche schon. Es bedeutete nichts weiter, als daß ihre Mutter keine Ahnung hatte, worüber sie eigentlich sprach.
"Du weißt nichts. Du hast nur mal was gehört und das ist eben falsch. Also spar dir deine Mühe. Du machst dich nur lächerlich."
"Ah ja? Ich mache mich also lächerlich wenn ich dir sage, daß du auf dem besten Wege bist, zu einem Straßenkind zu werden? Ja? Du weißt das natürlich alles besser. Wer erst mal damit anfängt, der kommt nie mehr davon los, aber davon wollt ihr Kinder natürlich nichts hören. Ich seid ja so schlau. Eltern sind ja nur dazu da, um euch das Leben sauer zu machen, was? Und unsere Erfahrung ist von heut auf morgen nichts mehr wert. Auf die Welt bringen, durchfüttern, kleiden ... das alles können wir gut, aber sobald es um Drogen und Sex geht, da wissen wir Alten plötzlich nicht mehr Bescheid. Ich hätte dich für klüger gehalten ... "
"Du redest über Dinge, von denen du nichts verstehst, das ist einfach so, auch wenn du es nicht wahr haben willst. Was weißt du denn zum Beispiel über Dope, hm?"
"Ich weiß immerhin, daß es ein Rauschgift ist, daß es süchtig macht und illegal ist. Du wirst an meine Worte denken, wenn du mich vom Gefängnis aus anrufst, damit ich dich raushole. Aber das kannst du dir gleich abschminken, meine Liebe. Die beste Kur ist in solchen Fällen immer noch ein Gefängnisaufenthalt. Da weißt du hinterher wenigstens, worauf du dich eingelassen hast ... "
"Dope ist mittlerweile legal, du Schlaumeierin."
"Ach, tatsächlich?" sagte Vera herablassend. "Hier auch?"
"Ja, hier auch. In ganz Deutschland."
"Und warum weiß ich davon nichts?" Veras Ton entsprach dem einer genervten Psychologin, die einem Irren zuhört — einem der ihr erklären will, er sei Napoleon.

"Das ist es ja: Du weißt es einfach nicht. Liest du denn nie Zeitung?"
"Doch. Und ich habe nichts dergleichen gelesen. Wieso sollte Hasch auch erlaubt werden? Es ist eine Droge!"
"Es war längst überfällig. Hasch ist wesentlich harmloser als Alkohol oder Tabletten und die sind ja schließlich auch erlaubt. Das Verfassungsgericht sagt, es muß dem Menschen im Rahmen seiner persönlichen Freiheit gestattet werden, sich auszusuchen, womit er sich berauschen will. Zumindest aber muß er die Möglichkeit haben, ein ungefährlicheres Rauschmittel zu verwenden als andere, die legal sind. Also muß man Hasch freigeben. So einfach ist das."
"Das wird nie passieren. Das sind die üblichen Sprüche von ein paar drogenabhängigen Träumern und der Mafia."
"Du hast ja echt 'nen Vogel. Es ist bereits passiert. Erkundige dich doch mal."
"Aber von Hasch wird man abhängig. Und weil man davon abhängig wird, ist es verboten ... Von Hasch wird man eben seelisch abhängig und von Alkohol nicht immer."
"Du redest unheimlichen Müll!" schrie Tatjana. "Du weißt echt gar nichts! Von Hasch kann man gar nicht abhängig werden, weil es keine körperliche Abhängigkeit verursacht, wie zum Beispiel Alkohol. Seelisch kann man sowieso von allem abhängig werden, das hängt eben mit dem jeweiligen Charakter der Menschen zusammen. Außerdem ist Alkohol im Ganzen gefährlicher: Es verursacht eine ganze Reihe schwerer körperlicher Schäden einschließlich der Zerstörung von einigen hunderttausend Gehirnzellen bei jedem übermäßigen Konsum, Hasch nicht."
"Ich kenne aber genug Leute die nur dreimal gehascht haben und schon davon abhängig sind, und andererseits jede Menge Leute die regelmäßig trinken und davon überhaupt nicht abhängig sind, und das paßt ja wohl nicht ganz zusammen. Ich meine, ich kenne da bestimmt dreißig Leute und die sind ja wohl nicht alle krank, und ich kenne bestimmt zwanzig Kiffer und die sind alle abhängig!"
"Das ist doch gar nicht wahr! Du lügst!" sagte Tatjana frustriert. Aber wenn du das nötig hast ... "
"Was fällt dir ein! Natürlich stimmt es. Ich hab's nicht nötig zu lügen!"
Mit mitleidigem Ton sagte Tatjana: "Erstens kennst du keinen einzigen Kiffer und zweitens — wenn doch — dann bist du auf beiden Augen

blind, voreingenommen oder lügst hier wie gedruckt, um deine blöden Argumente irgendwie zu untermauern. Das liegt doch nur an deiner Obrigkeitshörigkeit: Was die da oben sagen, das übernimmst du unbesehen. Hast du dich überhaupt schon mal mit der Geschichte von Hasch und der diesbezüglichen Gesetzgebung beschäftigt? Weißt du überhaupt, daß Hasch früher ganz legal war, wie Heroin übrigens auch? Das wurde von Hoechst oder Bayer erfunden, während des dritten Reiches. Aber dann haben die Nazis es doch verboten, weil die Leute arbeitsunfähig wurden ... Das Hasch verboten wurde lag doch nur an der verdammten Alkohollobby. Obwohl Alkohol Leber und Gehirn schädigt, aggressiv macht und dadurch Ehen zerrüttet, wird noch nicht mal auf dem Etikett gewarnt, wie bei Zigaretten. Das müßtest du doch auch wissen, wie aggressiv Alkohol macht, oder? Nicht? Keiner deiner Bekannten? Nein? Keiner dabei, der sich vollaufen läßt und dann Frau und Kinder schlägt, was? Hast du jemals von einem aggressiven Kiffer gehört? Könnest du bitte zur Kenntnis nehmen, daß es grundsätzlich ein Fehler war, harmlose Drogen wie Hasch zu kriminalisieren und somit die Konsumenten in die Illegalität zu treiben? Daß nur deshalb behauptet werden kann, daß — was weiß ich — neunzig Prozent aller Heroinabhängigen vorher gekifft haben, also damit übers Dope zum Heroin gekommen sind? ... äh, weil eben, wenn man sich Dope kaufen will, man zu denselben Dealern gehen muß, die dann auch Heroin und so verkaufen? Weißt du eigentlich, daß über neunzig Prozent aller Junkies vorher Alkohol getrunken und geraucht haben, ja? Wird das deshalb verboten? Nein! So! Also, was soll der ganze Scheiß! Nicht mal theoretisch weißt du über Drogen Bescheid! Weißt du, wie Alkohol wirkt? Wie Dope wirkt? Koks? Heroin? Weißt du das? Hä? Hä?" Tatjana schnappte fast über vor Wut.
"Also, du kannst doch nicht ernsthaft erwarten, daß ich Heroin nehme, um dir sagen zu können, wie es wirkt ... "
Typisch Vera. Was sollte man da schon sagen. Tatjana war nur noch sauer: "Du blöde Kuh! Es hätte gereicht, wenn du dich mal erkundigt hättest! Aber soviel bin ich dir ja nicht wert. Du interessierst dich überhaupt nicht für die Welt, in der ich lebe und in der ich aufwachsen muß. Daß man Drogen auf dem Schulhof kaufen kann, daß es alle anderen machen, das gibt es für dich gar nicht, was? Hauptsache das Kind ist in der Schule, dann ist alles in Ordnung! Du

ignorante blöde Kuh! Ich hasse dich! Ich hasse dich! Dir ist es einfach egal, was mit mir passiert, solange es nur in deine Vorstellungswelt reinpaßt. Und deine heilsame Gefängniskur kannst du dir auch von der Backe kratzen. Da kommt man garantiert als Junkie wieder raus. Du bist so blöd! Ich hasse dich und will dich nie mehr wiedersehen." Tränenüberströmt lief Tatjana aus dem Haus.
Vera blieb fassungslos sitzen und bemerkte erst eine halbe Stunde später, daß Tatjana die Tasche im Flur stehengelassen hatte. Dann begann sie damit, ihre Tochter aus ihrem Bewußtsein zu streichen. So einfach war das.

Als Hajo um die Ecke fuhr, wäre Tatjana ihm fast vor den Kühler gelaufen. Er hatte den Wagen noch nicht ganz angehalten, als sie völlig verheult einstieg.
"Der Abend war wohl nicht so toll", sagte er leise und streichelte ihr Haar.
"Fahr los!" schrie sie und wischte sich die Tränen ab. "Ich habe keine Mutter mehr, ich habe nie eine gehabt!"

Kapitel 4

Als Tatjana am nächsten Morgen erwachte, fühlte sie sich ausgelaugt und widerwärtig. Nach kurzem Nachdenken führte sie es auf die Exzesse der vergangenen Nacht zurück. Sie hatte ihre Mutter verloren und nichts besseres zu tun gehabt, als die ganze Nacht einen Joint nach dem anderen durchzuziehen. Außer den zahlreichen Joints, Rotwein und Bier hatte sie noch etwas anderes genommen, jede Menge Speed. Irgendwann in der Nacht war ihr von dem ganzen Mix kotzschlecht geworden. Jetzt, nachdem der Zorn abgeklungen, der Kopf wieder einigermaßen klar war und ihre Zukunft an die Tür pochte, um zu erfahren, was sie sich denn nun so vorstellte, da traf sie die Erkenntnis hart, daß sie mit ihrer Mutter gebrochen hatte. 'Blöde Kuh' hatte sie sie genannt. Und gestanden, daß sie kiffte. Das mit der Schule hatte sie noch nicht zugegeben, soweit war sie sich sicher. Aber irgendwann würde Vera einen blauen Brief bekommen.

Andererseits war das jetzt auch schon egal. Sie hatte es geschafft: Sie brauchte keinen Schein mehr aufrechtzuerhalten — die Karten lagen offen. Und wenn Vera nun erfuhr, daß sie nur noch unregelmäßig in der Schule erschien und ihre Leistungen rapide nachließen, dann würde sie auch nicht mehr unternehmen als jetzt. Sie war ihr egal.
Das Bett neben Tatjana war leer, wie sie beim Umdrehen bemerkte. Sie sah auf die Uhr: Es war eigentlich noch zu früh für Hajo, um aufzustehen.
"Hajo?"
"Ja", brummte er aus dem Nebenzimmer.
"Was machst du?"
"Rechnen. Schlaf noch was."
"Ich kann nicht."
"Du hast ja gestern auch deine Nase im Speed versenkt, bevor ich noch 'Papp' sagen konnte. Jetzt kannste nicht schlafen, was?" Er kicherte leise.
Tatjana schwang sich aus dem Bett. "Ich fühl mich hundeelend", jammerte sie.
"Das kann schon vorkommen, wenn man's nicht gewohnt ist und zu viel erwischt."
"Das mein ich nicht. Ich habe gestern zu meiner Mutter 'blöde Kuh' gesagt, und daß ich sie hasse ... "
"Ja, ich weiß. Du solltest sie heute mal anrufen. Aber vielleicht erzählst du mir erst mal, was genau eigentlich gelaufen ist?"
"Ach, nichts weiter. Sie hat halt blöd rumgelabert und sich dicke getan, daß sie alles weiß und mir raten will und so, und da ist mir eben der Kragen geplatzt."
"Geht das auch deutlicher?"
"Herrje! Ich habe ihr Nachhilfe in Sachen Drogen und Sex und Freiheit gegeben!"
"Au Scheiße", stöhnte Hajo.
"Was denn?"
"Da kann es sich doch nur noch um Minuten handeln, bis die Bullen hier sind, du doofe Schnalle!" fauchte Hajo und kam ins Zimmer gesprungen. "Sie ist deine Mutter, ist dir das eigentlich nicht klar? Sie will dich schützen, selbst, wenn es dir nicht paßt. Sie geht davon aus, daß du nicht weißt, was du tust. Klar? Los, räum das Zeug weg."

"Ach quatsch, die weiß doch gar nicht, wo wir wohnen."
"Nein? Na gut, aber ruf sie gleich an, ja? Sag ihr, daß du heute Abend kommst, um dich zu entschuldigen und mit ihr zu reden. Daß du euer Verhältnis nicht kaputt machen möchtest. Das wird sie schlucken, oder?"
"Ich wüßte nicht, warum ich das machen sollte. Ich bin fertig mit ihr."
"Meinetwegen. Sei fertig mit ihr, aber halt mich da raus. Wenn du Wert darauf legt, daß sie von ihrem Erziehungsrecht Gebrauch macht, dann sieh zu, wie du alleine klar kommst. Wenn du ernsthaft vorhast bei mir zu bleiben, dann krieg das mit deiner Alten auf die Reihe, klar?"
"Klar", murmelte Tatjana und ging ins Bad.
Hajo sah auf die Uhr. Schon nach eins. Daß Tatjana die Schule verschlafen hatte, bemerkte er gar nicht. Ihm ging es darum ein paar Leute zu erreichen.
"Wieviel hast du eigentlich noch auf der Bank?" brüllte er.
"Nichts, wir haben doch alles abgeholt", rief sie genervt zurück. Auch ihr war aufgefallen, daß ihre Barschaft sich dem Ende zu neigte.
"Scheiße!" sagte Hajo.
"Japp!" rief Tatjana und lachte. Ein Zitat aus den '*Blues Brothers*' die sie neulich mit Hajo auf Video geguckt hatte. Hajo bekam es gar nicht mit. Er grübelte, wo er auf die Schnelle Geld herkriegen könnte. Dann fiel ihm Matthias ein, ein Typ, den er mal bei einer Lieferfahrt für seine alte Firma kennengelernt hatte. Der hatte damals gefragt, ob Hajo ihm was Dope besorgen konnte. Hatte wohl keine brauchbaren Kontakte, der Mann. Hajo hatte ihn völlig vergessen, wegen Kleinkram machte er sich keine Umstände, aber möglicherweise war bei dem Kerl ja was zu holen. Er leerte den Inhalt seiner Taschen auf den Tisch und kippte auch den Geldbeutel aus. Endlich fand er den zerfledderten Papierschnippsel mit der Nummer. Als Tatjana aus dem Bad kam, war er mitten im Gespräch.

Das Geschäft ließ sich gut an. Hajo konnte über Matthias auf einen Schlag 50 Gramm Hasch absetzen, weil er die Ware mitbrachte und testen ließ. Matthias und sein Freund waren zufrieden und zahlten bar. Davon konnte er den Kerl bezahlen, den er über den Freund eines Bekannten kennengelernt hatte und der ihm den Stoff ultragünstig auf

Kommis verkaufte. Immerhin bekam er von Matthias 11,- Mark pro Gramm, also hatte er die ersten hundertfünfzig Mark verdient.
"Falls ihr noch was anderes braucht, sagt Bescheid!" verabschiedete sich Hajo und verließ Matthias Wohnung.
Tatjana hatte im Wagen gewartet.
"Na?" fragte sie mißmutig.
"Was hast du denn? Ist alles bestens gelaufen", strahlte Hajo.
"Und? Wieviel hast du dabei verdient?" quengelte sie weiter.
"Hunderfuffzig, ist doch gar nicht so schlecht für den Anfang."
"So, nicht schlecht. Du mußtest das Zeug holen, hierher fahren, zurückfahren, das alles hat gedauert ... und das nennst du nicht schlecht? Ich habe immer gedacht, beim Drogenhandel wird richtig abkassiert! Ist ja auch riskant genug! Von vierzig Mark die Stunde, wie sie jeder Maurer kriegt, war nicht die Rede!"
"Ohoooo ... " rief Hajo und ließ den Wagen an. "Gierig, was? Da wirst du leider etwas Geduld haben müssen, so schnell kommt man auch im Drogenhandel nicht an das große Geld."
Tatjana zog es vor, den Rest der Fahrt zu schmollen.

Am nächsten Tag wurden sie gegen drei Uhr nachmittags von Jürgen geweckt. Hajo hatte ihn angerufen und durch die Blume aufgefordert, mal vorbeizukommen.
"He Alter", brummte Hajo, nachdem er schlaftrunken die Tür geöffnet hatte. "Setz dich, ich muß erst mal zu mir kommen."
"Laß dir Zeit", murmelte Jürgen und starrte Tatjana an, die halbnackt auf dem Bett lag und sich nicht rührte. "Wer ist das denn?"
"Meine Freundin, also vergiß es. Hör mal, ich bin grade gut im Geschäft. Ich kann Dope besorgen, Speed und vielleicht demnächst auch Koks. Weißt du, wer was brauchen könnte?"
"Sicher, aber was hab ich davon", erwiderte Jürgen und versuchte, Tatjana nicht weiter anzustarren.
"Na ja, so toll sind meine Preise nicht, daß das für zwei langt, aber für den Kontakt kann ich dir ja was geben ... "
"Wieviel dachtest du denn?"
"Kommt drauf an, was dabei rausspringt. Eben 'ne Ecke zu rauchen, oder 'ne dicke Line. Ich hatte gehofft, das könnte unter 'Freundschaftsdienst' laufen ... "

"Tja, ich kann ja mal gucken", sagte Jürgen und stand auf.
"He, so eilig?"
"Ich dachte, es wäre was Wichtiges", sagte Jürgen und sah Hajo forschend an.
"Setz dich, probier den Stoff erst mal."
Hajo baute einen Joint und kam nicht umhin zu bemerken, daß Jürgens Augen wieder zu Tatjana wanderten. Er gab ihm den Spiegel mit dem Speed und der angegammelten Teppichmesserklinge. "Hier, hack mal einen", sagte er und hoffte, Jürgen damit erst mal von Tatjana abgelenkt zu haben. Der fing auch sofort fleißig an ein paar Brocken Speed, die er aus dem Papiertütchen geschüttelt hatte, zu zerkleinern. Derweil hatte Hajo schon einen Joint gewickelt.
"Hier, aber genieß es. Bester Grüner, Mann!"
"Ach, weißt du, in letzter Zeit bin ich was ruhiger geworden. Man muß sehen, wo man bleibt. Eigentlich nehm ich nichts mehr vor Sonnenuntergang."
"Sonnenuntergang, hä? Das haben mir schon viele gesagt, einschließlich meinem Spiegelbild. Werden wir ja sehen. Ich jedenfalls nehm mit, was anliegt." Damit zündete Hajo den Joint an und zog den Spiegel zu sich ran.
Als Jürgen ging, war Hajo felsenfest davon überzeugt, daß sie im Laufe der Woche ins Geschäft kommen würden. Soweit er wußte, zahlte Jürgen momentan über 12,- Mark. Das konnte schon was werden.

Tatjana ging immer seltener zur Schule und schließlich gar nicht mehr. Sie und Hajo gingen auch nicht mehr aus. Am Anfang hatte er noch gesagt, daß er die Geschäftszeiten auf dreizehn bis zwanzig Uhr begrenzen wollte, aber dann konnte er nicht 'Nein' sagen und nahm alles mit, was er kriegen konnte. Um die zwanzig Leute kamen täglich bei ihm vorbei, davon manche zwei bis drei Mal. Das waren die kleinen Straßendealer, die nichts vorlegen konnten und alle paar Gramm Nachschub holen mußten. Die meisten von Hajos Freunden hatten ihm geraten, sich mit den Typen nicht einzulassen. Das konnte schnell ins Auge gehen und die Bullen standen vor der Tür, aber Hajo schlug alle Warnungen in den Wind. So sprach sich seine Adresse schnell herum. Tatjana verbrachte die meiste Zeit im

Dauerrausch, schließlich mußte jeder, der eine größere Summe ausgeben wollte, ausgiebig bewirtet werden — und dazu gehörte nun einmal auch das 'Huka'[3], das immer auf dem Tisch stand, seit Hajo ständig Gäste hatte. In einer großen, hölzernen Schale war die Mischung, für die Tatjana zuständig war. Immer wenn sie eine neue Mischung gemacht hatte und immer, wenn jemand anders einen 'Kopf' rauchte, nahm Tatjana auch einen. So kam sie am Tag ohne weiteres auf 15 bis 20 'Köpfchen'. Sobald nach Mitternacht der letzte Kunde draußen war, knallte sie sich Speed rein, um noch fit genug für Hajo zu sein. Er war sich sicher, daß sie die ideale Frau für ihn war. Obwohl er manchmal Sorgen hatte, daß sie etwas übertrieb, aber er ging davon aus, daß sie damit zurechtkommen würde.
Tatjana mochte die Pottparties mit Freunden in seiner oder in einer anderen Wohnung. Zunächst hatte nur Hajo so was arrangiert, um neue Kunden kennenzulernen, später hatten auch andere zu sich eingeladen und Hajo ging mit Tatjana hin. Er sagte immer: "Wir haben heute Abend wieder ein Geschäftsessen", oder: "Unsere gesellschaftlichen Pflichten rufen." Sie fühlte sich großartig.
Die Leute hatten alle denselben merkwürdigen Blick, an dem sich Kiffer schon von weitem erkennen. Ständig kreiste ein Joint oder eine Wasserpfeife, die liebevoll 'Blubby' genannt wurde. Tatjana entwickelte sogar richtigen Ehrgeiz beim Mischunghacken, es supergründlich zu machen, so daß schließlich außer ihr keiner mehr eine Mischung machen durfte. Sie waren alle auf demselben Trip und hatten einen feinen Sinn füreinander — fast wie eine große Familie. Tatjana fühlte sich bestätigt und geborgen in diesem Kreis, der sie akzeptierte wie sie war. Sie belästigten sich nicht gegenseitig mit irgendwelchen kleinkarierten Sorgen — Schule, Arbeit, oder so was. Die Diskussionen fingen beim Abtreibungsparagraphen an und endeten mit den totalitären Strukturen der katholischen Kirche, der zunehmenden Vereinsamung der Städter oder der neuen Werbekampagne von Coca-Cola. Wenn gerade keiner dabei war, der ein tolles Thema anschnitt, wurde geklatscht wie beim Friseur.
In dieser Runde machte Tatjana neue Erfahrungen: Die Leute hatten Zeit. Wenn sie an ihre Mutter dachte, die ihre Zeit mit Malerei verschwendete und nur ihren Partner miteinbezog, bekam sie einen kleinen Kloß im Hals. Aber sie wischte den Gedanken sofort weg

und konzentrierte sich auf den Genuß, nun endlich beachtet und ernst genommen zu werden. Der enorme Zeitaufwand, den Vera in die Vorbereitung für eine Ausstellung in einer Galerie investierte, ließ Tatjana ihren Stellenwert in den Augen der eigenen Mutter als ziemlich gering erkennen. Seit dem Streit vor Monaten war sie nicht mehr Zuhause gewesen, rief auch nicht mehr an ...

An einem Samstagabend standen dann schließlich die Türken vor der Tür. Hajo hatte wie immer durchs Guckloch gespitzt und stand nun Blut und Wasser schwitzend an der Tür. "Da sind Türken!" zischte er, aber Tatjana war viel zu breit, um irgend etwas mitzukriegen. Was sollte er machen? Vielleicht waren es nur Kunden, vielleicht würden sie weggehen, wenn er nicht aufmachte, vielleicht würden sie ihm die Tür eintreten ...
Sie traten ihm die Tür ein. Mit zwei kurzen, harten Tritten, die Hajo an Karateprofis denken ließen. Bescheuerterweise dachte er zuerst an den Ärger, den er mit dem Hauswirt haben würde, statt an sein bevorstehendes Ende.
Tatjana bekam davon nichts mit — sie war völlig platt. Sie nahmen nur das Geld und das Dope mit. Dazu noch das Speed, das Hajo im Wesentlichen für sich selber da hatte, mit dem er aber schon einigermaßen schwunghaften Handel trieb, wenn er auch nicht öfter als alle zwei Wochen zu Walli mußte.
Als Tatjana Stunden später wach wurde, hing die Tür wieder einigermaßen in den Angeln. Hajo lag in einer Blutlache davor.

Nachdem Hajo vom Notarzt abgeholt worden war und Tatjana den Bullen alle möglichen Fragen mit "Weiß nicht" beantwortet hatte, durchsuchte sie die Wohnung nach Dope, aber Hajo hatte außer dem Kram auf dem Tisch nichts weiter versteckt. In ihrer Not rief sie Jürgen an. Der kam auch sofort und gab ihr einen ansehnlichen Brösel. Während sie sich einen Joint baute, saß er neben ihr und hackte vier Spuren auf einem Spiegel. Sie rauchten den Joint gemeinsam und zogen danach die vier Spuren weg, die Tatjana für Speed hielt. Aber Jürgen hatte eine Mischung aus Koks und Heroin gehackt — das Heroin war mehr bei Tatjanas Spuren gelandet. Zufall? Als Tatjana auf den Trip ging, vergewaltigte er sie.

Eigentlich war es keine körperliche Vergewaltigung, denn Tatjana bekam nicht allzuviel mit und wehrte sich auch nicht. Um leichter in sie eindringen zu können, nahm Jürgen das Babyöl, das er in Hajos Badezimmer fand. Danach brauchte Tatjana eine ganze Weile, bis sie wieder soweit klar war, daß Jürgen sie unbesorgt alleine lassen konnte. Sie wußte von nichts und Jürgen beschloß, sich um sie zu kümmern, während Hajo im Krankenhaus lag — und das konnte noch eine Weile dauern.

Zwei Wochen später hatte Jürgen Hajos Kundenstamm übernommen und machte das Geschäft alleine. Tatjana hatte ihm in ihrer Arglosigkeit Hajos Adreßbuch gegeben, weil er ihr erzählt hatte, daß irgend jemand die Leute versorgen mußte, damit sie nicht abwanderten.
Als Hajo entlassen wurde, stand er vor einem Scherbenhaufen.
"Wie kann man nur so blöde sein!" schimpfte er. Tatjana sah wie ein Wrack aus. Irgendwie ahnte er, was mit ihr passiert war, nur konnte er es sich nicht richtig vor Augen führen, ohne sich direkt vor ihr zu ekeln. Sie hatte ihn auch kein einziges Mal im Krankenhaus besucht.
Die Wohnung sah aus wie ein einziges gewaltiges Schimmelpilzexperiment, und außer ein paar Münzen, war kein Geld im Haus. Als Hajo sich gerade soweit beruhigt hatte, daß er über seine Lage nachdenken konnte, knirschte ein Schlüssel im Türschloß. Hajo sprang hinter die Tür zum Schlafzimmer und zischte noch: "Kein Wort, daß ich hier bin", dann kam Jürgen herein.
"Hi, Baby!" flötete er.
Hajo beschloß im selben Moment ihn aus dem Fenster zu werfen oder so etwas Ähnliches.
"Hier, ich hab dir etwas Feines mitgebracht." Jürgen gab Tatjana ein Döschen, in dem mit Sicherheit Trips waren, wie Hajo vermutete. "Da, nimm erst mal eine."
Tatjana murrte etwas, aber Hajo konnte nicht genau hören, was sie eigentlich sagte.
"Nun komm schon, das wird dir gut tun", hörte er Jürgen sagen. "Na los, ich hab nicht den ganzen Tag Zeit!" schimpfte Jürgen weiter. "Schluck das hier und dann zeig ich dir, was dich glücklich macht!"

Das war zuviel. Mit einem wütenden Aufschrei stürzte Hajo hinter der Tür hervor und stieß Jürgen gegen die Flurwand. Tatjana schrie, als hätte ihr jemand ein Messer in den Bauch gestoßen.
"Du verdammtes Arschloch!" preßte Hajo zwischen den Zähnen hervor, während er Jürgens Kopf immer wieder gegen die Wand knallte. Plötzlich sackte Jürgen in sich zusammen und rutschte an der Wand herab zu Boden. Hajo brauchte nur einen kurzen Moment, um sich zu fassen, dann nahm er Tatjana das Pillendöschen ab, aus dem sie gerade hektisch eine Pille fingern wollte und steckte es ein. Danach begann er, Jürgens Taschen zu durchsuchen. Er stieß auf einen ansehnlichen Brösel, fast 400,- Mark in bar und ein weiteres Döschen, das offenbar Speed enthielt. Der Junge mußte gut im Geschäft sein, wie es aussah.
"Wo ist mein Notizbuch!" herrschte er Tatjana an, aber die konnte ihm auch nichts weiter sagen, als daß Jürgen es an sich genommen hatte. Hajo holte einen Topf voll Wasser und ein Brotmesser und kniete sich auf Jürgens Brust. Nachdem er ihm genug Wasser ins Gesicht gespritzt hatte, so daß Jürgen wieder zu sich kam, setzte er ihm die Messerspitze ans Auge und zischte: "Mein Notizbuch, Jürgen. Wo ist es?"
Jürgen versuchte gar nicht erst sich rauszureden, sondern erklärte ihm, wo er es in seiner Wohnung finden würde. Zu seiner Bestürzung fesselte Hajo ihn mit Bettlaken und Paketband, bevor er ging, aber er hoffte sich befreien zu können.

In Jürgens Wohnung erwarteten Hajo zwei äußerst unangenehme Typen, die Jürgen wegen der Türken angeheuert hatte. Die Einnahmen reichten völlig, um zwei Schläger zu finanzieren. Auf so was wäre Hajo natürlich nicht gekommen. Das nächste Mal wäre er schlauer. Hajo schaltete blitzschnell und setzte alles auf eine Karte: "Hi!" rief er fröhlich. "Da bin ich wieder. Ab sofort läuft wieder alles wie gehabt. Und wie ist es mit euch beiden? Wollt ihr dabei bleiben oder arbeitet ihr nur für Jürgen ... "
Die beiden Kerle sahen sich einen Moment irritiert an, dann gingen sie auf Hajo los.
"Wo ist Jürgen", knurrte der eine, während er Hajo am Kragen die Wand hochschob.

"Beruhig' dich, dem geht's gut. Er hat meine Geschäfte verwaltet, während ich, hm, verhindert war. Jetzt bin ich wieder da und Jürgen kümmert sich wieder um seinen eigenen Kram. Sagt mir nur, was ihr im Monat bekommt und die Sache ist gegessen."
"Was ist los, Tatjana", fauchte der andere. Wo ist Jürgen?"
"Hm?" machte Tatjana, die nicht alles mitbekommen hatte. Sie war irgendwo zwischen Trip und Entzugserscheinung, je nachdem, was in ihrem Körper gerade so herumschwappte. Aber die beiden Typen waren das wohl schon gewohnt.
"Wo ist Jürgen?" fragte der eine wieder, ohne Hajo dabei eines Blickes zu würdigen.
"Zuhause", sagte Tatjana geistesabwesend.
"Und? Geht es ihm gut?"
"Ja, ja ... "
"Warum ist er nicht mitgekommen?"
"Weiß nicht ... "
"Tatjana, ist irgendwas passiert?"
"Nein, nein, ich weiß nich ... "
"Also hört zu Jungs", begann Hajo wieder, "ihr nehmt euren Job ja tierisch ernst. Nur damit ihr Bescheid wißt: Jürgen hat während meiner Abwesenheit meinen Kundenstamm betreut, aber jetzt übernehme ich wieder, alles klar? Entweder ihr guckt, was Jürgen im Moment noch so auf der Pfanne hat, oder ihr steigt bei mir ein. Hier", er kramte die Geldscheine raus, die er Jürgen abgenommen hatte, "als Anzahlung. Und jetzt überlegt euch, was ihr demnächst vorhabt, ich habe nämlich nicht den ganzen Tag Zeit."

Drei Tage lang ging alles gut und er bediente in Jürgens Wohnung seine alte Kundschaft, erklärte allen, daß er jetzt wieder da sei und Jürgen erst Mal Urlaub mache und vergaß diesen dabei völlig. Das lag nicht zuletzt daran, daß er sich auch einige der Trips genehmigt hatte, die bei Jürgen so rumlagen. Tatjana hingegen setzte er nahezu auf Radikalentzug. Nach drei Tagen war sie wieder einigermaßen beieinander.

Mittlerweile war Jürgen so weit, daß ihm alles egal war. Er glaubte nicht mehr daran, daß er sich weiter entfesseln konnte als den Mund freizubekommen — daß Hajo zurückkäme schon gar nicht — und begann sich die Kehle wund zu schreien. Der daraufhin von den Nachbarn alarmierten Polizei erzählte er eine halsbrecherische Geschichte, die jedoch lediglich dazu führte, daß die Beamten sich in Jürgens Wohnung umsehen wollten, in der Hajo gerade dabei war Speed abzuwiegen. Da die Herren natürlich nicht klingelten, sondern mit Jürgens Schlüssel die Tür öffneten, erwischten sie ihn 'in flagranti'. Tatjana nahmen sie auch gleich mit.

Noch am selben Abend holten Vera und Carsten sie auf dem Revier ab.
"Mein Gott! So weit ist es also schon gekommen: Meine Tochter, meine eigene Tochter ... eine Verbrecherin. Von der Polizei abgeführt wie eine Verbrecherin! Mein Gott ... "
"Vera, bitte ... ", sagte Carsten in seinem Fürsorger-Ton. "Laß uns erst mal nach Hause fahren." Er schob sie förmlich aus der Tür, nahm Tatjana am Arm und zog sie mit sich hinaus. Erst im Wagen wurde wieder gesprochen.
"Dir ist ja wohl hoffentlich klar, daß ... " begann Carsten, aber Vera konnte sich nicht länger zurückhalten: "Wenn das dein Vater noch erleben müßte ... "
"Vera, bitte ... "
"Ist doch wahr! Wo kommen wir denn da hin! Was die Nachbarn sagen werden ... "
"Die Nachbarn brauchen es ja nicht zu erfahren ... "
"Sie werden es aber erfahren!" schrie Vera. "Sie werden mich auf der Straße fragen, was ich für eine mißratene Tochter habe und dann ... "
"Vera!" Carsten brüllte jetzt. "Reiß dich zusammen. Für mich ist die ganze Sache ja wohl um einiges schwieriger, oder nicht? Also beherrsch` dich und sieh zu, daß so was nicht wieder vorkommt!"
"Oh ja! Darauf kannst du dich verlassen! Tatjana, daß das mal klar ist: Ab sofort hast du Hausarrest. Du kümmerst dich um die Schule und um sonst gar nichts, ist das klar? Ob das klar ist, hab ich gefragt?!"
Tatjana brummte etwas, das wie ein 'Ja' klang, aber so einfach machte Vera es ihr nicht: "Tatjana! Sag mir, was du ab sofort machen wirst!" kreischte sie.

Carsten verzog angewidert das Gesicht und schaltete ab. Er konzentrierte sich ausschließlich auf den Verkehr.
"Tatjana! Sag es mir!"
"Ich werde mich um die Schule kümmern", nuschelte Tatjana.
"Ich kann dich nicht verstehen", bohrte Vera weiter.
"Ich werde mich um die Schule kümmern!" sagte Tatjana lauter. Ihre Stimme zitterte und das erste Mal, seit die Polizei sie abgeführt hatte, war sie den Tränen nahe.
Zu Hause ging Tatjana auf ihr Zimmer und legte sich aufs Bett. Sie starrte die Decke an und fragte sich, was sie jetzt machen sollte. Tatsächlich kam sie zu dem Schluß, daß sie die Gelegenheit nutzen sollte, aus all dem rauszukommen. Nüchtern betrachtet war sie schon ganz schön weit abgerutscht. Wenn Vera es ihr nur nicht so schwer machen würde ... Sie sehnte sich nach einem Joint, bemühte sich aber, das bohrende Gefühl zu ignorieren. Nach einer Weile schlief sie ein.

Kapitel 5

Vera nahm sie mit jener Art herablassenden Wohlwollens auf, das hervorragend dazu geeignet ist, sich klein, dumm, kindisch und unreif zu fühlen. Mehr noch: Es führt zu Identitätskrisen, heftigen Depressionen und — Haß. Tatjana haßte Vera dafür, daß sie sie mit jeder Geste, jedem Wort spüren ließ, daß sie Recht behalten hatte. Sie vermittelte Tatjana das Gefühl, nichts, aber auch gar nichts zu wissen, nichts richtig machen zu können und sich quasi in völliger Abhängigkeit zu befinden, unfähig, auf sich selber aufzupassen und Entscheidungen zu treffen. Sie durfte noch nicht mal das Haus verlassen, ohne daß Vera es erlaubte. Sie wurde zur Schule gefahren und wieder abgeholt, sie durfte abends nicht mehr weg und verbrachte auch die Nachmittage zu Hause — entweder mit Schularbeiten beschäftigt oder mit dem Haushalt, in dem sie jetzt kräftig mit anpacken mußte. Dazu ständig Veras Kommentare und düsteren Zukunftsvisionen, wie es Tatjana ergangen wäre, wenn sie, Vera, sich nicht um sie kümmern würde und was wohl als nächstes passieren würde, denn daran ließ Vera keinen Zweifel: Natürlich würde es wieder passieren, denn wer einmal auf der

schiefen Bahn ist, der kommt da nie mehr wieder weg und und und ...
Tatjana hielt es genau zwei Wochen aus. Dann konnte sie das Theater nicht mehr ertragen. Sie haßte es, pünktlich zu den Mahlzeiten zu erscheinen, sich adrett zu kleiden, brav an ihren Hausaufgaben zu sitzen und den versäumten Unterrichtsstoff nachzuholen, die abendlichen Aussprachen mit Carsten und Vera ...
Am meisten fehlte ihr Hajo. Nachdem sie nicht mehr im Dauerrausch war, sehnte sie sich nach seiner Zärtlichkeit, nach seinen Worten ... nach ihm. Und sie hätte rasend gerne einen Joint gehabt. Nicht, daß sie irgend einen körperlichen Drang in sich spürte, nein, es war einfach nur die Fülle von angenehmen, hilfreichen Assoziationen, die sie damit verband. Die Freiheit, das Gefühl anders zu sein als diejenigen, die sie verachtete — Vera, Carsten. Und natürlich die Gewohnheit: Kiffen war für sie zu einer alltäglichen Selbstverständlichkeit geworden. Sie hatte die Tage schon mit einem Joint begonnen, nachmittags abwechselnd Joints, Chillums und Wasserpfeifen geraucht und vor dem Schlafen einen extra großen Joint. Tatjana fing sogar an Zigaretten zu rauchen, um sich ein wenig von dem Gefühl zurückzuholen, aber es half nichts. Je mehr ihr Vera und Carsten zusetzten, desto größer wurde ihr Wunsch dem allem zu entfliehen, sich zu zu kiffen und nichts mehr mitzukriegen.
An einem Sonntag, zwei Wochen nachdem sie in Handschellen aus Jürgens Wohnung abgeführt worden war, schlich sie sich mitten in den Nacht aus dem Haus. Sie hatte nur ein bißchen Wäsche und ihre Zahnbürste in einen Beutel gepackt und machte sich auf die Suche nach Hajo.

Das *Fantasy* hatte Sonntagnacht natürlich schon zu, bei Hajos Bekannten und Freunden wollte sie sich zu so später Stunde nicht unbeliebt machen, und in die Nähe von Hajos oder Jürgens Wohnung traute sie sich nicht. Also hing sie bis in die frühen Morgenstunden im *Mount* rum und guckte sich die Augen nach bekannten Gesichtern aus. Ihr Geld reichte nur für eine Cola, an der sie sich die ganze Zeit festhielt.
Als sie gerade gehen wollte, kam einer von den alten Bekannten herein. Als er Tatjana sah, setzte er sich müde zu ihr.
"Na? Sieht man dich auch mal wieder? Alles klar?"

"Geht so. Sag mal, weißt du, was mit Hajo ist?"
Der Typ, an dessen Namen sie sich jetzt nicht erinnern konnte, sah sie mit gerunzelter Stirn an. "Ich hätte angenommen, daß eher du mir Genaueres sagen kannst. Ich weiß nur, daß er seit seiner Entlassung aus der Untersuchungshaft nicht mehr dealt. Wäre aber auch beknackt. Jürgen ist auch schon wieder draußen, aber der hat sich wohl nach Frankfurt abgesetzt. Weißt du denn nicht, wo Hajo steckt?"
"Nein", gab Tatjana zu. "Ich wollte ihn anrufen, aber dann war es zu spät."
"Wie, hast du die ganze Zeit keinen Kontakt zu ihm gehabt?"
"Nein ... meine Mutter ... ach, auch egal. Hast du was zu rauchen?"
"Na klar, Kleines. Is' aber nix besonderes. Schwer, was Brauchbares aufzutreiben. Ich wollte eigentlich dieses Wochenende nach Holland, aber irgendwie bin ich versackt." Er fingerte einen kleinen Klumpen Dope aus der Tasche und begann, eine Tüte zu bauen.
"Und was machst du jetzt so?" erkundigte er sich, während er den fertigen Joint anbrannte.
"Ach, nichts weiter. Hab mich etwas erholt und jetzt guck ich mal ... "
Sie nahm die dargebotene Tüte und rauchte gierig.
"Na, wir sehen uns noch. Bis später. Ich muß langsam ins Bett."
Damit stand er auf und verließ schwankend den Laden. Tatjana blieb noch eine Weile völlig angeknallt sitzen. Sie war nach den zwei Wochen nichts mehr gewöhnt.

Nachdem sie wieder einigermaßen gerade stehen konnte, machte sie sich auf den Weg zu Hajo. Sie fragte sich, ob ihre Mutter wohl schon die Polizei alarmiert hatte und die sie womöglich vor Hajos Tür erwarteten, aber als sie um die Ecke kam, war da weit und breit nichts und niemand außer dem trüben Morgengrauen.
Fünf Minuten drückte sie sich vor Hajos Haus herum, bis sie sich endlich traute zu klingeln. Als nichts geschah, klingelte sie nochmals und schließlich stützte sie sich an der Klingel ab und hielt sie fest.
Nach einer Ewigkeit ging der Türsummer. Hajo stand in Unterhose und mit dick geschwollenen Augen in der Tür und sah sie vergrätzt an: "Was willst du denn auf einmal hier?" krächzte er und kratzte sich zwischen den Beinen.
"Hajo?" quietschte es hinter ihm aus der Wohnung. "Wer ist da?"

Tatjana sah ihn mit vor Entsetzen geweiteten Augen an.
"He, Baby, was soll's? Du warst wie vom Erdboden verschluckt. Hast du gedacht, ich warte, bis ich schwarz werde?"
Wortlos rannte Tatjana die Stufen hinunter auf die Straße. Hajo zuckte mit den Schultern und nahm sich vor, sie später zu suchen und die Sache in Ordnung zu bringen. Tatsächlich hatte er eine Mordswut auf sie gehabt, weil sie sich nicht gemeldet hatte und er sie auch nicht erreichen konnte. Langsam dämmerte es ihm, daß ihre Mutter dahintersteckte. Schließlich hatte die ihm am Telefon immer gesagt, Tatjana sei fertig mit ihm. Wie konnte er das nur glauben? Aber egal, kommt Zeit kommt Rat und jetzt war er einfach zu müde um sich anzuziehen und hinter ihr herzulaufen ...

Tatjanas Gedanken kreisten wie ein Wirbelsturm. Sie konnte sich überhaupt nicht konzentrieren. Schließlich fand sie sich am Bahnhof wieder. Sie stieg in den ersten Zug nach Frankfurt. Es war 7:30 Uhr morgens und der Zug war vollgepfropft mit Pendlern, die zur Arbeit fuhren. Tatjana versteckte sich die Fahrt über auf dem Klo und gelangte unbehelligt nach Frankfurt. Hier hatte sie eine alte Freundin, die vor einem Jahr mit ihren Eltern dorthin gezogen war und mit der sie noch eine Weile eine Brieffreundschaft aufrechterhalten hatte. Irgendwie war das Ganze in der letzten Zeit eingeschlafen, aber bei ihr würde sie sicher erst mal unterkommen, bis sie wußte, wie es weitergehen würde.

Kapitel 6

Während der Fahrt stellte Tatjana sich ihre Zukunft vor: Sie würde erst mal bei Rena wohnen, bis sie etwas Eigenes gefunden hatte. Dann Arbeit finden, vielleicht als Supermarktkassiererin, oder als Verkäuferin in einer Boutique. Sie würde abends in der Frankfurter Szene herumtoben, einen neuen Freund finden ... Andererseits war Rena **die** Chance, von den Drogen wegzukommen. Sie hatte nun schon eine ganze Weile ohne gelebt und sich wieder daran gewöhnt. Der Reiz des Unbekannten hafteten dem Drogenkonsum für sie längst nicht mehr an. Dafür war die Macht der Gewohnheit an diese Stelle getreten. Tatjana hatte das Gefühl, als fehle ihr etwas. Bei Rena jedenfalls würde sie clean bleiben, schließlich wollte sie nicht rausfliegen. Und überhaupt: Sie war keine Drogenabhängige! Sie konnte jederzeit aufhören und würde das jetzt auch tun.

Vom Hauptbahnhof aus fuhr sie mit der U-Bahn schwarz zur 'Hauptwache'. Von dort schlenderte sie gemütlich zur Goethestraße, indem sie sich durchfragte. Es war gerade erst früher Nachmittag, und Rena war womöglich noch gar nicht zu Hause.
Als sie die Adresse gefunden hatte, gab es die erste Ernüchterung: Auf keiner der Klingeln stand 'Grotemann'. Tatjana bekam einen Anflug von Panik, als sie ihre Pläne den Bach hinuntergehen sah. Systematisch suchte sie alle Klingeln in der Straße ab, bis zum letzten Haus, aber nirgends fand sie den Namen ihrer Freundin. Sie ging zu der Hausnummer zurück, wo Rena eigentlich wohnen sollte und drückte die unterste Klingel. Als es summte, ging sie hinein und fragte die Dame, die in der Wohnungstür erschien.
"Och, die Grotemanns, die sind schon vor über einem halben Jahr ausgezogen. Der Vater ist nach Amerika versetzt worden, glaub' ich."
Mit hängenden Schultern schlich Tatjana zurück auf die Straße. Den Rest des Nachmittages strich sie ziellos durch die Frankfurter Fußgängerzone. Sie versuchte sich Gedanken über ihre weitere Zukunft zu machen, aber ihr Kopf war wie leergefegt. Kein Gedanke ließ sich länger als wenige Sekunden verfolgen, dann war er wieder weg. Tatjana fing an sich einzubilden, daß sie etwas zu rauchen haben müsse, oder Pillen oder Speed ... irgendwas zum Einwerfen, damit sie mit der Situation besser fertig würde.
Bei Einbruch der Dämmerung fand sich Tatjana schließlich am Hauptbahnhof wieder. Sie hatte weder Geld noch ein Ziel. Es war nur einfach der naheliegendste Ort, schließlich war sie hier angekommen. Ihr Magen knurrte, ihr Hals war ausgedörrt und sie hätte sonst was gegeben für einen dicken Joint und ein Bier. Außerdem wurde es empfindlich kalt. Vielleicht konnte sie am Bahnhof irgendwo ein warmes Plätzchen zum Schlafen finden.
Sie setzte sich auf eine Bank neben eine junge Frau, die ebenfalls müde aussah. Ihren Rucksack behielt sie sicherheitshalber die ganze

Zeit an. Die Frau neben ihr sah trübe rüber. Sie war wohl 'high'. Tatjana sprach sie an, weil sie sich einfach mit jemandem unterhalten mußte.
"Du bist auf Trebe", stellte die Frau lakonisch fest, als Tatjana ihr eine stark gestraffte und etwas geschönte Version ihrer Geschichte aufgedrängt hatte. Die Frau hatte eigentlich kaum zugehört, aber sie hätte es wohl auch erraten, wenn Tatjana gar nichts gesagt hätte.
"Hm ... ", machte Tatjana, weil sie nicht gleich zugeben wollte, daß sie keine Ahnung hatte, was mit 'Trebe' gemeint war. Irgendwie war ihr die Fremde sympathisch, obwohl sie ziemlich ungepflegt aussah — oder gerade deswegen.
"Ich heiße Anna", sagte die Frau, die eigentlich noch ein junges Mädchen war, aber das sah man erst nach einer Weile. Sie sah unheimlich alt und verbraucht aus, so als habe sie ihr ganzes Leben lang hart arbeiten müssen. Vielleicht kam sie aus dem Osten?
"Ich hatte tierischen Zoff Zuhause. Ich suche eine Bude. Weißt du was?" Tatjana versuchte sich cool zu geben. Irgendwie hatte sie ein unsicheres Gefühl, so, als würde sie in der Fremde, in der sie sich ja jetzt quasi befand, jeder gleich reinlegen wollen, der ihr ihre Unerfahrenheit anmerkte.
"Vielleicht könnte ich dir helfen", meinte Anna und machte eine Pause. "Du kannst mit zu mir kommen. Wir sind zu dritt in der Wohnung." Das Angebot klang verlockend.
"Ihr kennt mich doch überhaupt nicht." Tatjana war skeptisch.
"Das ist denen doch egal, solange du sie nicht ablinkst. Und wenn es dir nicht paßt, kannst du ja wieder gehen — oder wenn du uns nicht paßt." Langsam schob sich Anna in die Höhe und forderte Tatjana mit einer apathischen Handbewegung auf, ihr zu folgen. Ohne Zögern schloß sich Tatjana an. Und ein Hintergedanke stellte ihr schon wieder Dope in Aussicht.
"Ich bin seit zwei Jahren hier", bemerkte Anna, als sie in die kalte Novembernacht hineinstapften. Eine blasse Mondsichel warf ein spärliches Licht auf die Straße. "War auch auf Trebe." Anna grunzte eher, als daß sie sprach.
Tatjana schlotterte vor Kälte und sie befürchtete, daß man sie nicht aufnahm. Das Gefühl verstärkte sich, als die Fremde auf einen Altbau zeigte und ihr zu verstehen gab, daß sie am Ziel seien.
"Flipp nicht gleich aus, wenn du reinkommst."

Tatjana schwieg ganz cool. Sie hatte Hunger und sie fror. Die Wohnungstür knarrte und sie prallte zurück. Ein fürchterlicher Gestank schlug ihr entgegen. Im schwach beleuchteten Flur stolperte sie über etwas Weiches, das sie als zusammengerollte Decke definierte. Klamotten lagen auf dem schmutzigen Boden herum. Vorsichtig tastete sie hinter Anna her. Sekundenlang schloß sie die Augen. Sie war noch nie mit einer solchen Verwahrlosung konfrontiert worden. Der Gestank biß in ihre Nase, und sie verlangsamte den Atem. Von der Decke hing eine verstaubte Funzel, die den Raum kaum erhellte. Die Wände waren beschmiert und die Vorhänge am Fenster verschmutzt. Der Tisch quoll über mit offenen Konservendosen, Bechern und Tassen. Auf dem schleimigen Resten bildete sich Schimmel. Überall waren Zigarettenkippen und leere Bierdosen auf dem abgewetzten Teppich. In dem zerwühlten Bett döste ein Typ auf muffigen Klamotten, den Anna weckte und als 'Piet' vorstellte. Mit glasigen Augen blinzelte er Tatjana an und nahm weiter keine Notiz von ihr.
"Du kannst auf der Pritsche schlafen." Anna wies auf eine zerschlissene Liege in einer Ecke des Zimmers. Vom Kopfteil hing eine verblichene Decke herab. Tatjana griff nach ihrem Gepäck und Anna deutete zum Schrank. "Wenn du unbedingt auspacken willst", meinte sie. "Wir sind keine Spießer. Das hast du ja schon gemerkt." Das rang Tatjana ein entsprechendes Nicken ab. Ihre Sehnsucht nach etwas, womit sie sich betäuben konnte, wurde immer größer.
Daß das hier keine Kifferbude war, sah Tatjana sofort, aber sie hegte die Hoffnung, daß diese Konsumenten harter Drogen, die harmloseren Sachen auch nehmen würden — doch das war ein Irrtum. Sicher, auf der Bahnhofsszene gab es Junkies, die auch kifften, aber die waren eher die Ausnahme (wahrscheinlich kifften sie sowieso nur, weil sie auch mit Dope dealten). Wenn man auf 'H' ist braucht man nichts anderes mehr, war ihr bisheriger Eindruck. Tatsächlich verhielt es sich wohl vielmehr so, daß 'weiche Drogen' einem Junkie nichts mehr brachten und daher das Geld dafür zu schade war.
Die verwahrloste Wohnung nahm Tatjana in Kauf, besser als gar nichts. Natürlich hatte sie keine großen Ambitionen am herrschenden Allgemeinzustand etwas zu ändern — dafür war es sowieso schon lange zu spät: Ein Putzkommando in Kompaniestärke bräuchte mit den modernsten Mitteln der Technik mindestens einen Monat, um

hier wieder Grund reinzukriegen. Insgeheim fragte sich Tatjana, ob dem Vermieter wohl nichts an dem Haus lag. Die 'WG' hatte aber auch ihre Vorteile: Besser konnte sie wohl kaum untertauchen. Hier vermutete sie niemand, wenn ihre Mutter sie suchen würde.
Den Koffer rückte sie in eine Spalte neben dem Schrank und warf die Jacke darauf. Anna reichte ihr einen Becher mit Pudding, den sie sofort auslöffelte. Ihr fielen die Einstichstellen auf Annas Arm auf, was ihr bestätigte, daß Anna fixte. Sie hingen wohl alle an der Nadel. Bei Hajo hatte man über Junkies und Heroin gesprochen und sie neugierig gemacht, und jetzt war sie mittendrin.
Den leeren Becher stellte sie auf den Tisch. Sie stutzte. Ungeniert kratzte sich Anna an den Füßen. Sie kratzte sich überall! Tatjana riß die Augen auf. Anna zog ihr Fixer-Besteck aus dem Beutel heraus, den sie schon am Bahnhof bei sich trug. Atemlos folgte Tatjana der Handlung, die sich leibhaftig vor ihr vollzog. Vorsichtig schüttete Anna etwas von dem weißlichen Pulver auf den Löffel, tröpfelte Wasser und Ascorbinsäure dazu, damit sich das nicht reine Pulver besser löste. Das erfuhr Tatjana aber erst später. Dann kochte Anna es über einer Kerzenflamme auf. Das fertige Gemisch zog sie mit einer scheinbar mehrfach gebrauchten Spritze auf und begann, mit der freien Hand und den Zähnen, ein Band um ihren Oberarm zu schnüren. Dann schob sie sich die Nadel ohne viel Tamtam zwischen die anderen vernarbten Einstichstellen, die ihre Venen markierten wie Zielkreuze. Tatjana sah, wie Anna die Spritze mit etwas Blut wieder herauszog, sie leicht schüttelte und dann noch mal den Kolben durchdrückte. Dann zog sie die Nadel wieder heraus, löste das Band, zog noch etwas Wasser in die mit Blutrückständen benetzte Spritze und spritzte die Brühe einfach auf den Teppich. Tatjana hätte sich beinahe übergeben. Die blassroten Flecken überall waren Blut! Anna sackte in sich zusammen und stierte mit stumpfen Pupillen ins Leere. Ihr Gesicht war kalkweiß. Das zottelige Haar hing ihr auf die knochigen Schultern. Gespenstisch fielen schmale Lichtstreifen in die Szenerie. Es war eine Farce. Hier hörte man auf, als normaler Mensch zu leben. Man existierte am Rande des Todes und lebte mit ihm, wie der Rest der Menschheit mit Weihnachten, fiesen Nachbarn und Behörden. Tatjana ließ sich auf der Liege nieder und lehnte sich an die Wand.
"Bleibt die Alte da?" fragte Piet, ohne sich zu bewegen.

"Hast du was dagegen?" gab Anna die Frage aggressiv zurück.
"Hat sie auch Kohle?"
Tatjana verneinte. Sie war völlig pleite.
"Halt`s Maul", sagte Anna leise, dann kippte ihr Kopf nach vorn.
Nervös spielte Tatjana mit den Fingern. Sie fühlte sich mies. Ein Joint wäre jetzt eine wahre Wohltat.
Jetzt fehlte noch der dritte Typ der Wohngemeinschaft. Vielleicht bekam sie hier ja wenigstens Pillen. Sie döste ein und rutschte zur Seite.
"Wer ist die Alte?" Eine rauhe Stimme weckte sie auf. "Hat Anna dich angeschleppt?" Cora erfaßte sofort den Zusammenhang, sie kannte Anna jetzt fast zwei Jahre.
Mit einem kurzen "Ja" beantwortete Tatjana die Frage. Ihr wurde ganz mulmig zumute, angesichts Coras vulgärer Erscheinung. Anna lag matt auf dem Boden. "Laß sie doch bleiben. Die braucht eine Bude", brummte sie.
"Mach du doch mal das Maul auf, Alter!" Cora schüttelte Piet am Arm.
"Wir haben uns am Bahnhof getroffen", warf Tatjana ein und das mulmige Gefühl wurde massiv. "Ich bin von zu Hause abgehauen."
"Und nun nistest du dich bei uns ein." Cora stieß ein häßliches Lachen aus und entblößte ein lückenhaftes Gebiß. Sie war bis auf die Knochen abgemagert wie ihre Freunde und sah so noch um einiges ungepflegter aus. In ihrer ordinären Art brüllte sie abwechselnd zu Piet und Anna, die sich für Tatjana einsetzte, wenn ihre Kräfte es ihr gerade erlaubten.
"Okay, Alte. Eine Woche ziehen wir dich mit durch. Dann sorgst du für dich selbst, wenn du nicht wieder auf Trebe willst", grunzte Cora schließlich. Tatjana nickte. Cora plumpste auf den einzigen freien Stuhl, der dabei beängstigend knirschte. Sie flatterte und fror. Tatjana unterließ weitere Fragen. Sie kapierte nicht ganz, wie die Bemerkung gemeint war. Wie sollte sie für sich selbst sorgen? Einstweilen jedoch war sie dankbar für die Unterkunft.
"Wo ist die Fixe?" Cora suchte den Beutel, den sie irgendwo beiseite geworfen hatte. Umständlich zog sie das Besteck heraus und machte sich einen Schuß zurecht.
"Du kriegst nur noch total gestrecktes Zeug, was Gutes gibt es gar nicht mehr", maulte sie vor sich hin, aber Tatjana fühlte sich durchaus angesprochen. Die beiden anderen waren wohl weggetreten. "Du

mußt höllisch aufpassen, daß du nicht dabei krepierst." Mit einem Schlauch band sie den Arm ab und jagte die aufgezogene Spritze in die Vene zwischen den Einstichstellen. Hinterher warf sie noch Tabletten ein, wohl um den besonderen Kick zu spüren. Tatjana preßte die Lippen zusammen. Erfolglos untersuchte sie das Chaos auf dem Tisch, nachdem Cora das Zimmer verlassen hatte. Ihre Pillen hatte sie wohlbedacht mitgenommen. Tatjana legte sich hin und fühlte sich elend. Sie stöhnte leise. Von Cora und Piet hatte sie in Sachen Drogen nichts zu erwarten. Aber vielleicht half Anna ...
Diese Fixergemeinschaft erschien Tatjana total fremd, doch die WG schützte sie vor den lästigen Pflichten eines bürgerlichen Alltags. Sie wollte nicht weiter nachdenken und fiel in einen unruhigen Schlaf.

"He, Alte!" Ein harter Stoß rief Tatjana in die Wirklichkeit zurück. Vor ihr stand Piet.
"Du gehst auch anschaffen. Merk dir das!" Weiter kümmerte er sich nicht um sie und taumelte würgend zu der winzigen Toilette, um sich über dem Waschbecken zu übergeben. Das machte Tatjana munter. Auf dem Boden rührte sich Anna. Sie lag noch so da, wie sie am Abend umgekippt war. Aus ihrem Beutel zog sie die Pillen heraus — die erste Handlung des Tages.
"Ich habe gekifft", meinte Tatjana. Die Erinnerung an Hajo und seine Joints flog in ihre Gedanken, und sie empfand ihr persönliches 'am Morgen ein Joint und der Tag ist dein Freund' nach.
"Ich habe mit dreizehn den ersten Joint durchgezogen ... auf einer Fete." Anna unterbrach sich und sah mit unruhigen, aber teilnahmslosen Augen ins Leere. Mit fließenden Fingern scheuerte sie über den Stoff auf ihrer Haut. "Bin dann mit siebzehn auf Trebe. Mein Vater arbeitete auf dem Bau und Mutter ging putzen. Ständig mäkelte sie an mir herum. Mich kotzte das an."
Tatjana verstand Anna. Sie dachte an ihre Mutter, die sie nach ihrem Plan formen wollte.
"Ich wollte frei sein und hocke in der Scheiße." Anna fluchte. Nebenan keifte Cora lautstark. Sofort fauchte sie Anna an, als sie hereinkam. Anna schrie zurück. Der häßliche Umgangston irritierte Tatjana. Immer gerieten sie aneinander, wenn sie miteinander sprachen. Dabei eskalierten ihre Meinungsverschiedenheiten aus Banalitäten.

"Hau ab, Alte!" Cora drehte sich zu Tatjana um. "Freier machen."
"Halt's Maul." Anna schleuderte ihr eine Montur entgegen und dann war es still.
Es beruhigte Tatjana als Cora abzog. "Ich fühle mich beschissen, ohne Stoff", sagte sie kleinlaut und mit flehenden Augen.
"Ich habe bloß Medinox[4]." Tatsächlich drückte ihr Anna Tabletten in die Hand. "Ich habe nichts anderes", meinte sie und verschwand ohne weiteren Kommentar. In der Küche spülte Tatjana die Pillen mit einer Tasse Wasser hinunter. Sie kämpfte den Horror nieder, der sich in ihr breit machte. Noch vor wenigen Tagen, Stunden eigentlich, hätte sie sich nicht vorstellen können, einfach irgendwelche Pillen von einem Junkie einzuwerfen. Aber irgendwie war es ihr auf einmal egal.

Kapitel 7

Kaum jemand nahm Notiz von Tatjana. Sie registrierte es stillschweigend. Hier war jeder mit sich selbst beschäftigt. Von Anna bekam sie Medinox. Sie war die Einzige in der Wohngemeinschaft, die sich um Tatjana kümmerte.
Tatjana stumpfte ab. Ihr war alles gleichgültig, was um sie herum geschah. Anna sah, was mit ihr los war. Sie wollte sie nicht anfixen. Schließlich kannte sie Heroin gut genug. Es zog einen in den Teufelskreis, aus dem es kein Entrinnen gab. Heroin ergriff Besitz, um nicht mehr loszulassen. Anna fürchtete den Turkey, es war der höllische Alptraum eines jeden Fixers. Für Heroin tat man alles und vergaß sich. Der Stoff kostete viel Geld, das mit Anschaffen verdient werden mußte. Andere Möglichkeiten gab es für Fixer kaum, für Mädchen schon gar nicht. Und da war die Angst vor dem Knast, die einem wie eine Faust im Nacken saß. Die Szene war hart geworden, 'hart wie nie', wie sich Piet ausdrückte. Er hatte schon mehrfache Knasterfahrung wegen Drogendelikten und Diebstahl. Heroin riß alle Hemmungen nieder und machte die Junkies kalt wie Eis. Man wurde zum Abschaum und ließ das die anderen Fixer spüren, weil man sich in ihnen wiedererkannte. Auf der Szene gab es keine Freundschaften unter Fixern. Jeder kümmerte sich nur um seinen Stoff, brutal und

skrupellos. Wie wilde Tiere jagten sie dem Pulver hinterher. Sie haßten sich selbst und kamen doch nicht los davon.

Am Nachmittag kam Piet in die Wohnung. Mit einer einzigen Handbewegung fegte er die Tassen vom Tisch und stellte einen Klarsichtbeutel mit Heroin drauf. Er hatte ihn in der Unterhose transportiert. Tatjana war schockiert und erstaunt zugleich. Sie begriff sofort, was Piet da vor ihren Augen trieb.
Der muß verrückt sein, dachte sie. Soviel H in der Wohnung. Wenn die Bullen das schnallen ist er dran.
Er portionierte den Stoff auf kleine Blättchen Stanniolpapier.
"Das ist gefährlich", platzte sie schließlich in die Stille hinein. "Wenn die Bullen das rauskriegen, bist du weg vom Fenster."
"Halt dich raus, Alte. Du weißt von nichts, wenn du hier bleiben willst!" Er hantierte weiter mit seinem Stoff rum. Zusammengekrümmt saß Tatjana auf der Liege und gab ein Stöhnen von sich. Er beachtete sie nicht. Deutlich wurde ihr die Abgestumpftheit dieser Typen bewußt. Man ging vor ihnen zugrunde, und sie reagierten nicht. Er nahm sie nicht einmal als Frau wahr. Sie schlief mit ihm in einem Raum, und er würdigte sie mit keinem Blick. Piet hatte sich ganz auf Heroin fixiert und existierte nur noch für, durch und mit Heroin. Es erstickte seine Gefühle und machte ihn zu einer Marionette.
Tatjana fieberte nach dem Pulver, das so verlockend durch seine Hände wanderte. Ihr war schon alles egal. Sie wußte, daß Heroin ihr Ende sein würde, aber sie war der Faszination bereits erlegen. Trotz der ganzen abstoßenden Geschichten, Schicksalsberichte und Warnungen der Junkies, ob von der Szene oder aus der WG, war es um Tatjana geschehen: Sie mußte herausfinden, was an Heroin dran war, wenn die Leute sich dafür so abstrampelten, sich aufgaben und die 'Ehe, bis daß der Tod sie scheidet' eingingen. Aber Piet gab nichts ab. Vorsichtig schabte er das kostbare Pulver vom Beutel und legte es zum Eigenverbrauch beiseite. Er machte sich gleich einen Druck, um es anzutesten. Stumm lief die Szene vor ihr ab und machte sie schußgeil. Krachend fiel eine Tür ins Schloß. Anna traf ein warnender Blick von Tatjana, den sie nicht zur Kenntnis nahm. Aber sie sah das H als Packs. "Woher ist das?" kreischte sie und ließ ein Pack in ihrem Beutel verschwinden. "Du hetzt uns noch die Bullen auf den Hals." Jedesmal

packte sie der totale Horror, wenn Piet größere Mengen anschleppte. Die fertigen Packs wischte Piet in einen kleinen Beutel und blieb ihr eine Erklärung schuldig. Geschäfte waren seine Sache und gingen nur ihn etwas an. Den Stoff bunkerte er verblüffenderweise im Schrank und zog wieder los. Entweder hatte er keine Alternative, oder er hatte großes Vertrauen in die WG — beides extrem selten.
Anna schlotterte. Langsam kam sie vom H herunter und der Turkey nahte.
Sie kochte einen neuen Schuß auf und hatte Schwierigkeiten, die Nadel in die Vene der linken Armbeuge zu bekommen. Anna wußte kaum noch, wohin sie stechen sollte. Blut spritzte herum. Schließlich klappte es doch. Ihr wurde tierisch heiß und das Blut rauschte durch ihre Adern. Sie hatte gleich das halbe Pack gedrückt, das sie Piet geklaut hatte. Der Stoff war gut. Von wem er stammte und was Piet damit trieb, das interessierte sie nicht — genausowenig, was Piet für Schwierigkeiten bekommen konnte, wenn etwas fehlte. Mit dem Schuß im Blut legte sie sich aufs Bett. Sie hatte ihren Körper mit einwandfreiem Heroin zufriedengestellt, und er reagierte mit einem guten Flash. Ohne Heroin war ihr Körper Schmerz. Das Heroin bestimmte ihren Lebensrhythmus.
"Gib mir was", bettelte Tatjana, die vor ihr in die Hocke ging.
"Hau ab!" Anna war dicht und wollte ihre Ruhe haben. Der tägliche Kampf um Kohle und Heroin, die miesen, stinkigen Freier, überhaupt das ganze dreckige Geschäft mit dem Anschaffen, machte sie fertig. Sie ekelte sich vor sich selbst und konnte doch nicht aus ihrer Fixerhaut heraus. Sie gab keinen Laut mehr von sich. Zitternd wartete Tatjana vor dem Bett, daß sie sich ihr zuwandte. Aber Anna war schon weit weg und hatte ihr nicht einmal Tabletten gegeben.

Die Tage vergingen und Tatjana lümmelte immer noch in der Fixerwohnung herum, ohne daß etwas Entscheidendes geschah. Allmählich wurde sie sich bewußt, in welches Milieu sie abgedriftet war. Hier wurde eine eigene Sprache gesprochen, hier herrschten andere Regeln und — hier kam man schlecht wieder weg.
Keifend kam Cora in die Wohnung. Sie war von einer unvorhergesehenen Attacke gezeichnet. Tatjana mochte sie nicht, weil sie sie nur anplärrte, wenn sie überhaupt einmal das Wort an sie richtete.

Sie sah ziemlich mitgenommen aus. Gesicht und Arme waren zerkratzt und ein Auge blau angelaufen. Jetzt erst bemerkte sie Tatjana und ließ einen Wortschwall auf sie niederprasseln. Sie rastete total aus. Tatjana schwieg und fragte sich, in wessen Hände sie geraten war.
Nachdem sie gedrückt hatte, beruhigte Cora sich langsam. Sie dachte nicht mehr an die Nutte, die Jagd auf sie gemacht und ihr einen Denkzettel verpaßt hatte.
Sie hatte in deren Revier gestanden — die 'Profi-Nutten duldeten keine Fixerinnen in ihrer Nähe. Sie fürchteten um ihre Freier, denn Fixerinnen waren billiger. Außerdem stank es den Huren, daß die Fixerinnen das Geld für Heroin brauchten und nichts abgeben mußten. Die waren mindestens genauso gefährlich wie die Zuhälter selbst. Cora hatte richtig Angst vor ihnen.
Tatjana dachte an einen 'Snief'. Ihre Mitbewohner drückten vor ihren Augen und machten sie damit langsam aber sicher regelrecht 'schußgeil' — aber sie rückten nichts raus. Hier war sich nun mal jeder selbst der Nächste — eine Fixermoral, die für Tatjana hier ihren Anfang nahm.
Cora verschwand im anderen Raum. Tatjana wartete noch eine Weile und erhob sich dann. In der Küche suchte sie etwas Eßbares und fand einen Puddingbecher ohne Schimmel im Kühlschrank. Als sie den Pudding ausgelöffelt hatte, wurde ihr speiübel und sie erbrach sich in der Toilette. Man hörte sie nicht. Es blieb still wie in einem Totenhaus. Ihr Magen rebellierte, weil sie kaum aß. Sie schluckte und würgte und legte sich auf die Liege. Ihr Körper fühlte sich an wie eine leere Hülse, und sie fühlte sich so richtig schön elend, wie die anderen — sie gehörte dazu. Also gierte sie auch nach Stoff ...

Irgendwann in der Nacht sah sie Piet in der Wohnung. Er fluchte, weil die Schlafplätze alle besetzt waren. Tatjana seufzte. Jeder ging seinen eigenen Weg, der ihn an den Stoff brachte. Sie wußte es noch nicht, aber sie ging den ihren bereits.

"Die miese Nutte." Cora kaute wieder an der Keilerei vom Vortag. "Die kratzen dich zu Hackfleisch", zeterte sie. Sie kam vom Trip

runter und war nervös und unruhig. Anna schlief noch und atmete stoßweise.
"Wo ist die Pumpe?"
Tatjana deutete zum Tisch. "Dort hast du doch gedrückt."
Cora fand das Besteck tatsächlich auf dem Tisch. Sie hatte vergessen, es wegzuräumen. Ihr Gedächtnis ließ sie ziemlich häufig im Stich. Die Fixerutensilien raffte sie in den Beutel und ging. Nach ihr verließ Piet die Wohnung. Er mischte sich nicht gleich unter die Junkies auf der B-Ebene den Hauptbahnhofs. Er hatte etwas anderes vor.

Tatjana war mit Anna allein und ganz wild auf Heroin.
"Du mußt mir was geben", bohrte sie, als Anna aufstand. Aber Anna reagierte nicht darauf. Tatjana ließ nicht locker und jammerte zusätzlich noch. Das Ganze klang wie das stereotype Gezeter italienischer Klageweiber.
"Es sind keine Medinox mehr da", gab ihr Anna zu verstehen, nachdem sie danach gesucht hatte. Sie setzte sich zu ihr auf die Liege und legte das Besteck auf ihre Schenkel. Dazu erklärte sie, daß das Scheiße sei, wenn sie das wolle. Sie legte ein Pack daneben. Dabei wiederholte sie das Wort "Scheiße". Doch schon griff Tatjana danach. Es war endlich soweit ...
"Warum soll ich das nicht können, ihr tut das doch auch." Sie ließ sich nicht mehr davon abhalten. Anna nahm ihr Besteck und Stoff ab und kochte einen Schuß auf. Sie reichte ihr die aufgezogene Spritze. Plötzlich hatte Tatjana Schiß. Sie brachte es nicht fertig, sich die Spritze reinzuknallen. Kurz dachte sie an Aids, aber irgend etwas in ihr wischte diese Möglichkeit einfach beiseite. Anna setzte an und suchte eine Vene. Eine gute Freundin würde jetzt vielleicht sagen, 'Wenn du das wirklich willst, dann mußt du es auch selbst reinspritzen!', aber Junkies sind keine guten Freunde. Sie sind Junkies. Anna hatte gar nicht die Kraft, Tatjana davon abzuhalten. Aus dem einzigen Mitgefühl, das sie noch kannte, jagte sie Tatjana den Stoff rein, als sie nach drei Versuchen in eine Ader traf. Der Flash warf Tatjana beinahe um. Es schüttelte sie, und sie fühlte sich unendlich matt. Ihr war wunderbar wohlig zumutet, als schwebe die Welt aus dem Raum. Sie registrierte Anna kaum noch, die sich erhob, die Spritze säuberte und ging. Ihre Gedanken standen still.

Noch immer brannte die Funzel in das trübe Wintersonnenlicht, das hereinfiel.
Irgendwann kehrte Piet zurück. Tatjana hörte ihn, als sie in der Küche schlückchenweise eine Flasche Saft leerte. Piet zog ein paar kleine Flaschen aus seinem Beutel und verwahrte sie im Schrank. Sie stammten aus dem Supermarkt, wo er sie hatte mitgehen lassen. Eine teure Whiskey-Pulle versetzte er gleich in einer Kneipe und besorgte sich Stoff. Den Druck machte er sich in einer Toilette. Die Rumflaschen wurden später veräußert. Im Beutel steckte noch etwas, das er herauszog und in die Jackentasche schob: Ein Rezept für Pillen, die er auf der Szene verticken wollte. Und er nahm die Packs aus dem Schrank. Daß Tatjana gedrückt hatte, fiel ihm nicht weiter auf, denn er verschwendete keinen Blick an sie, als sie hereinkam. Gleich darauf verließ er die Wohnung wieder, um noch einmal zur Szene zu gehen. Hier hatte er Anna kennengelernt und war mit ihr in die Wohnung gezogen. Später hatten sie Annas Freundin Cora aufgenommen.
Es war dunkel geworden. Piet hing immer noch am Bahnhof rum, um seinen Stoff loszuwerden. Morgen mußte er mit den Leuten, für die er den Stoff verkaufte, abrechnen und die Kasse hatte zu stimmen.

Kapitel 8

Die Woche war um und das Ultimatum für Tatjana abgelaufen. Seit dem ersten Schuß hatte ihr Anna nur Tabletten zukommen lassen, die sie von ihrem Konsum abzweigte. Nun wartete Tatjana darauf, was man konkret mit ihr vorhatte. Panik ergriff sie, weil das Anschaffen in unmittelbare Nähe rückte und sie keine rechte Vorstellung damit verband. Sie hörte nur immer vom 'Freier machen' und sah Coras zerkratztes Gesicht vor sich. In dieser Nacht hatte sie kein Auge zugetan und schlotterte vor Angst. Daß sie die Hilfe der Leute in der Wohngemeinschaft nicht ständig umsonst in Anspruch nehmen konnte, war ihr klar. Sie mußte ihr Scherflein dazu beitragen. Das galt besonders für den Stoff, den sie benötigte. Anna brauchte das Zeug selbst. Tatjana hatte ihre Gutmütigkeit schon genug strapaziert.

Aber sie brauchte sie insbesondere heute, an einem Tag, der wie ein Feind vor ihr das Schwert zückte.
Mit einem dumpfen Schlag fiel nebenan etwas zu Boden. Cora wurde laut und ausfallend. Tatjana redete sich ein, daß das alles nicht so schlimm sei und sie sich unbegründet in ihre Panik hineinsteigerte. Auf dem Bett bewegte sich Piet, und bald saßen sie alle drei in dem Zimmer und redeten auf Tatjana ein. "Die Zeit ist um, Alte. Entweder Kohle oder raus." Cora war hysterisch und fuchtelte wild mit ihrer Pumpe herum. Auf einmal mischte sich Piet ein. "Ab heute gehst du anschaffen", zischte er herüber. Er tat dasselbe, wenn er Geld für Stoff brauchte. Davor scheute auch er nicht zurück. Wenn er bei einem Freier für 'einen runter holen' einen Fünfziger kassieren konnte, war das für ihn in Ordnung. Großzügige Freier zahlten auch mal mehr. Er selbst war nicht schwul, er zockte den Schwulen nur die Scheine ab. Und bei den Schwulen saßen die Scheine locker, für Sex. Ein Freier hatte ihn einmal mit dem Messer angegriffen, weil er ihm einen Haken versetzt hatte und seine Brieftasche klauen wollte. Der Freier türmte, und Piet wurde verletzt in ein Krankenhaus eingeliefert. Das konnte ihn jedoch nicht davon abhalten, sich bei Bedarf weiterhin an eine Säule des Hauptbahnhofs zu stellen und auf Freier zu warten. Wenn er das machte, dann konnte Tatjana das auch. Für Mitgefühl war in seinem Leben kein Platz mehr. Er war schon wütend darüber, daß sie Tatjana regelrecht 'anlernen' mußten, statt daß sie selbst die Initiative ergriff. "Du haust noch vor uns ab." Er brach auf einmal mitten im Satz ab. Er war vom Trip runter, schaute in ihr Gesicht und ein fürchterlicher Verdacht machte sich in ihm breit: Womöglich vergriff sie sich an ihren Drogen und allem, wenn sie den ganzen Tag in der Wohnung herumgammelte, oder nachts, wenn sie schliefen.
"Du bist doch drauf! Woher hast du das Zeug?" schrie er.
Anna mischte sich ein, die ihm umständlich beibrachte, daß das Zeug von ihr sei. So schnell ließ sich Piet jedoch nicht überzeugen und kontrollierte den Schrank, wo er seine Sachen bunkerte. Krachend schlug er die Türen zu und das alte Möbel schien auseinander zu fallen. Er packte seinen Beutel und schlurfte hinaus.
Der Verdacht, Drogen zu stehlen, empörte Tatjana, denn darauf lief Piets Gehabe hinaus. Zumindest ging er vor ihr und nicht umgekehrt,

wie er es eben noch verlangt hatte. Nun wollte Cora auf sie losgehen. Anna fing sie gerade noch ab.
"Du klaust, Alte", schrie Cora, denn sie glaubte Piet. "Du haust sofort ab und machst Freier. Deinen Stoff besorgst du dir gefälligst selbst." Ihre Stimme überschlug sich. Mit einer ausladenden Handbewegung schob sie das Geschirr auf dem Tisch zurück und leerte ihren Beutel auf dem freien Platz aus. Tatjana sah ihr nervös zu.
"Hast Glück gehabt, Alte, meine Pillen sind noch da." Sie schmiß sich gleich eine ein. "Von mir kriegst du nichts, Alte. Jeder sorgt für sich allein. Hat Annas dir das auch gesagt?" Sie blinzelte zu Anna hin, und die antwortete mit einem Fluch, dem ein: "Hau ab, du Nutte!" folgte. Die Bezeichnung warf sie ihr oft an den Kopf. Es war das dreckige Geschäft, dem sie beide nachgingen.
Wortlos rückte Tatjana an Anna heran, die auf der Liege saß. Sie durfte noch nicht gehen, nicht jetzt. Die beiden meinten es ernst: Entweder Kohle oder raus! Sie mußte anschaffen, woher sollte sie sonst das Geld nehmen, wohin sollte sie sich sonst wenden? Die üblichen Anlaufstellen kamen für sie nicht in Frage, denn sie wollte auf keinen Fall zurück zu ihrer Mutter. Sie war auch bereits über den Punkt hinaus, an dem sie sich mit einem bürgerlichen Leben identifizieren mochte. Unerfahren, jung und verwirrt wie sie war, verklärte sie ihr heraufziehendes Elend und lief ihm hinterher. Sie wollte dieses Leben, wollte den Stoff.
Sekundenlang tauchte Rena Grotemann in ihren Gedanken auf und sie verwünschte sie, weil sie ausgerechnet nach Amerika gegangen war und ihr nicht einmal mehr einen Brief hatte zukommen lassen. Die ganze Aktion erwies sich als ein fataler Flop, und nun saß sie in der Fixerhölle. Wie soll ich je wieder hier herauskommen? fragte sie sich und bescheinigte sich gleichzeitig leichtfertig, daß es dafür schon zu spät sei.
Anna stand auf und riß sie mit hoch. "Komm mit." Sie hob einen Beutel vom Boden auf und schüttete die Klamotten auf die Liege. "Wir besorgen eine Fixe auf der Szene", sagte sie und drückte ihr den Beutel in die Hand. "Und am Bahnhof drücken wir."
"Ich habe Schiß", sagte Tatjana ganz ehrlich, und Anna wies zur Türe hin. "Du kannst ja gehen, wenn es dir bei uns nicht paßt. Wenn du

bleiben willst, dann mußt du Geld heranschaffen, und das bekommen wir bloß auf dem Strich." Anna wurde aggressiv und zusehends unruhig. Sie hatte es eilig zur Szene zu gehen und Stoff einzukaufen für den nächsten Druck. Der nahende Turkey trieb sie an und es gab nichts, was sie mehr fürchtete. Das Heroin jagte sie von Schuß zu Schuß und folterte sie mit dem Turkey, wenn sie es ihrem Körper nicht zuführte. Tatjana schnorrte sie um Tabletten an, als Anna sich welche in den Mund stopfte.
"Die besorgen wir auch", und dabei beließ sie es. Nun flatterte Tatjana noch mehr, als sie hinter Anna her stapfte, ohne zu wissen, wohin sie ihr Weg jetzt führte. Seit einer Woche hatte sie die Wohnung nicht mehr verlassen. Die kalte Luft riß an ihren Haaren und fuhr über ihr Gesicht. Sie achtete nicht darauf. Sie glaubte, daß es noch November war, aber was bedeutete das schon. Die Leute in der Wohngemeinschaft lebten an der Zeit vorbei. Auf einmal durchzuckte es sie. Die Gegend kam ihr bekannt vor. Hier am Hauptbahnhof hatte sie Anna getroffen, auf einer Bank. Anna mischte sich unter die Junkies auf der B-Ebene. Sie wußte, zu wem sie wollte. Ein Typ trat auf sie zu und verhandelte mit ihr. Kurz zeigte er auf Tatjana. Sie stand daneben und begriff überhaupt nichts. Doch Kai taxierte sie mit einem lauernden Kennerblick, den sie nicht wahrnahm. Kai war der Stammdealer von Anna. Er verkaufte Heroin. Anna drückte Tatjana Besteck und Stoff in die Hand, und das Geschäft war erledigt. Sie fror und schwitzte, daß ihr der kalte Schweiß herunterlief, und sie hatte das Gefühl, als stülpe sich ihr Magen um. Das Muskelziehen in den Oberschenkeln machte ihr das Gehen schwer und der Bauch schmerzte.
"Ich brauche einen Druck, jetzt gleich." Sie stieß Anna an.
"Turkey! Ich habe dir doch gesagt, daß das Scheiße ist." Einen Moment lang schien sie zu merken, daß Tatjana sich den Turkey nur einbildete — sie hatte ja erst einmal gedrückt — aber dann war es ihr wieder zu gleichgültig. Sie zog Tatjana auf den Boden und setzte sich dazu. Beim Drücken half sie ihr wieder.
Mit halbgeschlossenen Augen lehnte sich Tatjana an die kalte Wand, wie die Junkies daneben, die voll waren. Sie dachte nicht daran, daß sie Freier machen sollte. Langsam beruhigte sich ihr Körper. Teilnahmslos starrte sie auf einen Junkie, ohne ihn wirklich zu sehen. Er

stach die Nadel in die Vene und saugte dabei mit dem Mund das Blut ab, das herausquoll.
"Komm schon." Tatjana bewegte sich nicht, und Anna wiederholte den unsanften Stoß in die Seite. "Wir müssen Kohle machen! Komm gefälligst. Ich schlepp dich doch nicht ewig durch."
Umständlich stand Tatjana auf und trottete neben ihr her zur Rolltreppe. Sie sah nicht auf die Passanten, die zu ihren Zügen und in die City strömten, und die Passanten achteten nicht auf sie. In der Kaiserstraße trug die Rolltreppe sie aus der B-Ebene hinaus.
Anna besorgte zwei Becher Kaffee und reichte Tatjana einen davon, den sie langsam schluckte. Mit der anderen Hand umklammerte sie den Beutel. Ein Wagen hielt vor ihnen und ein feister glatzköpfiger Typ winkte Anna zu. Sie reagierte sofort.
"Das ist dein Freier!" Sie kniff Tatjana in den Arm und schubste sie in das Auto. Auf einem Notizblock, den sie aus ihrer Tasche pulte, notierte sie auffällig die Autonummer, damit der Freier nicht auf komische Ideen kam. Die Taktik war aber auch ein Schutz vor Zuhältern, die Mädchen auf dem Autostrich wegschnappten und für sich anschaffen ließen. Die Zuhälter waren so ziemlich das Brutalste auf der Szene.
"Auch gut", sagte der Freier, zog über Tatjana gebeugt die Autotür zu und fuhr los.
Tatjana bekam eine Panikattacke. Mit einem Schlag wurde ihr bewußt, was gerade passierte. Sie konnte nicht mal um Hilfe schreien, aber wozu auch? Sie würde es machen müssen, denn sie war auf das Geld angewiesen — jedenfalls redete sie sich das ein. Das vor ihr liegende Ereignis war für sie so ungeheuerlich, so ekelerregend und abstoßend, daß sie sich tief in sich selbst zurückzog. Sie wollte überhaupt nichts davon wissen. Sie war wie betäubt, drückte sich instinktiv an die Wagentür, starrte stur geradeaus und hörte gar nicht, was der Mann ihr alles erzählte. Sie hätte es auch gar nicht hören wollen. Sollte er doch zu einer Psychotante gehen, wenn er sich ausquatschen wollte — oder war eine Stricherin genausogut, aber billiger?
" ... von hinten?" hörte sie den Dicken plötzlich. Sie schrak hoch, als hätte sie geschlafen. "Was?"
"Fünfzig Mark. Einverstanden?" sagte der Freier.

"Wofür?" fragte sie leise.
"Du lutscht ihn mir hoch und dann nehme ich dich von hinten, meine Kleine, was?"
Tatjana hätte fast gewürgt, ihre Gedanken wirbelten im Kreis zwischen Kohle machen für die Miete, Mutter wird sich um alles kümmern und Sex 'n Drugs 'n Rock 'n Roll. Das gefiel ihr. Ja, so war das nun mal. Das Leben fordert von jedem seinen Tribut ... Langsam dämmerte Tatjana wieder in sich hinunter, tief hinein, wo sie nichts mehr fühlte und keine Vorurteile gegen irgend etwas bestanden.
" ... hörst du mir überhaupt zu?"
"Ja."
"Na, dann ist ja gut ... " Der Freier brummelte etwas in sich hinein, aber Tatjana hätte es nicht mal gehört, wenn er es ihr ins Gesicht gesagt hätte. Er war sich im Klaren darüber, daß er eine 'Neue' erwischt hatte. Ein absoluter Volltreffer! Womöglich würde er ihr erster Freier ... ob sie vielleicht sogar noch ... aber nein! Keine Jungfrau würde sich einfach so auf den Strich stellen. Sie würde ihre Jungfräulichkeit meistbietend verkaufen und einen Super-Schnitt machen, statt sich mit lausigen fünfzig Mark abzugeben. Ob sie einfach blöd war? Egal. Sie war neu und frisch und sah noch nicht verbraucht aus. Das erregte ihn und er disponierte um. Statt zu einem Parkhaus zu fahren, steuerte er ein Stundenhotel an.
Wie in Trance folgte Tatjana ihm durch die schmale Eingangstür in eine schäbige 'Empfangshalle', die man genausogut für eine Abstellkammer halten konnte. Wortlos legte der Fette einen Schein auf den Tresen — Tatjana bekam nicht mit, wieviel das Zimmer kostete — und zwinkerte dem 'Empfangschef', einem ungewaschenen Typ mit schmierigen Haaren, der aussah wie Mikey Rourke als Rentner, vertraulich zu. Der deutete ein mattes Nicken an und interessierte sich nicht weiter für Tatjana. Er konnte sich nicht so recht darüber amüsieren, daß sie noch keine Ahnung hatte. Aber aufklären wollte er sie auch nicht. Würde der Dicke sie eben eine ganze Stunde lang bearbeiten, was kümmerte es ihn? Normalerweise zahlten nämlich die Mädchen das Zimmer. Wenn sie nach einer halben Stunde nicht runterkamen, ging er hoch, so war der Deal. Wenn sie ihm dann bestätigten, daß alles okay war, bekam er die nächste halbe Stunde auch noch bezahlt, wenn nicht, warf er die zudringlichen Freier raus.

Immer wieder versuchten die Kerle für ihr Geld länger zu bumsen oder Sachen zu machen, auf die die Mädels nicht konnten. Richtiger Sex war in der Branche einfach nicht drin. Sie masturbierten den Freiern die Schwänze, machten Oralverkehr oder ließen sich auch mal zwischen die eingeschmierten, zusammengedrückten Schenkel stoßen, 'aber niemals richtig reinstecken!' — das war eigentlich das allererste, was man in der Szene lernte. Es war körperlich einfach nicht so oft und schnell hintereinander zu machen. Aber Drogenstricherinnen wurden nun mal nicht so gründlich eingewiesen wie die 'Pferdchen' der Zuhälter. Tatjana würde es irgendwann von Anna oder Cora oder irgend jemand anders erfahren, wenn sie sich über die ersten Entzündungen beklagte, oder sogar für ein paar Tage ausfiel. Dann müßte Anna sie wieder durchziehen.
Der Fettsack drückte die Zimmertür auf und schob Tatjana hinein. Das Zimmer war lächerlich klein, unglaublich schäbig und stank. Dem Mann grauste es offenbar vor gar nichts. Tatjana wankte auf einem schmalen Grad zwischen Wahrnehmung und Apathie. Sie reagierte nicht, als der Dicke anfing sich auszuziehen.
"He! Was ist denn nu?"
Verwirrt blinzelte Tatjana ihn an. Sie hatte einfach nicht die geringste Vorstellung, was nun passieren würde — geschweige denn von dem, was sie dazu beizutragen hatte.
"Na los! Zier dich nicht so! Runter mit den Klamotten!" Der Mann trat an sie heran und zog an ihrer Jacke. Tatjana ließ ihn gewähren. In ihrem Kopf schrie alles dagegen an, schrie, daß sie weg müsse, weit weg, schnell weg, nur weg ... aber da schrie es auch 'Drogen!', 'Miete!', 'Geld!' ... Die materiellen Forderungen triumphierten über die der Gefühle und Vernunft. Das Selbstwertgefühl, die Selbsterhaltungsmechanismen — alles verstummte und roboterhaft nahm sie ihre neue Rolle als Hure an. Zunächst, indem sie sich nicht dagegen wehrte, ausgezogen zu werden. Der Dicke war begeistert. Er würde Tatjana einem Freund empfehlen, der auf Vergewaltigungsszenen mit jungen Dingern stand. Was Tatjana da bot, kam dem schon recht nahe, fand er.
Als er Tatjana die Kleider vom Leib gefummelt hatte, selbst in Unterhose und Socken dastand, überkam ihn die Gier mit aller Macht. Er schwitzte wie verrückt, hatte ein puterrotes Gesicht und zitterte vor Erregung. Tatjana ließ sich auf das schmuddelige Bett drücken.

"Los! Mach's mir! Mach's mir richtig", keuchte der Dicke. Tatjana rührte sich nicht. Der Mann griff nach seiner Börse und holte den Fünfziger raus. "Hier. Da hast du! Und jetzt blas mir einen!" Er packte ihren Kopf, schlang eine Handvoll Haar um seine Faust und stieß sie mit der Nase gegen seinen schwabbeligen, weißen Bauch. Er hatte bereits eine Erektion, und Tatjana wäre fast aus ihrer Apathie erwacht, aber dann schoben sich doch die Bilder mit Hajo darüber, und sie versank einfach in der Erinnerung. Sie war in diesem Moment mit Hajo zusammen, es war alles gut und sie liebte ihn. Der Mann schnaufte und röchelte, dann kam er. Sie wurde von seinem plötzlichen und schnellen Erguß völlig überrascht. Es waren keine fünf Minuten vergangen.
"Du verdammtes Luder!" schrie der Fettsack. "Es mir einfach so zu besorgen!" Er stand auf und ging zu dem gelb-braun verfärbten Waschbecken an der Wand. Unter leisen Klagelauten spülte er sein Ding mit kaltem Wasser ab. Als er fertig war, setzte er sich neben Tatjana aufs Bett.
"Du bist doch viel zu schade für den Strich", sagte er freundlich, während er seinen Penis massierte. "Ich wüßte was Besseres für dich. Komm doch mit mir. Ich besorge dir eine Wohnung und neue Klamotten ... wenn du willst auch Drogen. Dann brauchst du nicht mehr auf der Straße leben. Wie wäre das?"
Tatjana schwieg. Sie hatte immer noch sein Sperma im Mund, unfähig es runterzuschlucken oder auszuspucken. Ein kurzer Anflug von Panik machte sich in ihr breit, als die Realität auf ihr Recht pochte und sie an AIDS erinnerte. Sie war sich ziemlich sicher, daß man sich so anstecken konnte. Aber da der Gedanke einfach unerträglich war, verdrängte sie ihn sofort wieder — und schluckte.
"Ich will gehen", sagte sie leise.
Der Dicke hatte es kaum mitgekriegt. "Was?"
"Ich will gehen ... "
"Nichts da. Erst tust du was für dein Geld. Schließlich habe ich bezahlt." Der Schein lag noch immer auf dem Nachttisch, ohne von Tatjana auch nur eines Blickes gewürdigt zu werden. "Los! Knie dich hin!" Er zerrte an Tatjana herum, bis sie mit seiner Hilfe im Vierfüßlerstand war. Dann kniete er sich hinter sie und drückte ihre Pobacken auseinander. Tatjana kam nun nicht mehr daran vorbei, zu realisieren, was mit ihr geschah. Er fummelte an ihr rum, wahrscheinlich guckte er

sie sich da unten ganz genau an. Der Gummi! Er mußte einen Gummi überziehen! Sie wollte es ihm sagen, aber da drang er tatsächlich in sie ein. Sofort brannte es in ihr wie Feuer. Sie wußte nicht genau wo, es war einfach überall. Sie fühlte sich wie angeschwollen, zum Zerreißen gespannt. Ihr Kopf fing an, rhythmisch zu den harten, kurzen Stößen des Mannes zu wippen. "Ich will nicht ... ", preßte sie hervor.
Der Mann packte wieder ihr Haar und riß ihren Kopf zurück. "Schnauze! Du willst! Oh ja, du willst mich! Noch nie hat es dir einer so gut besorgt wie ich, glaub' mir Baby! Du bist spitze!" Der Mann brabbelte in seiner Erregung immer zusammenhangloser und keuchte und schnaufte, daß man glauben konnte, er würde gleich einen Herzinfarkt bekommen. Tatjana schrie — vor Schmerz, vor Ekel und vor Wut. Sie wollte bloß noch weg, aber der Dicke war ziemlich kräftig. Er riß ihren Kopf weiter nach hinten, bis sie kaum noch Luft bekam und ihr Schrei erstickte. Sie hätte es kaum für möglich gehalten, daß sich die Schmerzen und der Ekel noch steigern ließen. Sie schrie wieder, aber abermals riß er ihren Kopf so brutal nach hinten, daß ihr Schrei erstarb. Aus dem Brennen und Ziehen wurde ein einziger Schmerz. Es gab keine Unterschiede mehr zwischen schlimm und ganz schlimm, zwischen innen und außen, rechts oder links. Nur das Rütteln, das er mit seinen Stößen durch ihren Körper jagte, bekam sie noch mit.
Es donnerte laut an der Tür. "Ist da drinnen alles in Ordnung?" rief der Kerl vom Empfang. Die Schreie mußten bis auf die Straße zu hören gewesen sein, wenn sie auch kurz waren. Huren schrien nicht vor Erregung, nur wenn es Schwierigkeiten gab, und der Mann hatte den Ruf seines Hauses zu verteidigen. Wenn sich rumspräche, daß hier ein Mädel vergewaltigt wurde, würden die anderen nicht mehr kommen. Man mußte sich auf ihn verlassen können, auch wenn es um eine Anfängerin ging, die eigentlich selber schuld war.
"Verpiß dich! Ich habe für eine Stunde gezahlt!" bellte der Dicke.
"Kleines? Alles in Ordnung?"
"Aufhören!" stöhnte Tatjana mit letzter Kraft. Der Dicke riß wieder ihren Kopf nach hinten. Tatjana rechnete ernsthaft damit, daß ihr Genick brechen würde.
Im Türschloß knirschte der Schlüssel. Obwohl der Dicke seinen von innen hatte stecken lassen, konnte der Mann von außen mit seinem

Hauptschlüssel öffnen. Er stürzte in das Zimmer, packte den Dicken und zog ihn von Tatjana herunter.
"Ich hetzt dir die Bullen auf den Hals!" schnappte der Dicke außer sich. "Das wirst du noch bereuen, du Sau! Du verdammter Kinderficker! Nuttenvater!"
Der Mann vom Hotel hatte schon Schlimmeres gehört und sich abgewöhnt, darauf zu reagieren. Er wäre im Ernstfall sowieso nicht gegen den Dicken angekommen. Aber so war der ausreichend damit beschäftigt, seine Hosen anzuziehen und sein Geld in Sicherheit zu bringen. Sein Widerstand war gering, weil er sich seines Vergehens durchaus bewußt war. Er rechnete sogar stark damit, daß es für Tatjana das erste Mal war, und der Gedanke daran ließ ihn vor Erregung fast platzen. Trotzdem hatte er sich in der Gewalt und räumte das Feld. Egal. Er würde sie sich bald wieder holen. An diesen Tag würde er noch lange denken ...
Der Mann vom Hotel sah Tatjana kurz in die Augen, warf ihr ihre Klamotten hin und sagte: "Anziehen!" Als sie fertig war drückte er ihr ihren Fünfziger in die Hand. "Hier! Den hast du dir wohl redlich verdient. Paß in Zukunft besser auf dich auf, klar?" Er war schroff und abweisend, tat, als wäre sie ihm egal, aber Tatjana konnte förmlich spüren, daß das nur die rauhe Schale war, hinter der er bei seinem Job Schutz suchte. Bestimmt konnte er ein prima Freund sein, aber sie schaffte es nicht, den Gedanken zu Ende zu denken. Er schob sie vor sich her, schloß die Zimmertür hinter sich und dirigierte sie auf die Straße. Ohne ein weiteres Wort ließ er sie stehen und hockte sich wieder hinter seinen Tresen. Tatjana machte sich auf den Rückweg.
Nachdem alles vorbei war, konnte sie über das Geschehene nachdenken. Auf einmal verstand sie die häßlichen Schimpftiraden von Cora und Anna über die Freier. Zu ihrer Verblüffung dauerte der Schock nur wenige Sekunden, dann waren die Gefühle, die dazugehörten, verdrängt. Einfach weg. Natürlich waren sie noch da, aber sie würde wohl nie einem Analytiker ein Vermögen bezahlen, damit der sie wieder rauskramte. Sie war überzeugt davon, durch die Hölle gegangen zu sein und überlebt zu haben. Sie war nun cool, abgebrüht und in der Lage, mit dem Leben klarzukommen. Sie fand, daß das eine Einstellung war, mit der man zurechtkommen konnte — und sie fand, daß sie jetzt 'richtig drauf' war und sich einen Schuß verdient hatte.

Sie erreichte den Bahnhof und sah sich um. Wo war Anna? Statt sich direkt alles von der Seele quatschen zu können, blieb sie mit ihren Gedanken allein.
Sie setzte sich zu einem Junkie auf den Randstein. "Hast du ihn gut abgezockt?" hörte sie plötzlich Anna hinter sich. Erleichtert sprang Tatjana auf und wollte schon lossprudeln, da fiel ihr der Schein ein. "Hier!" Sie gab den Fünfziger Anna, die ihn einsteckte. "Fein."
"Mit ist kotzübel!" stöhnte Tatjana. Anna setzte sich neben den Typ und zog Tatjana mit herunter. Sie wollte wissen, wie sie es gemacht hatte.
Nachdem Tatjana ohne große Bewältigungsschwierigkeiten alles erzählt hatte, schüttelte Anna nur den Kopf. "Ich hätte es dir wohl vorher sagen sollen, wie man so was macht, aber dann hättest du bestimmt Panik gekriegt. Ich finde es okay, daß du das Schlimmste, was einem hierbei passieren kann, schon hinter dir hast. Und du hast echt Glück gehabt."
"Glück?" Tatjana starrte sie entsetzt an.
"Ja, klar. Normalerweise hilft dir kein Schwein."
Tatjana machte ein verbittertes Gesicht. Was hatte sie denn auch erwartet, so eine Art 'Straßenpsychotherapie'? Sie mußte sich daran gewöhnen, daß Jammern in der Szene nichts brachte und nichts, was ihr passieren konnte, nicht auch schon den anderen passiert war.
"Du kannst es französisch machen oder bloß runter holen", fuhr Anna fort. "Du sagst den Typen, was gemacht wird, nicht umgekehrt. Und merke dir eins: Erst das Geld und dann der Service." Sie packte sie am Arm und deutete zu einem Wagen am Straßenrand. "Hau mit ihm ab, Alte, das ist dein Freier!" Tatjana stolperte zu dem Auto und stieg ein. Sie hatte das erste Mal noch nicht verdaut und schon wurde sie in den nächsten Wagen bugsiert. Daß die Freier auf sie abfuhren, wurde ihr gar nicht bewußt. Den Typ neben sich, würdigte sie wieder keines Blickes. Sie wollte es nur hinter sich bringen, und diesmal wußte sie, worauf sie sich einließ.
"Du kannst es mir mit der Hand machen. Ich habe nicht viel Zeit."
Sie überwand sich und dachte an das, was Anna ihr eingeschärft hatte. "Fünfzig", sagte sie.
Der Mann lachte. "Du bist genauso neu, wie du ausschaust. Zwanzig, klar?"

"Nein, fünfzig!"
Der Mann fuhr ruckartig rechts ran, blieb aber nicht ganz stehen, er fuhr langsam weiter. "Willst du aussteigen?"
"Für zwanzig mach' ich's nicht."
"Hör mal. Das ist ja ganz nett, daß du hier neu bist und so, aber deswegen zahl ich doch nicht mehr — also schön, dreißig, okay?"
Tatjana nickte. Sie fühlte sich abgezockt, hatte aber auch keine Lust, daß der Kerl sie rauswarf. Obwohl sie noch gar nicht unter Entzug leiden konnte, fühlte sie sich bereits mitten drin im Räderwerk von Heroin und Anschaffe.
"Ich geb' dir für dreißig Stoff, okay?" Sie nickte. Der Freier hielt in der Nähe eines Parks.
"Wo ist das Dope?"
Der Mann gab es ihr und öffnete seine Hose. Er gehörte zu jener Sorte Kerls, die Tatjana eigentlich immer für anständig gehalten hatte. Vermutlich Familienvater, mittlerer Angestellter, Tennisspieler und so. Den Pack Heroin steckte sie in die Jackeninnentasche. Sie versuchte Abstand zu halten, während sie ihn mit der linken Hand bediente und sah dabei aus dem Fenster ...
Der Typ fuhr sie zurück in die Nähe des Hauptbahnhofs und warf sie mit einer groben Bemerkung aus dem Auto. Sie ging zu den Junkies und irgendwie beruhigte sie das. Sie identifizierte sich bereits mit der Szene. Aber wo steckte Anna? Sicher fühlte sie sich erst mit ihr.
"Ich habe dich heute doch schon mal gesehen", wurde sie angesprochen und sie erinnerte sich. "Brauchst du was?" Sie schüttelte den Kopf und war erleichtert, denn sie sah Anna kommen. Nachdenklich schielte Kai noch einmal zu Tatjana hin und bot dann Anna seinen Stoff an. Sie nahm Heroin und Barbiturate.
"Hast du schon gut abgezockt?" Kai nahm Tatjana am Arm und zog sie vertraulich zu sich ran, aber Anna stieß ihn zurück.
"Das geht dich nichts an", krächzte sie. Sie kannte Kai, der sich die Mädchen schnappte, wenn sie ihm gefielen und für sich arbeiten ließ. Er war auch Zuhälter, wenn auch ein kleiner. Er behielt den Bahnhof im Auge und machte für einen der größeren Zuhälter die Drecksarbeit. Anna glaubte, daß er zur Zeit mindestens drei Mädchen für sich selber arbeiten ließ, die er dafür mit Stoff versorgte.

Anna wies in eine Richtung, und Tatjana sollte ihr folgen. Sie fand sich vor der Bahnhofsmission wieder. Anna schickte Tatjana an einen Tisch und brachte Brotschnitten und Malzkaffee.
"Ich brauche einen Druck." Nach einem Biß schob Tatjana das Brot beiseite. Rebellisch wehrte sich ihr Magen dagegen. Ihr war speiübel und sie fror. In den Beinen spürte sie das starke Muskelziehen, und sie dachte an den Turkey. Der höllische Zustand ohne Heroin war ihr noch nicht so geläufig, aber sie hatte eine sehr realistische Vorstellung davon — die Beobachtungen in der WG hatten dafür gesorgt.
Anna aß von dem Brot und trank langsam den Kaffee. Daß Tatjana ganz grau im Gesicht war, nahm sie nicht zur Kenntnis, denn ihr erging es ähnlich. Der Turkey quälte jeden Fixer selbst genug, so daß er sich nicht um den anderen kümmerte.
Der Speisesaal war vollbesetzt. Am Tisch daneben saßen vier bärtige Männer, die laut miteinander diskutierten. Tatjana wollte raus, ganz gleich was sie draußen erwartete. Sie drängte zu gehen. Bei den Junkies wollte sie sich niederlassen, um zu drücken, doch Anna hatte etwas anderes im Sinn. Sie war unruhig und nervös und brüllte sie an. Die Passanten hasteten unbeteiligt vorbei, und Tatjana nahm sie genausowenig wahr. Nun war sie ganz wild auf einen Druck und fluchte. In der Straße ahnte sie, was Anna beabsichtigte. An ihnen zogen die Junkies vorbei, grell leuchteten die Neonröhren in die Nacht. Ein Typ quatschte Tatjana an, und sie wurde von Anna zu ihm in den Wagen geschubst. Sie wischte sich kalten Schweiß von der Stirn. Sie schwitzte und fror zugleich und hatte nur das Bedürfnis in die Wohnung zu kommen und zu drücken, um sich besser zu fühlen. Schlotternd saß sie neben dem Freier im Auto, um ihn irgendwo zu befriedigen. Noch hatte sie keine Erfahrungen mit dem Autostrich — wie gefährlich er war. Der Typ neben ihr machte äußerlich einen ganz manierlichen Eindruck. Er fragte, warum sie auf die Straße ginge und wie lange sie das schon machte. Sie antwortete statt dessen: "Einen Fünfziger fürs Runterholen." Er erklärte sich damit nicht einverstanden. "Ich will es französisch."
Tatjana schwieg. Das hatte sie auch schon mit Hajo gemacht. Ganz einfach so, weil es ihm gefiel. Es nun mit dem Kerl zu tun, stieß sie unheimlich ab. Da fiel ihr ein, daß sie es heute schon einmal gemacht hatte. Als die Erinnerung in ihr hochkam, wollte ihr Mageninhalt

gleich mit, aber sie konnte sich beherrschen. Sie mußte cool bleiben, trotz der zunehmenden Schmerzen. Sie brauchte Geld, um in der Wohngemeinschaft bleiben zu können, für den nächsten Schuß, nach dem sie jetzt fieberte, und, und, und ... Wohin fuhr der Typ bloß? Pensionen gab es im Umkreis genug. Er kurvte schon eine ganze Weile herum. Sein Gelaber nervte Tatjana und sie wußte nicht, wo sie war. Durch die Scheiben starrte sie in die Dunkelheit.
Irgendwann standen sie irgendwo in absoluter Dunkelheit. Er löste den Gurt neben ihr. "Nun besorgst du es mir, langsam und richtig, wie ich es möchte." Unangenehm zischte seine Stimme in ihr Ohr.
"Französisch für einen Fünfziger, aber mit viel Zeit."
Sie rutschte in die Ecke an die Türe und neigte zögernd den Kopf über seinen Schoß. Er packte sie an den Haaren und stieß ihren Kopf gegen seinen Hosenschlitz. Dann fummelte er sich den Reißverschluß auf. Während der ganzen Nummer hielt er sie brutal gepackt, überschüttete sie mit obszönen Kraftausdrücken, Beleidigungen und Anfeuerungsrufen. Sie fühlte sich richtiggehend mißbraucht, obwohl er dafür bezahlte.
"Noch mal", sagte er, nachdem es ihm gekommen war. Tatjana wußte instinktiv, daß das lange dauern würde.
"Für fünfzig", schoß sie zurück. Der Typ frustrierte sie, und sie fand das Geschäft mit dem Anschaffen zum Kotzen.
Er bog ihren Kopf nach hinten und riß wieder an ihren Haaren.
"Los!" befahl er und machte das gleiche noch mal. Zu ihrer Verblüffung ging es ziemlich schnell. Danach stieß er sie zurück und blätterte ihr tatsächlich zwei Scheine hin. Tatjana schob sie in die Tasche. Zumindest hatte er sie anständig bezahlt.
Der Freier fuhr sie schweigend in die Kaiserstraße zurück — immerhin: von Anna und Cora wußte Tatjana, daß die Typen danach irgendwie versuchten, sich väterlich besorgt zu geben, um ihr schlechtes Gewissen zu beruhigen; das ersparte er ihr.
Die Beine gehorchten ihr kaum und sie zitterte. Der Geschmack in ihrem Mund war ekelhaft, sie würgte und schluckte. Und Anna war nicht in Sicht.
"Zum Teufel", schimpfte sie und hockte sich auf den Randstein. Wenn sie nicht sofort kam, mußte sie sich selbst den Schuß reinknallen. Sie pulte ihre Pumpe aus dem Beutel.

"Ich brauche auch einen Schuß, Alte." Anna war aufgetaucht.
"Ich habe die Schnauze voll von den Freiern", brummte Tatjana.
"Ich auch. Komm, wir drücken Zuhause." Anna bestand darauf, und Tatjana konnte erst in der Wohnung den Stoff von dem Freier nutzen. Sie gab Anna noch die Scheine für ihre Mietkosten und legte sich hin. Langsam befreite sie das Heroin von ihrem Turkey, und sie überließ sich ganz dem Flash.

Kapitel 9

Monate waren vergangen. Inzwischen war Tatjana schon zu allem bereit, um an Heroin zu kommen. Sie brachte das Geld wie Anna zusammen, und man ließ sie in der Wohngemeinschaft in Ruhe, bis auf die banalen Reibereien, wobei sie sich denselben Umgangston angewöhnt hatte.
Eines Vormittags verließ Cora zuerst die Wohnung. Piet hantierte am Schrank. Tatjana achtete nicht darauf. Sie befaßte sich mit sich selbst, denn der Turkey machte sich langsam bemerkbar, und sie brauchte ihren Druck. Sie warf die Pillen ein, die sie sich zum Heroin dazu besorgte. Daß das H meist mit Milchzucker gestreckt war, hatte sie schon mitbekommen — daß es auch bei den Pillen so war, noch nicht. Piet packte indessen volle Tablettenstreifen in kleine Beutel, die für Stoff vertickt wurden. Gedanklich erstellte er einen konkreten Plan, von dem er sich genug Kohle erhoffte, um mit einem Kumpel nach Amsterdam fahren zu können und dort Stoff einzukaufen. Das brauchten die drei Suchtkrähen aber nicht zu wissen.
Anna und Tatjana zogen los Richtung Bahnhof. Sie hielten beide Ausschau nach einem Freier, sie brauchten Stoff. Am Sonntag war auf der Szene nichts los. Anna schickte einigen Autos Schimpftiraden nach, weil sie vorbeifuhren.
"Am Sonntag spielen die Säue Familie", zeterte sie und Tatjana schwieg. Sie kämpfte mit dem Turkey, und nur der nächste Schuß war ihr wichtig. Das Heroin war lebensnotwendig und ein Teil von ihr geworden. Es trieb sie zu seinem Recht. Sie verdammte Anna, die ihr einen Freier wegschnappte, der anhielt und eigentlich sie

meinte. Nun stand sie allein an der leeren Straße und kein Freier kreuzte auf.

"Ich habe Stoff!" Anna setzte sich sofort den Schuß, als sie wieder zurück war. Ein Auto hielt. Der Fahrer winkte Tatjana zu sich heran. Tatjana erinnerte sich an den Kerl: Es war ihr allererster Freier.
"Ich sagte doch, ich komme wieder." Er warf ihr einen Seitenblick zu und lächelte schmierig. "Meine Frau ist mit den Kindern verreist. Ich habe Lust auf dich. Du gefällst mir."
Tatjana gab keine Antwort. Er bemerkte ihre Unruhe, was ihn noch mehr aufgeilte. Sie wollte ihn im Auto abfertigen, doch er hatte etwas Besseres vor.
"So schnell entkommst du mir nicht." Sie hörte seine Erregung heraus und grauste sich vor ihm. Nun war sie auf Turkey und hatte weder Stoff noch die Möglichkeit für einen Schuß. Und der Typ neben ihr quatschte und quatschte. In einer Pension drückte er ihr einen Schein in die Hand, den sie sofort verschwinden ließ und nahm sie ausgiebig. Hinterher steckte er ihr noch einen Zwanziger zu. Sie ließ sich zum Bahnhof bringen und suchte den Stammdealer von Anna. Sie sah ihn nicht, aber Anna schob sich in ihr Blickfeld. "Hast du was?" fragte Tatjana, und Anna konnte ihr sogar helfen.
"Das kriege ich wieder." Sie half ihr beim Druck. Anna brauchte aber noch Geld und Stoff, damit es bis morgen reichte. Die Zeit drängte. Tatjana saß auf dem Boden und kippte vornüber, ihre Arme hingen über den Knien. Plötzlich bekam Anna Angst und riß sie zurück. Sie sah wie Tatjana die Lippen bewegte und an die Wand glitt. Offensichtlich war das Heroin zu stark gewesen. Anna ging allein zurück zum Autostrich.
Später stand Kai vor Tatjana. "Wo ist Anna?" wollte er wissen. Tatjana reagierte nicht.
"Ich habe Stoff für dich!"
Sie zog fast mechanisch einen Schein heraus und steckte den Stoff in die Tasche. Ihr fiel ein, daß sie den Stoff von Anna gedrückt hatte und dieser Pack ihr gehörte. Das bedeutete, daß sie noch einen Freier finden mußte.
Zwei Junkies setzten sich neben sie und bereiteten ihren Schuß vor. Kaum hatte der eine sich die Spritze in die Ellenbeuge gesetzt, liefen

seine Lippen blau an. Er fiel zurück und die Spritze hing an seinem Arm. Gekrümmt und leblos lag er da.
"Paß auf deinen Kumpel auf", schrie Kai, der die Gefahr erkannte. Der andere, der noch nicht gedrückt hatte, zog ihm die Nadel heraus. Kai alarmierte den Notarztwagen, und der junge Fixer wurde mit einem Kreislaufkollaps ins nächste Krankenhaus gebracht. Niemand achtete weiter darauf, so was kam dauernd vor. Kai erklärte Tatjana, daß das der Stricher Lars sei, der Aids habe und irgendwann sowieso in die Kiste springen werde. Sie schenkte ihm kein Gehör. Die Probleme der Junkies interessierten sie nicht, solange es nicht ihre eigenen waren.
In der Nähe der Bahnhofsmission wurde sie dann von einem frisch eingereisten Rumänen mitgenommen. Er zahlte eine nahegelegene Pension und wollte gleich loslegen, aber Tatjana machte ihm klar, daß er sie auch noch bezahlen mußte. Sie war in der kurzen Zeit schon recht hart geworden. Fluchend rückte der Rumäne einen Schein raus, den sie sofort in ihrer Jeans verstaute. Als Revanche nahm er sie mit besonderer Brutalität. Als sie schließlich wieder auf die Straße kam, konnte sie kaum gehen und schnappte immer noch nach Luft.
Irgendwo am Bahnhof setzte sie sich auf einen Gepäckwagen und starrte in die Leere, wie all die anderen Junkies, die hier herum hockten und dicht gemacht hatten. Es waren die lästigen Junkies, die das Stadtbild störten, man wollte sie weghaben, irgendwohin abschieben, wo sie nicht weiter auffielen. Die Bahnpolizei wollte die Ebene einigermaßen sauber halten, weil sich immer wieder Fixer ihren Schuß auf den Toiletten setzten, die von den Reisenden benutzt wurden. Drogensüchtige und Prostituierte sollten aus dem Stadtbild verschwinden. Razzien in der Taunusanlage und der Kaiserstraße blieben bislang allerdings ohne Wirkung. Bei konsequenter Vertreibung der Junkies und Dealer wanderte die Szene zwar ab, aber unkontrolliert. Die Stadtväter hatten einfach nicht bedacht, daß die Szene darauf angewiesen war, sich zu formieren, sonst würde sie nicht funktionieren. Aber so, wie der Stoff die Leute unter seine Kontrolle brachte, waren die Bemühungen der Polizei dagegen einfach lächerlich. Keine Zelle konnte so hart sein wie der Entzug, kein Bulle so brutal wie der Turkey. Von all dem wußte Tatjana nichts. Sie war in die Großstadtszene eingetaucht und darin versackt. Wie ein schwarzer Abgrund gähnte die Zukunft vor ihr und sie

drohte hineinzufallen. Sie dachte nicht an morgen. Noch quälte ihr Körper sie nicht, als Anna sie fand. Tatjana schob ihr den Stoff zu.
"Ich muß noch was besorgen", sagte sie, denn nun hatte sie zwar Geld, aber keinen Stoff. Anna nahm sie mit in eine Pinte. Tatjana ließ die Suppe unberührt. Der Stoff war wichtiger als die Mahlzeit. Ihr lag nicht viel am Essen, sie war schon immer eine schlechte Esserin gewesen. Sie dachte nur an Heroin und fürchtete den Turkey, der den Horizont eines jeden Tages verfinsterte. Das Sitzen in der Kneipe machte sie nervös, und sie ging schon mal allein zur Szene, wo sie Kai traf, der ihr Stoff verkaufte. Sie umklammerte das Pack, das zu ihr gehörte wie das Blut, das durch ihre Adern rauschte — war sowieso kein großer Unterschied mehr. Auf einen Freier hatte sie keinen Bock, und doch ließ sie sich noch einmal mitnehmen. Sie konnte den Kerl schnell abfertigen, und er bezahlte sie mit Stoff. Dann ging sie heim und war allein. Bis Anna aufkreuzte wollte sie mit dem Schuß nicht warten, und bereitete ihn selbst vor, wie sie es bei den anderen gesehen hatte. Sie schob die Nadel unter die Haut, bis sie die Vene traf, zog zur Kontrolle etwas Blut in die Kanüle. Dann knallte sie sich die Mischung rein. Es warf sie nahezu um. Sie fiel auf den Boden, versuchte aufzustehen und fiel erneut zurück. Anna zog ihr sofort die Spritze aus dem Arm, als sie sie fand.
"Du bist ja schon wieder umgekippt, Alte. Was drückst du bloß für ein Zeug", wetterte sie und half ihr bei Aufstehen. Ganz benommen legte sich Tatjana auf die Liege. Sie war aschfahl, und in ihrem Kopf flimmerte es. Sie dachte an den Tod und empfand ihn nicht mehr wie eine Horrorvision, sondern als eine ganz normale Sache. Ihre Augen waren halb offen, und sie reagierte nicht auf Anna, die in die Leere redete und sich dabei einen Schuß setzte.
Die Nacht verbrachten sie allein in der Wohnung, denn Cora nächtigte bei einem Bekannten, den sie irgendwo getroffen hatte.
Um Mitternacht landete Piet seinen Coup mit einem Kumpel, der für ihn Schmiere stand. Er entwendete in einem Geschäft einen Pelz und schaffte ihn mit Timo in dessen Bude.
"Wieviel bekommst du dafür?" fragte Timo. Piet hielt ihm das Preisschild vor die Nase.
"Das Ding kostet 2000 Mark. Dreihundert ist abgemacht." Timo tippte sich an die Stirn. "Und darauf steigst du ein?"

"Der Idiot zahlt nicht mehr. Ich habe was mit der Kohle vor", sagte Piet und verpackte das Diebesgut sorgfältig in viel Papier. Timo stellte keine weiteren Fragen. Er kannte die Geschäfte mit dem Diebesgut, das letztendlich Stoff brachte. Es war immer dasselbe und riskant waren sie alle, weil sie oft genug in den Knast führten. Beide waren knasterfahrene Junkies.
"Was ist mit meinem Anteil?" Er stupste Piet in die Rippen.
"Übermorgen bekommst du den Stoff, Idiot!" Piet wurde aggressiv. Schließlich hatte er die Arbeit gemacht und Timo nur Schmiere gestanden. Vor ihm lag noch die Tour nach Holland, die eine risikoreiche Aktion darstellte. Er hoffte, daß alles glatt ablief und sie an der Grenze nicht geschnappt wurden. Timo behelligte er nicht mit dem Vorhaben. Er hatte eine langjährige Fixerkarriere hinter sich und wußte, wie man mit einem Fixerkumpel umging — man vertraute ihm nicht. Die Nacht blieb er bei Timo und traf sich am Morgen, nach dem er sich einen Schuß gesetzt hatte, mit Miki in einem Park. Für dreihundert Mark nahm der ihm den Pelz ab.
Gemeinsam mit Timo fuhr Piet dann nach Holland. Er kannte ein paar Leute, die korrekten Stoff zu guten Preisen verkauften. Wichtig war nur die Menge. Für weniger als 500 Mark brauchte man da gar nicht anzutanzen.
Piet hatte alles in allem 2.000 Mark zusammengekratzt. Der Pelz war der letzte Deal gewesen. Timo kassierte natürlich nicht nur für den Sprit, sondern auch für die 'Fahrzeugabnutzung', Zeitaufwand und Risiko.
Die Rückfahrt verlief problemlos. Das Heroin versteckten sie im Auto und nahmen den Weg über Belgien, um nicht die streng kontrollierte deutsch-niederländische Grenze passieren zu müssen.
In der Wohnung begann Piet sofort damit, das Dope verkaufsfertig zu machen. Er streckte es mit Milchzucker. Die Packs für Timo legte er beiseite, und drückte sich dann erst mal selber was. Er hantierte hastig weiter und bemerkte Cora nicht, die sich heranschlich und zwei Packs verschwinden ließ. Dann zog sie sich leise zurück und machte sich einen Druck von seinem Heroin.
Woher hat er nur den Stoff, der linke Vogel, wunderte sie sich. Man mußte sich selbst bei ihm bedienen, denn freiwillig rückte er nichts heraus. Piet bunkerte das Zeug im Schrank und ging mit den restlichen Packs zur Szene. Dort wartete schon Timo, der seinen Anteil forderte.

Spät kehrte Tatjana mit Anna in die Wohnung zurück. Nach dem letzten Freier hatten sie sich den Schuß in einer Toilette gesetzt.

Kapitel 10

Schon seit Tagen fühlte sich Tatjana nicht wohl, obwohl sie regelmäßig ihren Schuß bekam. Ihr Gesicht war unnatürlich gelb, und sie hatte Schmerzen. Dadurch erschwerte sich das Anschaffen. Sie hielt sich an Annas Seite und glaubte umzufallen. Ihr graute vor dem Fixeralltag, und sie verdammte die lüsternen Freier und den Sex, den sie von ihr verlangten. Sie wollte nur noch schlafen und drücken.
Auf der Szene hielt Anna nach ihrem Stammdealer Ausschau. "Wo flippt der nur rum?" schimpfte sie. Ganz unerwartet bot sich ihr ein Vermittlungsjunk, den sie sich nicht entgehen ließ: Ein Straßendealer sprach sie an, und sie bekam von ihm Stoff.
"Du kannst dir ein paar Drucks verdienen", meinte er und erklärte ihr, was sie zu tun hatte. Sie sollte für ihn vermitteln.
Anna erklärte sich sofort dazu bereit. Tatjana sackte in sich zusammen und blieb kauernd am Boden.
"Du siehst ja ganz gelb aus." Lars wandte sich ihr kurz zu und machte sich seine Gedanken. Auch Anna fixierte sie mit einem prüfenden Blick. "Du hast Gelbsucht. Die bekommt jeder Fixer", stellte sie ganz sachlich fest. Damit hatte sie Erfahrung, es war eine reguläre Fixerkrankheit. Sie ließ sie sitzen und ging in den Park, um den Stoff zu vermitteln. Sie hatte ausschließlich den Junk im Kopf und dachte nicht mehr an Tatjana und ihre Gelbsucht.
Lars checkte noch auf der Ebene rum, um seine eigenen kleinen Deals zu machen, als er von einem jungen Mädchen angesprochen wurde, das neben Tatjana stand und versuchte, ein Arztrezept gegen Heroin zu tauschen. Schließlich ließ Lars sich darauf ein.
"Na endlich", schnauzte sie ihn an. Er schob das Papier in die Tasche und schüttelte den Kopf. Die kleine Junkiekatze kannte sich auf der Szene schon ziemlich gut aus. Er wußte, daß sie auf Trebe war und aus einer zerrütteten Familie stammte. Man wollte sie zu Hause nicht haben und aus dem Heim war sie ausgerückt. Sie hing noch nicht

lang an der Nadel und brachte sich mit Prostitution durch. Die Trebemädchen gewöhnten sich rasch an das Milieu. Er sah noch einmal zu Tatjana.
"Du sitzt da wie eine Halbtote. So machst du heute keine Kohle mehr." Dann wandte er sich von ihr ab und suchte weiter nach Kundschaft.
Seine abfällige Bemerkung alarmierte Tatjana. Sie erhob sich und fühlte sich tierisch elend, aber sie schaffte den Weg in die Kaiserstraße. Schon sah sie die Meinung von Lars bestätigt, keine Kundschaft war in Sicht. Dann nahm sie doch noch ein Freier mit, der sich von ihr im Auto bedienen ließ. Er bezahlte sie mit Heroin und Pillen, und sie stieg in der Nähe des Parks aus. Dort hoffte sie Anna zu finden.
Unter den Junkies war sie nicht, und Tatjana setzte sich ins Gras. Es war Mai geworden und die Sonne schien warm. Sie spürte es nicht, fror, fieberte und wand sich unter den Schmerzen, die auch nach dem Schuß nicht abklingen wollten. Sie hatte sich tatsächlich eine Krankheit eingefangen — im Grunde wunderte sie sich, daß es erst jetzt passierte. Sie hätte Tripper, Syphilis, Aids, Herpes oder wenigstens eine Erkältung kriegen müssen, bei ihrem Lebenswandel.
Im nahen Brunnen spülte sie die Spritze aus. Nun brauchte sie noch einen Druck für den Abend. Es deprimierte sie, daß sie ohne Heroin nicht mehr leben konnte, und sie fühlte sich allein. Ein Typ nahm seinen Gürtel ab, band ihn um den Arm und setzte sich einen Schuß. Dicht neben ihr lag er ihm Gras. Sie starrte über ihn hinweg. In ihrem Kopf kreisten nur die Gedanken an Freier und Stoff. Sie zwang sich aufzustehen.
Auf der Straße fuhr ein Mercedes heran und sie zuckte zusammen. Er winkte sie zu sich, der nächste Schuß war sicher. Ihr Stammfreier, den sie sich warm hielt, bezahlte ihn ihr.
"Muß es in der Pension sein?" fragte sie. Ihr körperlicher Zustand war zu angegriffen für eine solche Tortur, und die Erfahrung lehrte sie, wie rücksichtslos die Freier vorgingen — und der Typ war scharf auf sie.
"Was spricht dagegen? Du kriegst dein Geld." Er beobachtete sie aus den Augenwinkeln. "Du siehst ganz schön down aus", bemerkte er, was ihn aber keineswegs abschreckte. "Ich habe mir extra für dich frei genommen und dich gesucht. Jetzt will ich auch was davon haben." Das klang ziemlich konsequent, und sie befürchtete seinen

Anforderungen nicht gewachsen zu sein. Er schleppte sie in eine Pension und entlohnte sie hinterher großzügig mit einem Extraschein. Am Bahnhof besorgte sie sich zwei Packs und verdrückte das eine gleich auf der Toilette. Sie rutschte auf den kühlen, gefliesten Boden und blieb minutenlang sitzen. Kräftig bewegte sich die Türklinke, aber Tatjana rührte sich nicht. Spontan entschloß sie sich, nach Hause zu gehen, wenn ihr das noch gelänge. Für die restlichen Stunden des Tages verzichtete sie auf das Freiermachen.
Die Straßen schienen in die Endlosigkeit zu führen. In der Wohnung legte sie sich auf ihr Bett. Mit dem Schuß war sie die nächsten Stunden vor dem Turkey sicher.
Die Nacht verlief nicht wie gewöhnlich. Sie fiel in einen unruhigen Schlaf und erwachte mit starken Schmerzen, ihr Kreislauf schwankte. In der Dunkelheit suchte sie Anna, die nicht reagierte. Piet schaute sie apathisch an und schlief weiter. Und Cora stieß unverständliche Laute hervor. Sie halfen ihr nicht. Im Flur stolperte sie über etwas und stürzte zu Boden. Irgendwie erreichte sie das Telefon auf der Ablage und rief den Notarzt an. Sie ging in die Hocke und kam sich total im Stich gelassen vor. Wie waren sie abgestumpft und gefühllos, nicht einmal Anna war ansprechbar. Sie verzog das Gesicht zu einem grimmigen Grinsen, als ihr auffiel, daß das Telefon trotz allem immer funktionierte. Piet achtete wohl darauf, daß die Rechnung immer bezahlt wurde.
"Scheiße, das ist alles Scheiße", schrie sie in die Stille hinein. Die Wände um sie herum wackelten, und sie würgte und erbrach etwas Magensäure auf den Boden.

Die Sanitäter trugen sie aus dem Haus und lieferten sie in ein Krankenhaus ein. Man diagnostizierte tatsächlich eine Gelbsucht bei ihr, und man nahm die Narben in ihrer Ellenbeuge zur Kenntnis. Eine junge Ärztin widmete sich ihr mit besonderer Aufmerksamkeit. Offen sprach sie mit ihr über ihre Drogenabhängigkeit.
"Ich kümmere mich um einen Therapieplatz für Sie", bot sie an. Tatjana reagierte nicht darauf. Beim bloßen Gedanken an Entzug geriet sie in Panik. Die vorsichtigen und behutsamen Fragen der Ärztin prallten an ihr ab. Sie empfand sich in dem sterilen, unpersönlichen Raum wie unter einer Glasglocke und völlig lahm gelegt. Nicht einmal Anna

besuchte sie hier. Und gerade von ihr hatte Tatjana erwartet, daß sie ihr Stoff hereinschmuggeln würde. Deutlich machten sich Entzugserscheinungen bemerkbar, und man verabreichte ihr Beruhigungstabletten. In diesen Wochen wurde ihr bewußt, wie tief sie abgestürzt war. Zum ersten Mal dachte sie wieder an ihre Mutter und an Zuhause. Sie wollte das tierische Leben in Frankfurt hinter sich lassen und neu beginnen. Aber da war das Heroin, das seinen Platz in ihrem Leben, ihrem Körper, beanspruchte. Es war wie ein zweites 'Ich' in ihr und ließ sich nicht vertreiben. Sie ahnte, daß es sie ruinierte und in den Tod führen könnte. In solchen Augenblicken haßte sie die Droge, die von ihr Besitz ergriffen hatte, um sie nicht mehr loszulassen. Und dann wiederum verzehrte sie sich nach ihr, und ihr Körper brannte ohne sie. Es sollte ein Spiel mit dem Feuer sein, aber mit Heroin war es immer ein Spiel mit dem Tod. Jeder Schuß konnte der letzte sein. Man konnte nicht einfach aufhören, Heroin war zu konsequent. Ein halbes Jahr hing sie nun schon an der Nadel, und sie hatte die Pforte zur Hölle geöffnet. Trotzdem wollte sie wieder zurück — zurück auf die Szene, zurück zu den Freiern, zurück zum Heroin. Nicht nur, weil das ihr Zuhause geworden war, aber doch ein gutes Stück, weil sie nichts Besseres wußte.
Ihr Blick fiel auf den Abreißkalender an der getünchten Wand. "Juni", las sie. "Heute ist der 15. Juni." Sie rechnete nach, wie lange sie schon auf der Station lag. Es mußten sechs Wochen sein. Und nun sollte sie entlassen werden. Die Ärztin, die ihr einen Therapieplatz vorgeschlagen hatte, befand sich gerade in Urlaub, und das beruhigte Tatjana. Ohne Moralpredigt oder sonstige Schwierigkeiten verließ sie das Krankenhaus. Sie hoffte, daß ihr Platz in der WG noch frei war. Wohin sollte sie sonst gehen?
Ein Taxi brachte sie zur Wohnung und der Zufall half ihr. Anna wollte gerade zum Bahnhof und rief verwundert: "He, Alte! Da bist du ja wieder." Spontan hielt sie ihr die Tür auf und zog sie noch einmal hinter sich zu. Sie wollte wissen, ob sie nun wirklich wegen der Gelbsucht stationär behandelt worden war und Tatjana erzählte.
"Ich habe gar nicht mitgekriegt, wie man dich geholt hat", sagte Anna. "Brauchst du einen Druck oder haben sie dich clean gemacht?" Sie fingerte in ihrem Beutel herum und reichte Tatjana Pillen. "Stoff habe ich keinen." Sie zuckte die Achseln. "Na, da bist

du ja noch mal davon gekommen. Andere verrecken dran." Dann stieß sie ein gurgelndes Lachen aus. "Wie sie dich aufgetrimmt haben ... aber du wirst bald wieder die alte sein", prophezeite sie und ließ Tatjana allein. Ein plötzlicher Einfall alarmierte Tatjana. Wo steckte ihre Fixe? Argwöhnisch stöberte sie in dem Chaos herum und hielt vor dem Schrank inne: Hier bunkerte Piet sein Diebesgut und die Packs. Sollte sie sich darin umsehen? Sie rang nicht lang mit sich und riß die Türen auf. Sie durchwühlte Piets Sachen und fand ein paar Packs mit Stoff. Im Flur wurden Geräusche laut. Sie legte die Packs zurück und schloß hastig den Schrank. Das alles spielte sich in Sekunden ab. Piet stand hinter ihr und schaute sie mißtrauisch an.
"Wo ist mein Beutel mit der Fixe?" Das Dope im Schrank machte Tatjana ganz nervös.
"Deine Pumpe ist mir egal", knurrte er und verscheuchte sie vom Schrank. "Scher dich zum Teufel!" Damit beendete er den Dialog.
Ihr Beutel lag in einer Ecke und sie prüfte den Inhalt, was sie zu einer anhaltenden Schimpfkanonade veranlaßte. Sie hatte es geahnt, die Spritze fehlte. Ihr Verdacht fiel auf Piet oder Cora.
Tatjana mußte wohl oder übel zur Szene, auch wenn sie noch Ruhe brauchte. Sie ging in Coras Zimmer. Dort fand sie im Schrank neben dem zerwühlten Bett auch ein paar Packs mit Stoff. Das machte sie sauer. Die bunkerten hier Stoff wie die Wilden und dachten nicht mal im Traum daran, ihr was abzugeben, klauten statt dessen noch ihr Besteck. Ohne zu zögern steckte sie ein Pack in ihren Beutel und türmte aus dem Zimmer. Plötzlich fiel ihr wieder ein, daß ihre Spritze fehlte. "Verdammt!"

Sie ging zur Szene. Das Heroin war stärker, als die Schwäche ihres Körpers und rief sie zu sich. Auf der Ebene traf sie Kai. Er taxierte sie eingehend. Sie sah gut aus, die Krankenhausblässe paßte zu ihr.
"Ich habe von dir gehört. Paß nur auf, daß du nicht irgendwann in der Psychomühle landest." Er hieb ihr seinen Handrücken in die Seite, daß sie zusammenzuckte, und sie gefiel ihm noch mehr. Es machte sie so zerbrechlich. "Hast du schon Kohle besorgt?"
Tatjana verneinte.
"Du hast Glück, ich habe was bei mir." Er überließ ihr ein Spritzbesteck auf Kommis. Tatjana, die wahnsinnig schußgeil war, durchschaute

seine Großzügigkeit nicht. Sie kochte das Pulver aus Coras Pack über einem Feuerzeug auf. Daß sie wegen einer Überdosis oder verschmutztem Stoff wieder umkippen konnte, daran dachte sie nicht. Der Schuß klappte tadellos, und der Stoff brachte einen ordentlichen Flash. Schlaff hingen ihre Arme über den angewinkelten Beinen, sie war zu. Lang genug hatte sie das Feeling entbehren müssen, das der Stoff ihr gab. Es ließ sie den Schmutz des Fixerdaseins vergessen.
Kai schlich herum und ließ sie nicht aus den Augen. Er kalkulierte auf seine Art. Mit einem solchen Kätzchen ließ sich was anfangen. Er grinste breit, denn sein Stoff fand mal wieder einen Abnehmer: Anna.
"Die Kleine kralle ich mir", sagte er und sah zu Tatjana hinüber.
"Einen Dreck tust du!" Anna hatte plötzlich Angst um sie.
"Du hältst das Maul." Kais Faust schnellte vor, und sie wich zurück.
'Du Zuhälterschwein' wollte sie sagen, aber sie sprach es nicht aus, denn sie verspürte keine Lust nach seiner Faust in ihrem Gesicht.

Kapitel 11

Der Tag begann wie gewöhnlich. Noch war Tatjana ahnungslos, wußte nicht was ihr bevorstand und daß sich ihre heimliche Angst verwirklichen würde. Es fing ganz gut an: Sie machte zwei Freier und hatte zwei Packs in der Tasche. Das hatte mal gerade eine Stunde gedauert.
Auf der Ebene setzte sie sich zu den Junkies. Sie merkte schon den Turkey, es war Zeit für einen Schuß und sie bereitete ihn vor.
Jemand tauchte auf und sie erkannte Anna, die sich neben ihr niederließ. "Das Schwein wollte nicht zahlen, nicht einmal mit Stoff." Sie fügte die übliche Schimpfkanonade hinzu.
Tatjana schob die Spritze in die Vene und schloß die Augen. Sie antwortete nicht. Allmählich beruhigte sich ihr Körper.
"Du bist schon wieder zu, und verdammt, das will ich auch sein." Anna beförderte ein Pack aus ihrer Plastiktüte.
"Mir ist alles egal", sagte Tatjana mit einer Stimme, die schon den Kick verriet.

"Eben", konterte Anna darauf. Sie dachte an die Beschaffung des nächsten Schusses, und das war ihr Glück. Plötzlich sprang sie auf und rannte so schnell sie ihre Füße trugen. Mit ihr konnten noch einige Junkies rechtzeitig verschwinden. Nur Tatjana erfaßte die Situation zu spät. Die Bahnpolizei entdeckte sie. Sie wurde hochgerissen und mußte sich mit dem Gesicht und erhobenen Armen zur Wand stellen. Mit zwei weiteren Junkies wurde sie gefilzt. Sie glaubte, vor Angst wahnsinnig werden zu müssen. Der Bulle hielt ihr den Stoff vor die Nase.
"Du kommst mit." Er sagte das ganz sachlich und sie folgte ihm. Warum schnappten sie nur die armen Schweine? Die Hintermänner, die Bosse und Kings, die eigentlichen Schuldigen, gingen der Polizei nicht ins Netz. Tatjana verstand nichts mehr, aber da gab es auch nicht viel zu verstehen. Die Bahnpolizei hatte nur dafür zu sorgen, daß die Reisenden nicht gestört wurden — also Junkies raus. Sie wurde in eine Arrestzelle gebracht, um hier auf die Übergabe an die Polizei zu warten. Man hatte ihr alles abgenommen, und sie saß auf der Pritsche und stierte vor sich hin. Was würde man jetzt mit ihr machen? Sie glaubte nicht, daß man sich besonders um sie kümmern würde. Wahrscheinlich würde man noch nicht mal überprüfen, ob sie als vermißt gemeldet war. Das einzige, was ihr tatsächlich Sorgen bereitete war, wie lange es dauern mochte, bis man sie wieder frei ließ. Sie fühlte sich wie in einem Käfig und verdammte das Rauschgift und die Bullen. Ihr graute vor dem kalten Entzug, ohne Medikamente, der sie für die Dauer der Festnahme erwartete. Tatjana hielt es nicht mehr auf der Pritsche aus und lief wie gehetzt durch den Raum. Vor der Türe hielt sie inne, fliehen war zwecklos, sie war verschlossen.
Das Verhör war lästig und zweitrangig, aber es zerrte an ihren Nerven. Sie erzählte, daß sie in Frankfurt einen Job und ein Zimmer suchte und durch Zufall in die Szene geraten sei. Dabei bemühte sie sich möglichst glaubhaft zu klingen. Der Beamte nahm es in das Protokoll auf. Die obligatorische Anzeige gegen sie lautete 'Hausfriedensbruch'.
"Mach keine Dummheiten und laß die Finger vom Rauschgift. Es kann dein Tod sein", schnarrte der Beamte gelangweilt. Dann durfte sie gehen. Die Spannung verflüchtigte sich.
Sie erreichte den Hauptbahnhof nach zehn Minuten zu Fuß. Sie besaß mal wieder weder Stoff noch ein Spritzbesteck und mußte sich

das Geld dafür erst mal besorgen. In der Kaiserstraße nahm sie den gewohnten Platz ein und erlebte gleich eine Überraschung. Ein Kunde nahm sie in seinem Mercedes mit. Sie reagierte nervös und gereizt auf seine Fragen, aber er blieb höflich und gelassen. In einer Pension ließ er sich ausgiebig von ihr verwöhnen, und sie kassierte einen Hunderter. Das bedeutete eine Fixe und Stoff. Beides mußte sie aber erst noch auf der Szene auftreiben — kein Zuckerschlecken nach einer Bahnhofsrazzia. Sie schlotterte. Der Freier wußte, was mit ihr los war und fuhr sie zum Bahnhof zurück. Es war abends, und sie suchte einen Dealer auf der Szene. Doch von Kai und Lars fehlte jede Spur. Womöglich würden sie erst am nächsten Tag wieder auftauchen. Tatjana war schußgeil und flippte beinahe aus. Unruhig lief sie herum, sie konnte nicht sitzen. Noch einmal half ihr der Zufall aus dem Dilemma. Ein Gelegenheitsdealer nutzte die Situation aus und nahm das Risiko auf sich. Immerhin weniger gefährlich als sich in fremden Revieren als Dealer herumzutreiben.
Tatjana zückte den Hunderter, und er überließ ihr ein Pack sowie ein gebrauchtes Spritzbesteck. Sie fuhr zu den Toiletten runter, um sich den überfälligen Druck zu setzen. Anschließend hockte sie zusammengesunken auf den Fliesen und rührte sich nicht mehr. Das bisweilen unwillige Rütteln an der Tür drang nicht in ihr Bewußtsein. Der Flash war tierisch, nur der Ort paßte nicht für den Trip.

Stunden später ergab sich auf dem Heimweg eine Begegnung, mit der sie nicht gerechnet hatte.
"Hallo!" rief Kai und sie sah sein Auto heranfahren. Erst bat er sie einzusteigen, aber als sie sich sträubte, zog er sie einfach in den Wagen.
"Wohin?" fragte er.
"Nach Hause, wohin denn sonst." Sie reagierte mürrisch. Er umspannte ihr Handgelenk und lächelte sie von der Seite an.
"Ich lade dich in eine Kneipe ein."
Sie war nicht damit einverstanden. "Nullbock", betonte sie, doch Kai fuhr in die Kaiserstraße. Ihr wurde ganz flau zumute, denn inzwischen war ihr die Gefährlichkeit der Zuhälter ein Begriff. Sie wollte ihm ihre Hand entziehen, aber er griff noch fester zu.
"Ich möchte mit dir was besprechen", fuhr er fort.
Sie rückte von ihm ab.

"Laß mich in Ruhe, ich wüßte nicht, was ich mit dir zu besprechen hätte", schrie sie ihn an. "Ich will nach Hause."
"Später. Nun sei doch nicht so kratzbürstig. Du weißt ja noch gar nicht, was ich will."
War das eine Falle? Sie traute ihm nicht. Er führte sie in eine Kneipe in der Kaiserstraße und bestellte zwei Bier. Mit gemischten Gefühlen saß sie ihm gegenüber. Sie war noch gut drauf und ohne Turkey und — wenn auch widerwillig — aufnahmefähig für ein Gespräch.
"Du könntest es besser haben", fing er an. "Du müßtest nicht mehr auf der Ebene hocken."
"Wie meinst du das?" fragte sie mißtrauisch.
Nun schmunzelte er. "Ich könnte dir helfen, aus dem Dreck herauszufinden." Er zeigte sich von seiner besten Seite. "Oder fühlst du dich in dem Sumpf wohl, in dem du steckst?"
"Ich habe mich daran gewöhnt", wich sie aus und langsam dämmerte ihr, was ihm vorschwebte.
"Du kannst dich auch an mich gewöhnen. Zieh doch zu mir. Du gefällst mir, und ich würde für dich sorgen."
Er machte ihr das Angebot schmackhaft und redete auf sie ein, bis er sie beinahe überzeugte. Es hörte sich verlockend an, aber konnte man ihm vertrauen? Das stellte sie in Zweifel und zuckte mit den Schultern.
"Du brauchst dich nicht gleich entscheiden. Überleg' es dir."
Sie wunderte sich über seine nette Art, die ihr noch gar nicht an ihm aufgefallen war. Bislang hatte sie sich nur für seinen Stoff interessiert, der Rest war ihr egal. Sie erwiderte seinen Blick. Handelte sie richtig, wenn sie die Wohngemeinschaft gegen ihn eintauschte?
"Ich weiß nicht ... " Sie fühlte sich überrumpelt und konnte einfach keine Entscheidung treffen.
"Ich werde dich solange fragen, bis ich von dir höre, was ich hören will." Er gönnte ihr einen verliebten Blick, aber sie blieb cool — auf dem Strich sah man täglich verliebte Augen, einige Freier konnten wohl nicht ohne. Das Angebot, bei ihm einzuziehen, ließ sie vor Verwirrung schier verzweifeln. Er ließ noch Bier und Schnaps für sie kommen und war sich seiner Sache sicher. Mit diesem Mädchen ließ sich Kohle machen, wenn er sie entsprechend aufpäppelte. Als sie ihn darum bat, fuhr er sie nach Hause und verhielt sich tadellos, um einen guten Eindruck zu hinterlassen.

"Hast du noch Stoff?" fragte Tatjana. "Ach Scheiße, ich habe keine Kohle mehr", fügte sie hinzu.
Kai griff in seine Lederjacke und steckte ihr ein Pack in ihre Jeanstasche. "Den Schuß schenke ich dir", sagte er großzügig. Das war sie ihm wert.

Tatjana fand keinen Schlaf. Sie suchte im Schrank nach Pillen. Dabei schickte sie prüfende Blicke zum Bett, wo Piet schlief. Sie nahm unbesehen zwei Tabletten, von denen sie nicht wußte, was es eigentlich war. Dann setzte sie sich einen Schuß und legte sich noch einmal hin.
Als Piet aufstand, schnauzte er sie an, weil sie sich von den Bullen hatte schnappen lassen. Cora fiel gleich mit ein. Beim Gedanken an ihre eigene Knasterfahrung wurde sie erst so richtig sauer. Nur Anna zeigte sich solidarisch, und Tatjana bat sie, noch zu bleiben, nach dem die beiden anderen sich auf den Weg gemacht hatten.
"Ich muß los." Der Turkey rückte an und Anna wurde nervös. Tatjana nervte sie, weil sie nicht gleich zur Sache kam.
"Ich kann ausziehen", sagte Tatjana schließlich.
"Du kannst jederzeit gehen."
"Kai will mich haben."
Das riß Anna nun doch herum. "Zieh nicht zu ihm, er ist ein Zuhälter und das sind Horrortypen, das weißt du doch."
Ihre Meinung ermutigte Tatjana nicht gerade, aber sie kannte die Panik der Junkiemädchen vor Zuhältern.
"Du machst viel Scheiß, Alte." Anna schüttelte den Kopf und kehrte ihr den Rücken zu. Jetzt hieß es anschaffen und Stoff besorgen.
Tatjana grübelte nicht weiter über den knappen Kommentar nach und beförderte mit dem Fuß eine leere Büchse in die Ecke. Sie lebten im absoluten Schmutz und bemerkten es nicht. Auf einmal widerte sie das unheimlich an. Noch war sie ahnungslos, was sie bei Kai erwartete. Es konnte nicht schlimmer werden. Mit den Vorstellungen von einem anständigeren Leben im Kopf verließ sie die Wohnung und ging anschaffen — wie jeden Tag.

Als sie am Abend nacheinander eintrudelten, wollte Tatjana mit ihnen reden, aber keiner interessierte sich für sie. Bis jetzt hatte sie sich den

Weg offen gehalten, aber nun ekelte sie die Wohngemeinschaft an, und Tatjana wollte fort. Ihr Entschluß stand fest.
"Ich ziehe aus", sagte sie plötzlich.
Cora, die am Tisch drückte, hob nicht einmal den Kopf. "Dann geh doch", brummte sie. Sie verdächtigte Tatjana immer noch, sich an ihren Vorräten zu bedienen. Beim Hinausgehen warf sie ihr eine vernichtende Bemerkung zu, die jedoch ihre Wirkung verfehlte.
Schweigend löffelte Anna einen Becher mit Pudding aus. Den Schuß hatte sie sich schon auf der Ebene gesetzt. Tatjana nahm noch einmal einen Anlauf in Bezug auf ihren Entschluß.
"Hast du gehört, sie will ausziehen", rief Anna Piet zu, der nur ein unverständliches Gemurmel von sich gab.
"Hat dich Kai endlich rumgekriegt? Du hast Mut, er ist ja schon lang scharf auf dich. Aber du wirst es noch bereuen, Alte!" Anna war ein bißchen verzweifelt und wütend wegen Tatjanas Dummheit, aber sie hatte weder Zeit noch Nerven für Sozialarbeit. "Wenn du in die Hölle willst, dann geh halt, ist ja dein Arsch, den du da versenkst." Sie unterstrich die Aufforderung mit einer müden Geste und wollte nur noch in Ruhe gelassen werden.
"Ich gehe morgen." Die aufkommende Angst empfand Tatjana wie einen Kloß im Hals. Ihre Ankündigung verursachte bei ihren Mitbewohnern praktisch keinerlei Interesse mehr. Sie kam und ging, was sollte es also? Für Sentimentalitäten blieb keine Zeit. Auch Tatjanas Mietanteil war für die drei Junkies kein Problem. Sie mußten jeden Tag soviel Geld für ihren Stoff auftreiben, daß die paar hundert Mark für die Monatsmiete fast schon eine Bagatelle waren.
"Okay, Alte." Anna vertrollte sich, und Tatjana starrte ihr mit leeren Augen nach. Saß in ihr nicht derselbe Parasit, der ihr Leben verdarb? Auf einmal wehrte sie sich dagegen und stellte sich ein bürgerliches Leben vor, ganz normal, mit Job und Freund. Doch die Droge beanspruchte ihren Platz in ihr. Ein Parasit, der unzerstörbar schien. Sie haßte Heroin, aber sie war ihm hörig. Ihr Körper begann zu flattern und zu schmerzen, und sie suchte den Stoff in ihrer Tasche und erschrak. Mit fliegenden Fingern leerte sie den Beutel aus und suchte noch einmal in allen Taschen. Dann atmete sie auf. Sie hatte ihn gefunden.

"Mir geht es so dreckig", jammerte sie und machte sich einen Druck. Im Beutel waren noch Pillen, die sie nachwarf. Für die Nacht war sie versorgt. Sie legte sich auf die Liege, zum letzten Mal.

Kapitel 12

Kai stieg aus dem Wagen und betrat das alte Haus. Er läutete an der Wohnungstüre, doch es blieb still. Dann klingelte er Sturm. Um diese Zeit schliefen meist alle noch. Er hatte sich absichtlich so früh mit Tatjana verabredet, um sie gleich an seinen Tagesrhythmus zu gewöhnen. In der Junkiewohnung verwahrloste sie total. Schließlich hämmerte er lautstark an die Tür und horchte auf. Drinnen rührte sich etwas und dann stand Tatjana vor ihm. "Habe ich dich geweckt?" fragte er und sie nickte.
"Willst du reinkommen?" Sie hielt ihm die Tür auf, aber er winkte ab. Wohnungen von Fixern waren ihm ein Greuel. Außerdem wollte er keine Szene mit Anna riskieren.
"Hol deine Sachen, nun komm schon." Ihre Langsamkeit nervte ihn jetzt schon.
Tatjana griff nach ihrer Reisetasche und dem Fixerbeutel.
Abwesend starrte sie vor sich hin, als sie neben ihm im Wagen saß. Kai streifte sie mit einem Seitenblick. Sie machte einen heruntergekommenen Eindruck, und er entwickelte schon einen Plan, wie er sie auf Vordermann bringen wollte.
Tatjana dachte an Stoff. In seiner Wohnung nahm er ihr das dürftige Gepäck ab und schleuderte es in den Flur.
"Da sind wir. Jetzt müssen wir dich erst mal wieder hinkriegen. Du siehst ja furchtbar aus. In dem Zustand bist du uninteressant für mich." Er nahm sie an die Hand und führte sie ins Bad.
Sie riß sich von ihm los und schrie: "Ich brauche einen Schuß!"
Aber er blieb gelassen: "Keine Widerrede, ich mag das nicht." Er zog ihr die Kleidung vom Leib und hob sie in das Wasser, das er in die Wanne eingelassen hatte. Sie ließ es mit sich geschehen wie ein kleines Kind. Im Grunde war es das, wonach sie sich gesehnt hatte. Aber der Turkey begann ihr zuzusetzen, sah er das denn nicht? Sie wurde

schlagartig panisch, fühlte sich eingesperrt, spürte den Turkey, als würde er schon in ihr toben. Kurz dachte sie an die Situationen, in denen sie noch mit einem Freier zugange war, als der Turkey näher kam. Da konnte sie sich ja auch zusammennehmen. Aber die fremde Wohnung, die Unsicherheit Kai gegenüber ... sie wollte sich einfach nur fallenlassen, von Kai umsorgt werden ... sie wollte jetzt ihren Schuß! Sie fing an zu brüllen und zu strampeln. Kai schlug ihr mit der flachen Hand ins Gesicht und schüttelte sie. "Wenn wir hier fertig sind, bekommst du deinen Schuß, vorher nicht, klar?" Er hielt sie fest und zwang sie anschließend die Wäsche anzuziehen, die schon für sie bereit lag.

"Jetzt siehst du wie ein normaler Mensch aus." Er hielt sie von sich. "Du brauchst noch eine anständige Frisur." Seine Finger streiften über ihre nassen Strähnen. "Komm."

Sie stolperte hinter ihm her in ein Zimmer. Nur der nächste Schuß beherrschte sie und die gepflegte Atmosphäre war ihr gleichgültig.

"Was sagst du zu deinem Zimmer?"

"Ich brauche Stoff", schrie sie und zitterte. Sein Gehabe steigerte ihre Nervosität. Warum trödelte er solange herum, wenn sie schußgeil war?

"Auf der Szene verdienst du dir auch erst einen Schuß. Laß den Terror." Er stieß sie auf das französische Bett. In dem seidenen Hausanzug sah sie mädchenhaft und hilflos aus. Er strich über ihren Rücken. Sie war pures Gold. "Willst du etwas essen?"

"Nein", schrie sie. "Gib mir endlich Stoff."

"Natürlich, ihr lebt von Stoff, Essen ist Nebensache." Er reichte ihr ein sauberes Fix-Besteck sowie erstklassigen Stoff und überwachte ihren Druck.

"Wenn du ansprechbar bist, möchte ich mit dir reden", sagte er und ging hinaus.

Er handelte mit Heroin und Mädchen, da blieben Gefühle über kurz oder lang auf der Strecke. Für ihn war sie lediglich eine Kapitalanlage. Er verschloß die Wohnung von außen und ging nach seinen anderen Mädchen sehen — er mußte regelmäßig seine Runde machen, sonst verloren sie den Respekt vor ihm. Dann wartete noch ein Geschäft mit Jens auf ihn, und am Hauptbahnhof mußte er im Laufe des Tages auch seinen Posten beziehen.

Er stutzte, als er in die Wohnung zurückkam. War sie noch nicht vom Trip runter oder war sie ausgerückt? Er horchte in die Stille hinein. Sollte sie abgehauen sein, würde sie gleich an ihrem ersten Tag das für solche Fälle vorgesehene Strafmaß erleben. Die Gesetze in seinem Milieu waren so angelegt, daß sie eingehalten wurden. Er schaute in ihr Zimmer.
"Was ist los?" Sie schrie.
Wütend packte er sie an den Schultern und riß sie hoch.
"Laß mich in Ruhe!" kreischte sie benommen.
"Hör gut zu und merk's dir, ich sag's nur einmal!" Er schüttelte sie.
"Halt's Maul", brummte sie, und Kai verschlug es die Sprache. Keines seiner Mädchen erlaubte sich diesen Ton mit ihm.
"Du wirst noch lernen, anständig mit mir zu reden, Schätzchen", sagte er leise. "Ich will dir helfen, und du wirst mir gehorchen. Darauf kannst du Gift nehmen!" Er bog ihren Arm herum, daß sie aufschrie, und stieß sie gegen die Wand.
"Künftig pflegst du deine Löcher. Deine zerstochenen Arme gefallen mir nicht." Er holte Wattebäusche und Venensalbe und behandelte ihre verschorfte Haut. Dann legte er die Salbe auf die Konsole und schärfte ihr ein, sie nach jedem Schuß zu benutzen. Tatjana lehnte sich zurück und wollte in Ruhe gelassen werden, doch Kai brachte ein Tablett mit einem Imbiß und forderte sie auf, am Tisch zu essen. Wenn sie nicht schnell genug auf seine Anweisungen reagierte, stieß er sie in die Rippen oder den Rücken. Manchmal gab er ihr auch eine kleine Ohrfeige, die nicht wirklich weh tat, aber erniedrigend war und bei Tatjana eine Demutshaltung erzeugen sollten. Das funktionierte langfristig bei den meisten.
Endlich hatte sie es geschafft, alles aufzuessen. Kai mußte zum Hauptbahnhof und brachte Tatjana in ihr Zimmer zurück. Er gab ihr selber einen Schuß und legte sie ins Bett. Dann behandelte er den Einstich. Es würde wohl einige Tage dauern, bis die Arme soweit wieder in Ordnung waren, daß sie mit etwas Schminke nicht mehr den Junkie verrieten. Als er ging schloß er ihre Zimmertür ab.
Tatjana genoß den Flash und blieb eine Weile liegen. Endlich war sie allein. Mit einem flauen Nachgeschmack blickte sie auf die Stunden seit ihrem Auszug zurück. Ihr Blick irrte im Zimmer umher. An den Wänden hingen kostbare Bilder, aber ein Kalender, der ihr das

Datum verriet, fehlte. Eine gediegene häusliche Atmosphäre umgab sie, die das spießbürgerliche Leben widerspiegelte, aus dem sie einst ausgerückt war. Nicht ganz, korrigierte sie sich: Kai hatte mit der Szene zu tun. Die Szene! Eigentlich sollte sie jetzt am Bahnhof sitzen oder einen Freier machen, doch sie saß hier. Sie sprang auf und stellte fest, daß die Tür verschlossen war. Lauthals schrie sie in die Stille hinein und kam sich unheimlich einsam vor. Warum sperrte er sie ein? Befürchtete er, daß sie weglief? Durfte sie das nicht mehr? Durfte sie sich überhaupt nicht mehr frei bewegen? Annas Warnungen kamen in ihr hoch. Sie dachte daran, einfach abzuhauen, aber sie hatte keine Lust auf Trebe zu gehen und noch mehr abzusacken. Außerdem wollte ihr Kai wahrscheinlich nur helfen. Wenn sie sich dämlich anstellte, dann half er eben etwas nach. Schließlich bot er ihr hier alles, was sie sich gewünscht hatte: eine gemütliche Wohnung, Sauberkeit, gutes Essen, Stoff und er kümmerte sich um sie. Sie hatte es doch gut getroffen. Sie dachte lange darüber nach, aber sie konnte sich nicht konzentrieren und ihre Gedanken drifteten dauernd ab. Schließlich spürte sie den Turkey, der sie überallhin verfolgte — auch an diesen gepflegten Ort.
Als Kai abends zurückkam, war sie schon kurz vor dem Durchdrehen. Aber sie hatte es geschafft, sich zusammenzunehmen und nichts zu verwüsten oder auch nur unordentlich zu machen. Lediglich das Bett war völlig zerwühlt und der Hausanzug halb ausgezogen. Kai betrachtete das insgeheim als Fortschritt, gab ihr aber trotzdem eine Ohrfeige, um das Ziel seiner Erziehung zu verdeutlichen. Dann, als sie ihn mit verkniffenem Mund ansah, aber nichts sagte, reichte er ihr den Stoff und überwachte den Schuß. Er sah sich an, wie sie die Venensalbe verwendete und war zufrieden.
"Du bist zu dünn, du mußt mehr essen", sagte er endlich. Dann küßte er sie zärtlich auf den Mund. Dabei strich er ihr sanft über's Haar — er würde bei ihr genauso vorgehen, wie bei allen anderen: Erst als Retter, dann als Geliebter, dann als väterlicher Freund. Am Ende der Prozedur würde sie damit leben können, für ihn anschaffen zu gehen und ihn als ihre Beziehung zu betrachten, so daß alle anderen Männer als Partner für sie ausschieden. Schließlich sollte sie mit Männern ins Bett gehen, aber keinesfalls mit einem druchbrennen. Das Telefon unterbrach seine Liebkosungen. Er löschte das Licht im

Zimmer und schloß die Tür hinter sich. Das Püppchen gehörte ihm und er konnte sie noch oft genug vernaschen, aber jetzt war es noch zu früh dafür.

Kapitel 13

Allmählich gewöhnte sich Tatjana an Kai. Ihr dämmerte nicht, wie abhängig sie von ihm wurde. Für sie zählte nur die Sicherheit und Geborgenheit, die er ihr bot. Manchmal zog es sie in die Junkieszene und sie äußerte den Wunsch weggehen zu dürfen, aber er erlaubte ihr nicht, die Wohnung zu verlassen. Er zwang sie dazu, regelmäßig zu essen, so daß sie langsam aber sicher zunahm.
"Du bist ein Klappergestell!" schimpfte er. Noch immer lag eine unnatürliche Blässe auf ihrem Gesicht und die ausdruckslosen Augen zeugten vom Drogenkonsum. Sie wirkte wie ein Wesen aus einer anderen Welt, aber viel zu mitleiderregend. Das war nicht gut fürs Geschäft. Er mußte ihren Verbrauch reduzieren, aber langsam und vorsichtig. Er war gerade dabei, das nötige Vertrauensverhältnis aufzubauen, so gab er sich einen Ruck und schlug einen zärtlichen Ton an: "Ich denke, wir sollten es mal mit Vitamintabletten versuchen."
Von da an streckte er ihren Stoff. Er verminderte den Heroingehalt in dem, was er ihr gab täglich. Immer, wenn sie zu schnell auf Turkey kam, versuchte er sie mit Zärtlichkeiten abzulenken. Meistens funktionierte es. Ansonsten gab er ihr Tabletten gegen den Turkey. Wenn er längere Zeit außer Haus mußte, verabreichte er ihr sicherheitshalber eine leicht höhere Konzentration. Da er darauf achtete, daß die Menge, die er ihr gab, exakt gleich blieb, bemerkte sie die Reduzierung nicht. Sie hatte zwar ständig ein unangenehmes Gefühl, aber Kais Zuwendung glich das aus. Sie hatte sogar manchmal das Gefühl, glücklich zu sein.
Eines Abends saß sie im Sessel und blätterte in einer Illustrierten. Sie war zwar nach wie vor unnatürlich blaß, aber da die üblen Ringe unter ihren Augen weg waren, wirkte das sehr reizvoll. Auf einmal stand Kai mit einem Typen im Zimmer.

"Ulf wird dir einen ansehnlichen Kopf verpassen", sagte er und fuhr über ihre Locken.
"Ich verlasse mich ganz auf dich. Du weißt, worum es geht", nickte er Ulf kurz zu und zog sich zurück. Er kannte Ulf seit Jahren. Er war ein Könner auf seinem Gebiet. Tatjana wurde in das Bad vor Waschbecken und Spiegel zitiert und die Lockenspitzen fielen. Eine gelungene Frisur türmte sich säter um ihr zartes Gesicht, die Kai anerkennend lobte, als er hinzutrat und sie im Spiegel begutachtete.
"So bringst du sie an den Mann", versicherte Ulf und steckte das Geld dafür ein. "Sie ist was wert." Er klopfte Tatjana auf die Schulter.
"Und kostet auch was", gab Kai zurück und dachte an den Stoff, den sie täglich konsumierte. Er schickte sie in ihr Zimmer, und sie kuschelte sich wieder in den Sessel. Sie liebte das Nichtstun.
Nach seinen Szenegeschäften kaufte er in einem Laden für Tatjana ein. Als sie ihren Schuß intus hatte, ließ er sie die neuen Sachen anziehen. Er veranstaltete eine richtige kleine Modenschau mir ihr. Tatjana war quietschvergnügt und tänzelte aufreizend vor ihm herum. Er lächelte und nahm sie in den Arm ...

Er schlief einige Male mit Tatjana — nur Safer Sex — und umsorgte sie zärtlich, aber er wurde gleichzeitig immer strenger. Ohne es zu merken, rutschte sie immer tiefer in das Abhängigkeitsverhältnis zu Kai. Sie fühlte sich wohl, es ging ihr gut — sie war glücklich. Da das alles von Kai ausging und sie außerdem glaubte, sich in ihn zu verlieben, wurde für sie die Vorstellung sein Wohlwollen zu verlieren, zur größten Sorge. Kai wunderte sich selbst immer wieder, wie einfach es doch war, sich ein Strichmädchen abzurichten. Es war an der Zeit, daß sie ihre Kosten wieder reinbrachte.
"Du gehorchst und das gefällt mir", lächelte er zynisch. "Zieh das an." Er gab ihr ein sorgfältig zusammengelegtes Bündel. Sie fand einen zarten, mit Spitzen besetzten Body, einen knappen Lackmini, halterlose schwarze Strümpfe mit Naht und rote, hochhackige Pumps. Sie streifte ihr langes Shirt ab und schlüpfte in den Body. "Hm ... ", gurrte sie. "Der fühlt sich ja himmlisch an."
"Steht dir ganz ausgezeichnet, komm, den Rest!"
Tatjana hatte etwas Mühe mit den Strümpfen. Die Naht mußte hinten erst zurechtgeschoben werden. Dann zog sie den Mini an und steckte

ihre Füße vorsichtig in die Pumps. "Ich hab' noch nie auf so Dingern gestanden", sagte sie kleinlaut mit einem Seitenblick zu Kai. Sie wackelte etwas herum, aber es ging erstaunlich gut.
"Lauf etwas auf und ab", meinte Kai und winkte ihr wohlwollend zu. Tatjana gehorchte. Trotz aller Zärtlichkeit und Vertrautheit hatte sie sich daran gewöhnt, nicht zu widersprechen und sofort auf seine Wünsche zu reagieren. Selbst wenn er mit ihr schlief, war ihre größte Sorge, daß er nicht ungeduldig mit ihr wurde und zufrieden war. Sie selbst empfand nicht allzuviel. Ihr fehlte die jugendliche Unbedarftheit und Unschuld. Wenn man täglich drei Freier machte, bekam Sex einen anderen Wert.
"Ich möchte eine ordentliche Frisur sehen und merke dir, künftig bist du allein für dein Aussehen verantwortlich, Schätzchen. Ich bin gleich wieder da." Die Prozedur war fast abgeschlossen. Sobald sie anschaffen ging, würde sie noch ein knappes Vierteljahr bei ihm wohnen und dann zu den anderen Mädchen in die Absteige ziehen — je nachdem, wie zuverlässig sie war. Aber vorher mußte er ihr noch ihre absolute Abhängigkeit vor Augen führen. Er rief einen befreundeten Zuhälter an, der mit zwei weiteren Freunden vorbeikommen würde. Die Vergewaltigung von Mädchen, die anschaffen gehen sollten, war ein notwendiges Ritual. Bei Tatjana war es lediglich der Trennstrich zwischen ihrer Hörigkeit zu Kai und Sex, der gezogen werden mußte. Sie durfte das auf dem Strich nicht durcheinanderbringen, deshalb machte er ihr jetzt deutlich, daß das beste, was sie für ihn tun konnte, darin bestand, für ihn mit anderen Männern Sex zu machen. Ahnungsvoll saß sie neben ihm auf dem Sofa, als seine drei Freunde hereinkamen. Zu viert amüsierten sie sich über eine Stunde mit Tatjana, bis Kai fand, es sei genug.
Als alles vorbei war sagte Kai liebevoll: "Du warst gut, wirklich toll!" Zärtlich nahm er sie in den Arm und drückte sie an sich. Fast eine halbe Stunde blieb er so mit ihr sitzen, bis er sicher war, daß sie es gut verdaut hatte. Dann brachte er sie ins Bett und gab ihr einen 'Belohnungsschuß'.

Am nächsten Morgen, nach einem opulenten Frühstück, ließ Kai Tatjana ähnliche Klamotten wie am Vortag anziehen. Sie rechnete schon fast damit, daß gleich wieder seine Freunde kommen würden,

aber er nahm sie mit in seinen Wagen. Sie war schon so lange nicht mehr außerhalb der Wohnung gewesen, so daß sie richtig aufgeregt wurde. Als er im Rotlichtbezirk parkte und mit ihr die Straße runterging, wußte sie schon, was anlag. Er zeigte ihr ihren 'Standplatz' und erklärte ihr die Preise. Er stellte sie dem Portier des Stundenhotels vor, das sie im Normalfall benutzen sollte. Wenn ein Freier es lieber im Auto machen wollte, sollte es ihm recht sein, aber es kostete dasselbe. Nach Hause durfte sie keinen begleiten. Das war ihm zu gefährlich. Schließlich konnte er nicht überall sein und wollte sie nicht verlieren. Dann stellte er sie seinen anderen Mädchen vor. Er behandelte sie herablassender als Tatjana und wußte genau, daß sie eifersüchtig waren. "Laßt sie ja in Ruhe", mahnte er. "Sie ist mein bestes Pferd im Stall!"
Die Frauen warfen sich wissende Blicke zu. Sie waren alle mal sein 'bestes Pferd' gewesen, bis er sich um die nächste kümmerte. Von da an herrschte nur noch das strenge Regiment des Milieus. Wer nicht parierte, wurde fertiggemacht.
Mit keinem Wort beteiligte sich Tatjana an dem Gespräch. Die aufgestylten Dirnen verkörperten die Sorte, die die Junkie-Stricherinnen wie den Teufel mieden. Und nun gehörte sie selbst dazu, was ihre Stimmung keineswegs hob.
"Svenia kümmert sich um dich. Ich hol dich heute abend wieder ab", sagte Kai, winkte den Vieren kurz zu und verschwand.
"Du wirst dich wundern", sagte Margo spöttisch. "Weißt du überhaupt, was auf dich zukommt?" Sie hob die Brauen und stutzte, als ihr Blick auf die Armbeugen von Tatjana fiel.
"Ich kenne das. Ich war auf dem Straßenstrich", sagte Tatjana. Die Mädchen sahen sich an. Margo bog ihren Arm vor. "Drogenabhängig bist du auch — weißt du, daß wir die Junkieschicksen überhaupt nicht mögen?"
Tatjana mußte an Cora denken. "Ich komm schon zurecht — und ich bringe mehr ein als ihr, da könnt ihr euch drauf verlassen!" Tatjana wußte nicht genau, warum sie das gesagt hatte. Nicht nur, daß sie sich anpries wie sauer Bier, sie verärgerte die anderen nur noch mehr. Dabei spürte sie genau, daß sie nicht akzeptiert wurde. Sie verließ sich darauf, daß sie Kais Liebling war und er sie beschützen würde. Sollten die anderen es doch wagen ...

"Wart's nur ab", sagte Margo. "Ich sagte ja, du wirst dich wundern."
Die Mädchen brachen auf und Svenia blieb bei Tatjana, schob sie vor sich her und ärgerte sich über Kai, der ihr die Zicke aufgehalst hatte.
"Du kennst das Geschäft, sagst du? Na, dann mal viel Erfolg. Du kennst Kai ja wohl. Wenn er unzufrieden ist, sitzen seine Fäuste äußerst locker."
Tatjana nahm ihren Standplatz ein, ihren Platz im Leben einer Bordsteinschwalbe, und ließ ihre Augen auf die Suche nach dem ersten Freier gehen. Die Straße hatte sie nach kurzem Erholungsurlaub wieder.

Für Tatjana war es, als würde sie ihren Körper vermieten — ihn dabei aber nicht selbst benutzen, bewohnen, was auch immer. Sie stand einfach neben sich und überließ ihn einem Freier gegen Bezahlung für eine gewisse Zeit zur Benutzung. Sie selber hatte damit wenig bis gar nichts zu tun. Je nach dem, wieviel der Freier dafür bezahlte, konnte er entsprechend über ihren Körper verfügen. Im Mietpreis inbegriffen war die Bedienung dieses Körpers durch sie — wie ein Baggerführer, der die Schaufel hoch und runter klappt oder ein Taxifahrer, der die Tür aufhält und dann den Wagen lenkt.

Kapitel 14

Außer dem Umstand, daß sie jetzt mehr kassierte, fast immer im Hotel die Freier bediente und wesentlich mehr Nummern pro Tag absolvierte, hatte sich im Grunde nichts geändert. Gut, sie wurde jeden Abend von Kai abgeholt und nach Hause gefahren wie eine Friseuse oder eine Supermarktkassiererin, die von ihrem Freund nach der Arbeit abgeholt wird, aber ansonsten ...
Manchmal ließ Kai sie mit ihrem Schuß hängen. Normalerweise kam er gegen Mittag und noch mal am späten Nachmittag, um sie über den Tag zu bringen. Er wußte, wenn sie ihren Schuß nicht bekam, würde sie ihn sich selber organisieren — soviel Angst konnte sie gar nicht vor ihm haben. Aber er ging ja auch noch seinen Drogengeschäften nach, und da wurde er manchmal aufgehalten. Das waren

immer schlimme Szenen. Er fand Tatjana dann aufgelöst in der kleinen Bar neben ihrem Platz, wo sie schlotternd in der Ecke hing und musste sich Tiraden vom Wirt und von den anderen Mädchen anhören. Das machte ihn jedes Mal stocksauer, und Tatjana musste es dann ausbaden. Aber er gab ihr trotzdem nichts mit. Wenn sie von einem Bullen gecheckt wurde, durfte sie nichts bei sich haben.
Tatjana fragte sich, wieso er trotz der vier Mädchen, die für ihn anschaffen gingen, noch dealte. Sie wußte nichts von seinen gewaltigen Schulden im Milieu. Seine Spielleidenschaft hatte er zwar ablegen können, aber es würde noch lange dauern, bis er alles abbezahlt haben würde. Er war ein ziemlich kleiner Fisch, der von den anderen nur geduldet wurde, weil er gutes Geld einbrachte. Neben seinen Rückzahlungen mußte er natürlich auch 'Schutzgeld' für sich und seine Mädchen zahlen — nur dafür, daß sie unbehelligt vom Milieu tun konnten, was sie taten. Dann zahlte er noch die 'Platzprämien' und die 'Werbekostenumlage'. Alles in allem blieben ihm ein paar Tausend Mark pro Monat, von denen er seine Schulden abzahlen konnte. Das reichte nicht. Und bevor er Tatjana sich selbst überlassen und sich ein fünftes Mädchen aufbauen konnte, würde es noch eine ganze Weile dauern. Die Dealerei war zwar gefährlich, aber sie brachte fast soviel wie ein Mädchen. Er konnte noch nicht darauf verzichten.

Tatjana arbeitete mit Gummi. Auch Kai benutzte immer ein Kondom, wenn er mit ihr schlief — sicher ist sicher. Er schob es auf seine Sorge, sie zu schwängern. Er war sich mittlerweile ihrer sicher und überlegte schon, wann er sie zu den anderen in die Absteige schicken sollte. Sie kam mit den lächerlichen paar Mark Taschengeld aus, die er ihr gab, damit sie sich selber Zigaretten und etwas zu trinken kaufen konnte. Manchmal gab er ihr auch Geld für Klamotten — Berufskleidung, versteht sich. Sie wartete immer brav, bis er ihr ihren Schuß brachte, ohne zu versuchen, sich selbst etwas zu besorgen. Margo und die anderen beobachteten sie und erstatteten ihm Bericht. Außerdem würde der Portier des Stundenhotels ihn informieren, wenn irgendwas nicht koscher sein sollte.
Als die Bahnhofsszene mal wieder von der Polizei aufgemischt wurde und sich verlagern mußte, kam Kai in Zeitnot. Um weiterhin

in der Szene dealen zu können, mußte er wohl oder übel die Wanderungen von Dealern und Süchtigen mitmachen. Also versorgte er Tatjana bereits morgens mit ihrer Tagesration. Sie kam damit zurecht, ihre Schüsse selbst zu verantworten, und die Kasse stimmte. Er ließ die Leine schon mal etwas lockerer, um sie auf die größere Freiheit in einem eigenen Zimmer in der Absteige vorzubereiten. Noch eine Woche oder zwei, dachte er, dann würde er sie rausschmeißen und sich die nächste schnappen ... er hatte schon wieder ein hoffnungsvolles Talent am Bahnhof entdeckt. Die Kleine hing da nur rum und war noch nicht mal richtig auf Drogen. Es kribbelte ihn, sie abzuschleppen, bevor es jemand anders tat ...

Kapitel 15

Nach einigen Tagen in ihrem eigenen, kleinen Zimmer ließ Tatjanas Selbstdisziplin nach. Es begann mit einem kleinen, zusätzlichen Schuß am Nachmittag, dann kam ein Zusatzschuß am Vormittag dazu und schließlich war es soweit, daß sie abends nicht mehr genug hatte. Sie durfte es Kai auf keinen Fall sagen, also fing sie an, Beträge abzuzweigen, um sich selbst Stoff zu besorgen. Sie fand einen Junkie, der für sie 'einkaufen' ging. Am Bahnhof konnte sie sich auf keinen Fall blicken lassen. Kai würde es sofort erfahren.

Zunächst funktionierte es ganz gut. Immer öfter konnte sie Freier dazu bringen, etwas mehr zu zahlen, als sie normalerweise kassierte. Dafür strengte sie sich auch ordentlich an. Manchmal sagte sie den anderen auch nur, daß es eine einfachere, billigere Nummer war, als die, die sie tatsächlich gemacht hatte. Aber schließlich war ihr Heroinkonsum wieder so stark angestiegen, daß die Turkeys sie teilweise bei der Arbeit überraschten. Ihr Aussehen ließ sich auch kaum noch mit Schminke übertünchen. Ihre Einnahmen sanken und die Kasse stimmte nicht mehr. Als Kai eines abends in ihr Zimmer kam, geschah, was geschehen mußte.

Er machte ihr eine fürchterliche Szene wegen der gesunkenen Einnahmen und riß ihr die Kleider vom Leib. Als er ihre Arme untersuchte, wurde er schon ungehalten, aber als er dann die feinen,

fast unsichtbaren Einstichstellen in der Kniekehle entdeckte, rastete er aus.
"Du abgewichste Schlampe!" schrie er. "Du bist wieder voll drauf!" Er schlug blindlings auf sie ein. "Mich zu bescheißen! Was bildest du dir eigentlich ein? Daß ich dich aus der Gosse geholt habe, damit du deinen blöden Scheißkopf wieder reinsteckst? Ich setz' dich auf Entzug! Ich prügel dir die Scheiße zu den Ohren raus! Wenn du nicht spurst, verkauf ich dich an 'nen Puff!" Er schlug auf sie ein, ohne auf ihre Schreie zu achten. Erst als er die ersten blauen Flecken sah, ließ er von ihr ab. Sie war noch gut weggekommen, er wollte ihr Äußeres nicht ruinieren, aber Tatjana lag schluchzend auf dem Bett und zitterte unter Weinkrämpfen. Er war sicher, daß das reichen würde, um sie wieder gefügig zu machen.
"Den nächsten Schuß bekommst du, wenn du zurück bist. Du machst heute noch ein paar Freier, um die schlechte Leistung der letzten Tage auszugleichen. Feierabend ist erst, wenn die Kasse stimmt", erklärte er.

Ihr nächster Schuß war schon überfällig. Ihr 'Einkäufer' war nicht gekommen. Manchmal kam ihm was dazwischen. In sich zusammengesunken stand sie an ihrer Ecke. Sie machte sich keinerlei Illusionen darüber, daß sie in diesem Zustand nicht viel zustande kriegen würde. Ein Freier, der entsetzlich nach Schnaps stank, interessierte sich für sie. Normalerweise ließ sie sich mit Betrunkenen nicht ein, aber unter diesen Umständen ...
Nachdem Tatjana ihm mit Mühen einen geblasen hatte, mußte sie feststellen, daß er nur noch dreißig Mark hatte. Und dafür eine halbe Stunde Arbeit. Sie fluchte und hastete zu ihrem Platz. Irgendwie mußte sie noch etwas aufreißen ...
Es war fast drei Uhr morgens und an einem Montag hieß das, daß sie praktisch die letzte Hure auf der Straße war. Ein Wagen hielt. Sie öffnete die Beifahrertür und sah einen Mann mittleren Alters, der wie ein Geschäftsmann wirkte. Er lächelte. "Hast du Lust auf eine kleine Privatfeier? Ein paar Geschäftsfreunde von mir wollen ein Geschäft feiern. Du wirst gut bezahlt."
Tatjana dachte angestrengt nach. Das war so ziemlich das letzte, was man machen durfte, aber der Turkey saß ihr drohend im Nacken.

"Steig ein, du wirst es nicht bereuen", sagte der Mann aufmunternd und sie folgte seiner Aufforderung. "Du kannst einen Tausender machen. Ich nehme dich mit zu meinen Kumpels", versprach er und sie gab ein "Okay" zurück. Ihr war alles gleichgültig, nur die Scheine zählten. Er fuhr los.
Sie verließen das Viertel und es ging auf die Stadtautobahn. Er nahm eine Abfahrt und fuhr auf einer Landstraße weiter. Die Gegend wurde stiller. Tatjana dachte sich nichts dabei, denn sie war an seltsame Kundschaft gewöhnt. Hinter der Scheibe erkannte sie eine Landschaft unter einem Sternenhimmel. Vor einem abgelegenen Haus stellte er das Auto ab und zerrte sie heraus.
"Was soll das?" Sie schüttelte sich, von einem mulmigen Gefühl beschlichen. Was hatte er vor? In einem muffigen Hausflur knipste er das finstere Licht einer schmutzigen Birne an, das einen schwachen Schimmer auf sein Gesicht warf und sie zusammenzucken ließ. Dann ging alles sehr schnell: Der Mann hielt Tatjana am Arm gepackt und klopfte an eine Tür. Ein weiterer Mann öffnete und gemeinsam zerrten sie Tatjana in die Wohnung. Es war alles sehr verkommen, offenbar stand das Haus leer. Tatjana begriff, worauf das Ganze hinauslief und wollte sich losreißen, doch sie wurde zu Boden geschleudert. Im Fallen stieß sie mit dem Kopf gegen einen Heizkörper. Das letzte, was sie noch mitbekam, war: "Ich bin zuerst dran."

Langsam erwachte Tatjana. Ihre Augenlider waren verschwollen, jede Bewegung schmerzte, auf dem Gesicht spürte sie verkrustetes Blut. Vorsichtig bewegte sie sich. Von den Männern fehlte jede Spur und der Raum war ein anderer. Wo befand sie sich?
"Der Tausender", schoß es ihr durch den Kopf. Sie stütze sich mit den Armen ab und hob den Kopf. Sofort sackte ihr Kreislauf ab und sie übergab sich. Da sie kaum etwas im Magen hatte, kam nur etwas Magensäure. Das Sodbrennen trieb ihr Tränen in die Augen. Zitternd und hyperventilierend kam sie auf die Knie. Der Turkey schlug zu. Regungslos kauerte sie auf dem mit Schutt und Unrat übersäten Boden, unfähig das Geschehene zu begreifen. Hinter dem verstaubten Sprossenfenster dämmerte der Morgen und warf graue Schatten in das Zimmer. "Kai!" rief sie leise. "Ich muß aussteigen! Morgen ist es vielleicht schon zu spät." Von der Erkenntnis floß eine Kraft in ihre

Seele, die sich gegen den Tod wehrte. Sie war noch so jung, das Leben lag vor ihr. Ihre Vergangenheit flimmerte in wahllosen Bildern vor ihrem geistigen Auge vorbei Sie hatte nur nach falschen Prinzipien gelebt und sich der Droge unterworfen. Sie zermalmte sie, wenn sie sich ihr nicht entzog. Die Droge! Sie sah sich mit Hajo im *Fantasy* sitzen, im Strahlenkranz der Faszination. Vom Kiffen stirbt man nicht, aber sie hatte nicht gewußt, wo ihre Grenzen lagen. Auf der Jagd nach Abenteuern und Szeneduft, war sie die Hure des Heroins geworden. Ihre Sehnsucht nach Verruchtheit und Szenenzugehörigkeit hatten ihr die Tore zur Hölle geöffnet, und sie war mittenrein geschlittert. Der große Vogel Freiheit hatte sich als Traumgebilde entpuppt.
"Ich will nicht sterben", schrie sie in das Schweigen. "Ich muß fort! Ich will hier raus." Ihre Lippen schmerzten beim Schreien. Ein Weinkrampf schüttelte sie, aber er entspannte sie auch etwas. Ihr wurde bewußt, daß sie nun ganz auf sich allein gestellt war. "Mutter", flüsterte sie. Ahnungslos lebte sie in ihrer heilen Welt und ihre Tochter lag hier in dem alten vermodernden Haus, vergewaltigt, zerschunden — ein bibberndes Häuflein Elend.
"Ich muß es schaffen. Jetzt!" hämmerte es in ihrem Kopf und sie rappelte sich hoch, stolperte auf die Straße hinaus. Die Gegend war ihr fremd. Kühl umfing sie die Luft und ließ sie frieren. Vorsichtig machte sie einige Schritte und hockte sich dann an den Straßenrand. Sie zuckte zusammen. Ein Wagen fuhr heran. Zuerst fürchtete sie, es könnten ihre Peiniger sein, die ihr den Rest geben wollten, aber dann siegte ihr Verlangen nach Hilfe und sie stand auf, um zu winken. Der Wagen wurde langsamer. Hinter dem Steuer saß eine Frau. Sie hielt an. "Sie sind verletzt. Hat man Sie überfallen?"
Langsam hob Tatjana das blutverkrustete Gesicht.
"Bleiben Sie ganz ruhig. Ich rufe den Notarzt."
Tatjana sah dem Wagen nach. Die Frau schien sich um ihre Sitzbezüge zu sorgen ...

Eine Viertelstunde später kam ein Krankenwagen. Nach einer kurzen Untersuchung wurde sie ins Krankenhaus gebracht. Nachdem sie nun versorgt wurde, in Sicherheit war, wurde ihr langsam bewußt, was eigentlich mit ihr geschehen war. Ihre Abhängigkeit, das Anschaffen,

die Vergewaltigung bei Kai, der Überfall letzte Nacht, ihr Zustand, ihr Leben ... Apathisch ließ sie alles mit sich geschehen. Sie nahm kaum wahr, was um sie herum passierte. Namenlose Gesichter verfolgten sie in einen unruhigen Schlaf. Es waren die Männer, mit denen sie Sex hatte, aber sie konnte die Gesichter nicht erkennen. Nicht mal Hajo oder Kai ...
Sie strampelte und ächzte. Ein Arzt saß an ihrem Bett, als sie die Augen aufschlug und richtete die üblichen Fragen an sie. Das Sprechen fiel ihr schwer. Auch ihre Konzentration ließ zu wünschen übrig. Sie war auf Entzug.
"Wen können wir verständigen?" fragte er und tätschelte beruhigend ihre Hand.
Sie reagierte nicht darauf, wen sollte sie nennen? In Frankfurt gab es außer den Szeneleuten niemand. Ob ihre Mutter ihr verzeihen würde? Wahrscheinlich, aber zu welchem Preis? Außerdem wurde ihr beim Gedanken an die Scham und Demütigung schlecht. Sie wimmerte und wurde mit einer Spritze ruhig gestellt. Stundenlanger Schlaf betäubte ihre Schmerzen. Plötzlich spürte sie eine Hand und blinzelte in das runde, freundliche Gesicht einer Krankenschwester. Sie murmelte etwas und spürte den Einstich einer Nadel. Stoff, dachte sie und der Gedanke wirbelte sie auf. Aber es war kein Stoff, nicht mal eine Ersatzdroge oder irgend etwas anderes, was ihr helfen würde. Leise seufzte Tatjana ins Kissen. Es war besser, nicht an Stoff zu kommen. Das Verlangen war da, brannte in ihr, aber Tatjana hatte schon etwas Abstand und den festen Willen aus ihrer Misere herauszukommen. Sie vertraute sich dem Schutz ihrer Pfleger an und hoffte, daß sie einen Rückfall nicht zulassen würden. Vorsichtig sah sie sich in dem Zimmer um. Das Nachtlicht warf Dämmerschatten an die Wände. Auf dem Gang wurden Schritte laut, die irgendwo verklangen. Mit einer behutsamen Drehung des Kopfes registrierte sie das danebenstehende Bett, in dem eine junge Frau zu ihr herüber lächelte. Sie probierte es zu erwidern, aber es gelang ihr nur verzerrt.
"Sehe ich schlimm aus?" Langsam bewegte sie die Lippen. Jeder Muskel in ihrem Gesicht schmerzte.
"Das kann man sagen." Die Frau wurde ernst. "Was ist mit Ihnen passiert?" fragte sie, hatte aber schon eine konkrete Vorstellung davon.

Tatjana blieb ihr die Antwort schuldig und konzentrierte sich auf die Wand über dem Tisch, während sie der Frau zuhörte, die von sich erzählte. Tatjana schlummerte wieder ein, bis der Turkey sie schmerzlich weckte und sie ächzen und stöhnen ließ. Die junge Frau klingelte nach der Schwester.
"Ich will nach Hause", rief Tatjana, als die Schwester sie versorgte. Sie umklammerte deren Arm. Die Schwester versprach wiederzukommen, sobald sie etwas Zeit habe. Irgendwie faßte Tatjana Vertrauen zu ihr, denn sie strahlte eine Wärme aus, die wohltuend auf sie wirkte.
Wie ein Kaleidoskop zog die Vergangenheit an ihr vorbei, und ihre Mutter gewann immer mehr Gestalt darin. Sie ver-steifte sich auf die Vorstellung, von Vera in die mütterlichen Arme geschlossen zu werden und alles wäre vorbei, wäre nie geschehen. Nur ein böser Traum. Sie würde ganz von vorne anfangen, ein neues Leben beginnen, die Schule beenden, einen tollen Job finden, einen Mann, Kinder ... Dann kam ihr ein Gedanke, der die neue Perspektive beinahe zunichte machte: Sie versuchte sich an die Telefonnummer zu erinnern, was ihr nicht gelang. Sie hatte sie total vergessen. Ihr Gedächtnis litt erheblich unter dem Drogeneinfluß. Sie erinnerte sich an viele Namen nicht mehr, nur die Gesichter waren ihr ein Begriff.
Die Schwester schob sich in ihr Blickfeld und nahm an ihrem Bett Platz. Sie stellte ihr einige Fragen, denen Tatjana geschickt auswich. Sie erzählte, daß sie bei einem Freund wohne und man sie auf dem Heimweg zusammengeschlagen habe. Daß sie drogenabhängig war, konnte sie nicht leugnen. Die ersten Untersuchungen hatten das schon ergeben.
"Ich möchte zu meiner Mutter. Sie wohnt nicht in Frankfurt", sagte Tatjana, "aber ich habe die Telefonnummer vergessen."
Die Schwester lächelte kurz. "Sie wird über die Auskunft zu ermitteln sein."
Tatjana nannte die Adresse und bat, daß man ihre Mutter anriefe.
"Ich werde mich bemühen." Die Schwester nickte ihr aufmunternd zu und ging aus dem Zimmer. Es war schon Morgen und ihr Nachtdienst zu Ende.

Tatjana befand sich in einer Zwickmühle: Ihr Körper wollte Stoff, dagegen lockte in der Ferne ein drogenfreies Leben. Auf einmal

wurde ihr bewußt, daß es zu Hause, in der Stadt, der sie den Rücken gekehrt hatte, auch eine Szene gab ... Die Lockung, die ständige Versuchung — sie würde ihr niemals entkommen. Wie es wohl Hajo ging? Mit ihm — wegen ihm — hatte alles angefangen. Sie versuchte hartnäckig den Gedanken an Heroin zu verdrängen, aber woran sie auch dachte: es drehte sich nur um Stoff. Alles woran sie sich erinnern konnte, hatte mit dem Stoff zu tun; ihr Tagesablauf, ihre Beweggründe, ihr Befinden. Ihre Gedanken drehten sich im Kreis, bis ihr schwindelig wurde und sie einnickte. Sie erwachte immer wieder ruckartig aus ihren Träumen, die zumeist Alpträume waren. Abwechselnd schwitzend und frierend verbrachte sie den Tag, nur unterbrochen von der Tagesschwester, die ihr Essen oder Medikamente brachte.
Am Abend setzte sich die Nachtschwester an ihr Bett und ergriff ihre Hand. "Ich konnte ihre Eltern erreichen, wollen Sie mit ihnen sprechen? Ich habe mir ihre Nummer geben lassen."
Tatjana wurde stutzig. Was bedeutete das — Eltern — ? In ihrer Abwesenheit schien sich einiges Zuhause verändert zu haben.
"Nein", sagte sie. "Meine Mutter soll mich abholen."

Kapitel 16

Vera traf am nächsten Vormittag ein. Carsten hatte sie davon abgehalten noch in der Nacht zu fahren.
Tatjana wartete im Aufenthaltsraum auf sie.
"Wie siehst du aus?" entfuhr es Vera. Betroffen wich sie zurück. "Man hat mir erzählt, daß du überfallen wurdest ... "
"Und das andere, hat man dir das auch erzählt." Es war keine Frage, sondern eher eine Feststellung. Natürlich hatte man ihrer Mutter von ihrer Drogenabhängigkeit erzählt. Vermutlich ist bei der Untersuchung auch gleich rausgekommen, daß sie auf den Strich ging. Tatjana hob die Schulter. Sie konnte Vera nicht in die Arme fallen, wie sie es sich erträumt hatte. Da war eine Barriere zwischen ihnen, und das waren die unausgesprochenen Gedanken. Tatjana war schon genervt, wenn sie sich nur vorstellte, was ihre Mutter jetzt von ihr

dachte. Vera konnte nur verlieren. Als sie die Arme nach ihrer Tochter ausstreckte, war es wie ein Stich ins Herz — Tatjana wich zurück.
"Laß uns hier verschwinden", sagte sie nur.
"Wie stellst du dir das vor? Du bist in Behandlung!" rief Vera. Für sie war klar, daß man Tatjana in diesem Krankenhaus bei ihren Problemen helfen würde. Wenn sie dann wieder in Ordnung war, würde sie sie nach Hause holen.
"Ich kann auch zu Hause in Behandlung gehen."
"Aber ... ", Vera sah sich hilfesuchend um, doch kein Arzt oder Pfleger stand ihr zur Seite. "Aber du bist nicht gesund."
"Das wird auch noch eine ganze Weile dauern, bis ich wieder gesund bin", erwiderte Tatjana tonlos.
Vera war verwirrt. Das war nicht dasselbe Mädchen, das sie in Erinnerung hatte. Carsten hatte sie gewarnt. Er hielt ihr vor, sich nie ernsthaft mit Drogen und den Folgen beschäftigt zu haben, nicht einmal nachdem Tatjana das erste Mal auffällig geworden war. Vera hatte ihn ungläubig angesehen und den Kopf geschüttelt. Als ob sie in irgendwelchen Zeitungen nachlesen müßte, wie sie mit ihrer Tochter umgehen sollte.
"Komm", sagte Tatjana. Vera trottet hilflos hinter ihr her. Sie führte ihre Mutter ins Stationszimmer. "Ich geh' dann. Meine Mutter nimmt mich mit."
"Fein", sagte die Stationsschwester und hielt Vera ein Klemmbrett unter die Nase. Als sie nicht gleich reagierte, stand die Schwester auf und hielt Vera den Kugelschreiber hin. Der Finger der Schwester drückte auf die Stelle, wo Vera unterschreiben sollte.
"Aber ... das geht doch nicht ... "
"Doch, doch, das ist kein Problem. Sie bekommen den Befund mit und geben ihn ihrem Hausarzt. Wir haben schon alles fertig." Sie reichte Vera einen dicken Umschlag. "Die Unterlagen für die Krankenkasse sind bereits unterwegs, ihre Versicherungsnummer haben sie uns ja schon gegeben ... "
"Und ... ihre Sachen? Wir müssen doch noch packen und ... "
"Ihre Tochter wurde mit dem Notarztwagen eingeliefert. Sie hatte nichts dabei."
"Unterschreib' endlich", drängte Tatjana. Beim Gedanken daran, daß Kai sie hier aufstöbern könnte, wurde ihr ganz anders. Außerdem ging

ihr das Krankenhaus gehörig auf die Nerven. Wie sollte man hier vom Heroin runterkommen, wo es so sterbensöde war, daß man ständig an nichts anderes dachte, als irgend etwas einzuschmeißen?
Vera unterschrieb mit zittriger Hand. Das ging für sie alles viel zu schnell. Sie hatte sich vorgestellt, daß sie in langen Gesprächen mit Tatjana in aller Ruhe erfahren würde, was sie so gemacht hatte und wie das alles passiert war. Statt dessen bekam sie ihr Kind krank und zerschunden, mit einem Riesensack Probleme, von heut auf morgen in die Hand gedrückt. Ihr Kind ... Tatjana war ihr völlig fremd geworden. Sie war erwachsen, abgebrüht, irgendwie hart ... keinesfalls das schutzbedürftige Etwas, um das sich Mütter vorrangig kümmern sollten: ein Kind. Sie hatte noch gar nicht richtig verarbeiten können, was ihr die Schwester am Telefon gesagt hatte, geschweige denn das, was man ihr auf dem Weg vom Stationszimmer zum Aufenthaltsraum mitteilte: "Ihre Tochter ist heroinsüchtig. Sie wurde vergewaltigt und halbtot geprügelt. Gehen sie behutsam auf sie ein, wir wissen nicht, wie sie reagieren könnte." Irgendwie war Vera davon ausgegangen, daß Krankenhauspersonal grundsätzlich psychologisch geschult sei, sensibel und feinfühlig auf die Betroffenen eingehen würde, und auch ansonsten die ganze peinliche Angelegenheit bravourös moderieren und gestalten würde. Sie allein war mit der Situation, die ihr da so vor die Füße gestellt wurde, hoffnungslos überfordert. Sie war eine Betroffene, eine vom Schicksal geschlagene Mutter, die vor den Trümmern ihres Lebens stand, und man ließ sie allein.
Tatjana war bereits an der Aufzugtür und warf ihr drängende Blicke zu. Vera konnte es gar nicht fassen, daß das alles gewesen sein sollte. Keine Polizei, kein verwaltungsbedingter Zeitaufwand — nichts.
"Hattest du denn einen Personalausweis dabei?" fiel ihr endlich ein.
"Nein, wozu? Ich bin aktenkundig. Da braucht man nur einen, wenn man nicht immer mit zur Wache will." Tatjanas trotzig-kalter Blick verunsicherte Vera noch mehr. Sie hatte regelrecht Angst vor ihrer Tochter. "Kommst du jetzt?" Tatjana klang gereizt. Die Aufzugtüren wollten sich dauernd schließen, aber Tatjana drückte sie immer wieder auf. Kraftlos stieg Vera in den Fahrstuhl.
Auf dem Parkplatz sah Tatjana sich mit ruckartigen Bewegungen um, die Vera sehr fremd vorkamen. Sie hatte so wenig Normales an

sich, wirkte so ... anders. Tatjanas Nervosität war für die Szene normal. Ob man nun hektisch nach Freiern Ausschau hielt oder nach einem Dealer, ob man sich vor Bullen in Acht nehmen mußte oder vor gemeinen Räubern, die einem die aufgezogene Spritze vom Arm wegklauten — oder ob man seinem Zuhälter weggelaufen war; ein Junkie auf der Szene war immer irgendwie unruhig, wenn er nicht gerade zugedröhnt war.
Die Heimfahrt verlief weitestgehend schweigend. Vera hatte weder die Kraft noch die Kenntnisse, um Tatjana Informationen zu entlocken, und Tatjana hatte nicht die geringste Lust, irgend etwas zu erzählen. Es ärgerte sie genug, daß Vera es wußte, aber erzählen würde sie es ihr nie. Sie wußte genau, daß ihre Mutter nicht das geringste Verständnis hätte. Eher würde ihre Geschichte bei vier- oder fünfjährigen Kindern auf fruchtbaren Boden fallen, als bei ihrer weltfremden, arroganten, selbstherrlichen, selbstgefälligen, lieblosen, strohdoofen, stinkfaulen ... Mutter. Ihr wären noch hundert weitere Minuspunkte eingefallen. Mit ihrer Mutter war sie fertig, das wurde ihr langsam klar. Wie hatte sie sich nur einbilden können, sie ginge zurück zu Mama und alles wäre wieder gut. Es ekelte sie an, daß die Frau, die ihr ins Leben helfen sollte, so wenig wußte, und daß sie, das Kind, bereits alles erlebt hatte, was man erleben konnte. Sie empfand ihre Mutter als ungebildet, desinteressiert, ahnungslos ... Sie schloß die Augen und versuchte zu schlafen. Mit an die Scheibe gelehntem Kopf versuchte sie, nicht über sich und Vera nachzudenken. Vielleicht war sie unfair. Vielleicht gehörte das, was sie durchgemacht hatte, einfach nicht zu dem, womit sich normale Leute befassen müssen. Sie würde sich am liebsten auch nicht mehr damit befassen. Aber wie sollte sie mit ihrer Mutter auch nur ein vernünftiges Wort wechseln, solange die nicht wußte, wie ihre Tochter empfand? Und wie sollte sie es rauskriegen? Stöhnend gab sie den Versuch zu schlafen auf und machte das Radio an. Sender für Sender suchte sie ab, aber sie fand nichts, was ihr gefiel. Vera verzog das Gesicht, sagte aber nichts. Sie wollte Tatjana nicht provozieren. Ihre ganze Hoffnung war Carsten. Sie biß die Zähne zusammen und zählte die Kilometer.
Als die Umgebung immer vertrauter wurde und Tatjana die ersten Häuserfronten erkannte, bekam sie ein Gefühl, als würde sie in die

Hölle katapultiert, dabei kam sie da gerade her. Die wohlvertraute Stadt empfing sie an einem grauen Tag, als hätte sie immer gewußt, daß sie eines Tages gebrochen und kleinlaut wieder angekrochen käme. Sie strafte sie mit Mißachtung.
Plötzlich erkannte Tatjana die Straße, ihr Haus. Sie waren da.

Es war nicht so, als wäre sie nie weggewesen. Nicht so, daß sie eintrat und zu Hause war. Sie hatte gehofft, daß sie einfach in ihr altes Leben zurückkehren könnte und die Zeit dazwischen wäre weg, würde als Erinnerung verblassen. Doch es funktionierte nicht. Sie war nicht zu Hause — ihr Zuhause war die Szene. Das war ihr altes Haus, da das Eßzimmer, dort die Treppe, oben würde ihr Zimmer sein — alles so, wie sie es in Erinnerung hatte — aber sie gehörte einfach nicht dazu, würde nie mehr dazugehören. Sie mußte von vorne anfangen.
"Es ist noch alles so wie ... damals." Vera unterbrach sich. Tatjana ging in die Küche.
"Carsten ist noch nicht da", rief Vera, während Tatjana den Kühlschrank plünderte.
"Er ... versuch' bitte, mit ihm auszukommen. Es bedeutet mir viel."
Tatjana fragte sich, ob sie damit meinte, daß es ihr viel bedeuten würde, wenn sie kein Problem mit Carsten haben würde. Aber wahrscheinlicher war, daß Vera sich wünschte, ihre Tochter würde Carsten nicht auf die Nerven gehen. Für Tatjana war es keine Frage, wer im Zweifelsfall gehen mußte.
"Er wollte wohl nicht, daß ich komme."
"Red' keinen Unsinn!" Vera blieb vor der Küche stehen. Tatjana sah es ihr an, daß sie gelogen hatte. Carsten wollte sie tatsächlich nicht hier haben. Haßgefühle kamen wieder auf. Sie empfand es als Rückratlosigkeit, wenn eine Mutter nicht in einer Art und Weise zu ihrem Kind stand, daß sich solche Forderungen von vornherein erledigt hätten. War sie deswegen jetzt da, wo sie war, weil ihre Mutter nicht zu ihr stand, oder stand ihre Mutter nicht zu ihr, weil sie es nicht wert war. Wer war zuerst da — die Henne oder das Ei? Tatjana seufzte. Sie fühlte sich so einsam, wie schon lange nicht mehr. Die Erkenntnis traf sie doppelt hart, weil sich all ihre Hoffnungen im Krankenhaus auf ihr Zuhause fixiert hatten.

"Ich muß noch was einkaufen. Ich war ja gar nicht vorbereitet auf deinen Besuch ... ich meine ... daß du kommst ... "
"Schon gut."
"Willst du mit?"
"Nein, danke."
"Wo sind eigentlich deine Sachen? Das fällt mir ja erst jetzt ein. Du, ich fahre aber nicht noch mal nach Frankfurt. Man soll sie dir schicken."
"Ich habe nichts."
"Wie, nichts. Du mußt doch irgendwas gehabt haben, Kleidung, Zahnbürste ... was weiß ich!"
"Ja, nein, ach ... geklaut, was weiß ich."
"Na gut, ich fahr dann mal. Ich bin gleich zurück."
Die Haustür fiel ins Schloß, und Tatjana machte sich ohne nachzudenken an die Durchsuchung des Hauses. Im Badezimmerschrank fand sie eine ganze Batterie Pillendöschen und Tropfen, in der Hausbar hatte Carsten ordentlich was stehen und in der Küche fand sie ein paar Hunderter unter einer umgedrehten Tasse im Schrank. Schließlich blätterte sie noch das Telefonbuch durch, mehr aus Langeweile, wie sie sich einbildete, denn aus Neugier. Das *Fantasy* gab es noch, das *Mount* stand nicht drin, aber das konnte auch früher so gewesen sein. Als sie die Haustür hörte, legte sie das Telefonbuch weg. Es war Carsten.
"Du bist schon zurück."
"Ja ... "
"Aha." Carsten verschwand nach oben.
Tatjana setzte sich vor den Fernseher.
Als Vera kam, machte sie ein üppiges Abendessen. Obwohl Tatjana schon vorher kräftig zuge-schlagen hatte, aß sie eine Menge. Vera staunte nicht schlecht. "Na, Appetit hast du ja zumindest wieder. Du bist ja auch ganz dürr geworden." Ein kleines Lächeln erhellte ihr Gesicht. Wie einfach es doch war, sie zufriedenzustellen. Ein gutes Kind macht eine gute Mutter froh. Tatjana dachte, sie müsse sich solcher Gedanken eigentlich schämen, aber es kam keinerlei Schamgefühl in ihr auf.
"Du gehst zum Arzt und zur Drogenberatungsstelle. In der Selbsthilfegruppe wird man dir ebenfalls helfen", sagte Carsten plötzlich mit Nachdruck.

Tatjana sah ihn genervt an. Selbst wenn sie es vorgehabt haben sollte, würde sie es jetzt schon allein deshalb nicht tun, weil es sonst so aussehen könnte, als ließe sie sich von diesem arroganten Arschloch zu irgend etwas zwingen.
"Ja", sagte Vera. "Wir gehen gleich morgen zu Dr. Waldmann und geben ihm den Brief vom Krankenhaus."
"Was steht denn drin?" fragte Carsten.
"Woher soll ich denn das wissen!" Vera war empört.
"Wo ist der Brief?"
Vera stand auf und ging ihn holen. Carsten öffnete ihn vorsichtig und zog die Unterlagen heraus. "Du kannst doch nicht einfach den Brief aufmachen!" Vera war entsetzt.
"Natürlich. Jeder Patient hat ein Recht darauf, seine ärztlichen Unterlagen einzusehen. Wir müssen doch wissen, was mit Tatjana ist." Er überflog die Seiten unter Veras besorgten und Tatjanas eisigen Blicken. Als er die Papiere wieder zusammenfaltete, sah er Tatjana herablassend an. "So, so. Es ist also alles so gekommen, wie ich es gesagt habe. Genau so."
Tatjana konnte sich des Gefühls nicht erwehren, er sähe nun irgendwie zufriedener aus.

Nach dem Essen stand Tatjana gleich auf und ging in ihr Zimmer. Als sie dort nichts mehr mit sich anzufangen wußte, kam sie wieder runter und fragte Vera, ob Zigaretten im Haus seien. Vera stand auf und gab ihr einen Fünfer, damit sie sich welche aus dem Automaten an der Ecke holen konnte. Carsten sah kurz zu ihnen rüber und brummte etwas. Vera legte ihrer Tochter die Hand auf die Schulter und sah sie besorgt an. "Du wirst doch wiederkommen?"
"Ja, sicher, ich will hierbleiben, ich will noch mal von vorne anfangen." Tatjana senkte den Blick. Die Situation war ihr peinlich, aber zum einen würde sie das wirklich gerne und zum anderen war ihr klar, daß sie ihrer Mutter Zeichen setzen mußte, aus denen diese herauslesen sollte, daß sich die Mühe lohnte, daß sie ihrer Tochter wieder vertrauen konnte. Sonst riskierte Tatjana ihr Zuhause aufs neue. Sollte Vera mißtrauisch sein, was Tatjanas Vernunft und Disziplin anbelangte, so konnte sie überreagieren und Tatjana einengen. Davor fürchtete sie sich am meisten. Wenn Vera ihr aus Angst, sie wieder

zu verlieren, oder aufgrund Carstens Ignoranz oder weswegen auch immer, an die kurze Leine nehmen sollte, würde sie das nicht aushalten. Das einzige, was stark genug war ihr Leben zu kontrollieren, war Heroin. Und wenn sie das überwunden hatte, würde sie so etwas von anderer Seite nicht mehr ertragen können. Wenn es ihr doch passieren sollte, hätte sie ja gar keinen Grund mehr, nicht wieder zu spritzen. Tausend Gedanken jagten unablässig durch Tatjanas Kopf, aber es kam ihr vor, als können sie keinen davon so recht packen. Es blieben nur flüchtige Überlegungen, die nie zu Ende gedacht wurden.
"Bis gleich", sagte Vera und ließ sie los. Tatjana drehte sich um und hatte das Gefühl einer Abschiedsszene. Als sie nach zehn Minuten mit einer Zigarette im Mundwinkel zurückkam, stand Vera noch immer in der Tür. Tatjana ging an ihr vorbei, die Treppe hoch. "Schlaf nicht mir der Zigarette ein", rief Vera ihr hinterher. Tatjana verdrehte die Augen. "Gute Nacht."

Am nächsten Morgen weckte Vera sie um acht Uhr. Tatjana lag schon wach im Bett.
"Trödel nicht lange rum, wir wollen zum Arzt."

Der Doktor machte kein Geheimnis daraus, was er von Tatjana hielt. Vera war bestürzt.
"Ich verschreibe kein Methadon. Da müßten sie sich an eine Klinik wenden." Er bereitete die Überweisung vor und schrieb ein Rezept für die Medikamente, die Tatjana im Krankenhaus verordnet bekommen hatte.
Mit bangem Herzen fragte sich Vera, ob sie auch weiterhin damit allein gelassen würde, ihrer Tochter zu helfen. Sie fragte sich, ob andere Mütter in der gleichen Situation auch auf sich gestellt waren. Was, wenn sie noch immer berufstätig wäre? Wer würde sich dann um Tatjana kümmern?

Vera bekam einen Termin im Stadtkrankenhaus für den nächsten Morgen. Man war bereit, Tatjana in ein ambulantes Entzugsprogramm aufzunehmen. Allerdings wurde dies nicht von der Krankenkasse übernommen. Vera schluckte, als sie die Kosten erfuhr. Was würde Carsten

dazu sagen? Man riet ihr, mit Tatjana zu einer Drogenberatungsstelle zu gehen. Dort würde man ihre Tochter in eine Selbsthilfegruppe vermitteln, was eine der wichtigsten Bedingungen für eine ambulante Therapie war. Aber auch den eigentlichen Therapieplatz bekam man über die Drogenberatung — wenn man Glück hatte. Keiner machte ein Hehl daraus, daß es Tatjana auf Dauer kaum nur mit der ambulanten Behandlung schaffen würde. Dafür war sie schon zu lange an der Nadel. Vera sah sich in ihrer Zukunft schon zwischen den verschiedensten Institutionen hin- und herlaufen, bis ans Ende ihrer Tage.
Die Drogenberatungsstelle bot keinen Termin an. Man müsse einfach vorbeikommen. Der Mann am Telefon sagte, sie solle versuchen, Tatjana alleine hingehen zu lassen. Es wäre sehr wichtig, daß sie möglichst freiwillig käme. Wenn man sie dazu zwingen müßte oder würde, bräuchte sie sich dort gar nicht erst blicken lassen.
Ohne große Ermahnungen schickte Vera ihre Tochter am nächsten Tag dort hin. Sie ertappte sich dabei, wie sie betete. Ob eine Rückbesinnung auf kirchliche Werte Tatjana jetzt helfen konnte? Vera schüttelte den Kopf. Sie konnte es sich nicht vorstellen

Der Typ von der Drogenberatung war ziemlich in Ordnung. Tatjana hatte sofort Vertrauen zu ihm. Er sprach mit ihr über die verschiedenen Hilfseinrichtungen in seinem Haus, über andere Institutionen, die örtliche Szene und versprach, sich mit ihr um einen Therapieplatz zu kümmern. "Ich kann dir helfen, aber bemühen mußt du dich selber drum. Es gibt so wenig freie Plätze, daß sie nur demjenigen einen geben, der ihnen zeigt, daß er wirklich will. Wenn du dich hängen läßt, kümmert sich kein Schwein um dich."
Tatjana nickte.
"Und denk an das, was ich dir über Rückfälligkeit gesagt habe. Es wird dir irgendwann zu langweilig, du hast genug Abstand gewonnen und denkst, du kämst damit zurecht ... alles falsch! Wenn dich einer deiner alten Kumpels zu irgend etwas überreden kann, dann bist du ruck-zuck wieder drauf, okay? Paß auf dich auf."
Mit ein paar Prospekten über Drogenprojekte, Anlaufstellen für Therapieplätze und einem Rechtsratgeber in Form eines dünnen Faltblattes kam Tatjana nach Hause. Am Abend sollte sie das erste mal in die Selbsthilfegruppe gehen. Sie würde den Rückhalt in der

Gruppe brauchen, bis sie einen Therapieplatz hatte und das konnte sich Monate hinziehen. Tatjana hatte Angst vor dieser Zeit. Genausoviel Angst hatte sie vor der Therapie. Und überhaupt — was sollte das mit der monatelangen Wartezeit? Sie war heroinsüchtig und hatte seit einigen Tagen nichts mehr genommen. Sie fragte sich, wie irgend jemand annehmen könnte, ein kleines Mädchen könne diesem Druck solange stand halten. Kleines Mädchen — sie mußte lachen.
Hinter sich hörte sie ein "Hallo". Ein Typ lachte sie an und klopfte ihr auf die Schulter. "Wir haben uns lange nicht mehr gesehen. Ich habe gehört, du bist untergetaucht."
Tatjana erkannte ihn. Es war einer von Hajos Kunden. Sie hatte ihn auch manchmal im *Fantasy* gesehen. Kurzentschlossen ging sie mit ihm einen Kaffee trinken, um über die alten Zeiten zu plaudern. Ihre Neugier siegte über die Warnungen des Drogenberaters.
"Und? Wie läuft's hier so?" fragte sie.
"Na ja, was soll sein. Man lebt." Er grinste.
"Hast du was von Hajo gehört?"
"Hajo? Nö, schon lange nicht mehr. Ich ... hm ... hab seine Geschäfte ein bißchen übernommen. Also, wenn du was brauchst ... "
Tatjana konnte sich ein Lächeln nicht verkneifen. Sie gehörte zweifelsohne dazu, so, wie sie sich das immer gewünscht hatte. Jetzt begann sie diesen Umstand zu verfluchen. Es bedeutete, daß sie für immer ihre Unschuld verloren hatte. Wohin sie auch ging, sie wäre immer mit der Drogenszene verbunden, in jeder Stadt, in jedem Land. Überall, wo es Drogen gab — und die gab es überall.
"Nein, danke. Ich muß los. War nett, dich wiederzusehen." Sie eilte aus dem Café und verscheuchte die Gedanken an eine kleine Sünde. Erst eine kleine Sünde, dann eine große, dann immer öfter und schon war man wieder mittendrin. Sie schüttelte sich. Sie dachte selber schon wie jemand von der Drogenberatung.

Die Tage schleppten sich dahin. Mit ihrer Mutter konnte Tatjana immer noch nicht vernünftig reden, obwohl Vera sich große Mühe gab. Tatjana dachte, daß es daran liegen mußte, daß sie schon früher nicht das Vertrauensverhältnis hatten, das für solche Gespräche nötig ist. Sie sehnte sich nach einer echten Freundin, mit der sie sich so richtig ausquatschen konnte. Die Selbsthilfegruppe sollte hier eigentlich

Ersatz schaffen, aber das klappte nicht so recht. Im Grunde ging sie nur hin, damit man sie nicht fallen ließ. Ohne Selbsthilfegruppe keine ambulante Behandlung, kein Therapieplatz und wahrscheinlich auch kein Zuhause. Jeden Tag ging Tatjana ins Krankenhaus, um den Entzug medikamentös behandeln zu lassen. Sie fühlte sich erstaunlich gut dabei. Fast dachte sie schon, sie hätte die Therapie gar nicht nötig, aber in der Selbsthilfegruppe wurde immer wieder darauf hingewiesen, daß erst die Therapie eine brauchbare Grundlage für ein drogenfreies Leben schaffen würde. Tatjana konnte es nicht mehr hören. Ansonsten saß sie auf Ämtern, um Gelder zu beantragen. Sozialamt, Caritas, kirchliche Stellen ... Stundenlang schrieb sie mit Vera Briefe, füllte Anträge aus und telefonierte mit halb Deutschland. Nach einigen Tagen war klar, daß man um einen Therapieplatz kämpfen mußte, wie um das Leben eines krebskranken Säuglings.
"Und wenn wir uns ans Fernsehen wenden? So eine von diesen Talkshows. Wenn man da drin ist, bekommt man bestimmt gleich einen Platz", meinte Vera, aber Tatjana konnte sich nicht vorstellen, in so einer Klatschsendung die Hosen runterzulassen.

Mit ihrer Freizeit wußte Tatjana nichts rechtes anzufangen. Wenn sie ins Kino wollte, mußte sie Vera um Geld bitten. Eigenes hatte sie nicht. Vera steckte ihr gerade soviel zu, daß sie sich Zigaretten kaufen konnte, und etwas zu trinken, wenn sie unterwegs war. Außer den alten Klamotten aus ihrem Schrank, hatte sie nichts anzuziehen und die Sachen waren nicht gerade der letzte Schrei. Als ihr Sozialhilfe bewilligt wurde und sie sich das Geld gleich an der Kasse auszahlen ließ, hatte sie das Gefühl ein Stück Freiheit und Eigenständigkeit zurückgewonnen zu haben, aber das täuschte: Da sie bei ihrer Mutter wohnte, bekam sie nur 324,- Mark. Wie der Beamte auf die Summe gekommen war, blieb ihr schleierhaft, sie wußte nur, daß dreihundert Mark lächerlich wenig waren. Sie überlegte, ob sie sich ein paar neue Klamotten kaufen oder das Geld besser sparen sollte. Schließlich kam sie zu dem Schluß, daß ihr allzuviel Geld nicht gut tat. Es konnte im entscheidenden Moment dazu führen Drogen zu kaufen. Also gab sie alles in einer kleinen Second-Hand-Boutique aus.
Mit den 'neuen' Klamotten fühlte sie sich gleich um einiges wohler. Die alten Fetzen nahm sie in einer Plastiktüte mit.

Zuhause hörte sie sich erst eine Predigt wegen ihrer Verschwendungssucht an, und eine über ihre Heroinsucht, und daß beides nicht weit auseinander lag. Dann fiel Vera auf, daß das eine Ersatzbefriedigung für das andere sein konnte, war aber nicht in der Lage zu entscheiden, welches Verhalten nun Ersatz für das andere sein mochte. Als ihr dann auch noch die medikamentöse Behandlung von Tatjanas Entzugserscheinungen einfiel, verlor sie restlos den roten Faden. Tatjana verdrehte die Augen und schielte nach der Fernsehzeitung. Sie hatte sich angewöhnt, gezielt nach Sendungen zu suchen, statt blindlings herumzuzappen, wie während ihrer Zeit in Frankfurt. Sie hatte sich fest vorgenommen alles, aber auch wirklich alles, zu ändern, damit sie nicht mehr rückfällig würde. Einiges von dem, was sie in der Drogenberatungsstelle und der Selbsthilfegruppe aufgeschnappt hatte, war ihr durchaus eingängig und plausibel. Zum Beispiel, daß Suchtverhalten eng mit Gewohnheiten verbunden ist und das Aufrechterhalten solcher Gewohnheiten den Rückfall ins Suchtverhalten fördert. Sie wollte keine einzige der Verhaltensweisen aus ihrer Frankfurter Zeit behalten, aber manche fielen ihr gar nicht auf.

Am Abend fuhr Vera Tatjana zur Selbsthilfegruppe. Sie wollte mitkommen, aber das war nicht erlaubt. Tatjana war froh, nicht mit ihrer Mutter darüber streiten zu müssen. Sie wäre eher sofort wieder auf den Strich gegangen, als in Veras Anwesenheit Details zu erzählen.
Sie nahm in der hintersten Reihe neben einer jungen Frau Platz, die eher aussah, als müsse sie das klassische Alkoholproblem einer vernachlässigten Hausfrau überwinden, aber die anonymen Alkoholiker tagten woanders.
"Seit ich in die Selbsthilfegruppe komme, kann ich mich öffnen", erzählte die erste Rednerin und Tatjana erfuhr, daß die Frau mit vierzehn Jahren von ihrem Vater vergewaltigt worden war. Sie war dann abgehauen und in der Drogenszene untergetaucht. Tatjana wollte schon fragen, ob es sie auch nach Frankfurt verschlagen hatte, aber sie schwieg. Die Frau hatte schon drei Therapien abgebrochen und wartete nun auf die nächste. Das stimmte Tatjana nachdenklich.
Der restliche Abend verlief enttäuschend. Der Disput über Kindheit, Erziehung, ob der Ursprung für die Drogenabhängigkeit im Elternhaus

zu suchen sei und wie sehr sie doch alle litten, gab ihr nichts. Sie studierte die Gesichter der Anwesenden und fragte sich, wie viele von ihnen wohl wirklich in der Szene gelebt hatten, und wie viele nur kurzen Kontakt zu Heroin gehabt hatten und einfach nur jammerten. Sie war überzeugt davon, daß sie am Anfang noch ohne Probleme hätte aufhören können, wenn sie nur gewußt hätte, was sie statt dessen hätte tun sollen. Sie dachte an die Freier und all den Ekel, den sie damit verband. Dann dachte sie an Sex und daß sie Sex eigentlich mochte. Es gab einen Unterschied zwischen ekligen Freiern und guten Freiern. Dann gab es noch einen Unterschied zwischen Freiern und Freunden. Dann gab es einen Unterschied zwischen guten Freunden und ekligen Freunden und wenn sie es genau bedachte, gab es eigentlich überhaupt keinen Unterschied.
Sie könnte reich werden, wenn sie anschaffen ging, ohne das Geld für Drogen auszugeben. Aber wie sollte sie die Anschafferei ohne Drogen überstehen? Seufzend stand sie auf, als der Abend für beendet erklärt wurde. Sie vergewisserte sich noch, daß ihr Name auch in die Anwesenheitsliste eingetragen worden war und ging dann Vera suchen. Die wartete auf der anderen Straßenseite und startete den Motor, als ihre Tochter auftauchte.
Zuhause drückte sie sich vor einem langweiligen Fernsehabend, nahm ein paar Schlaftabletten aus dem Medizinschrank und legte sich hin.

Den nächsten Tag verbrachte Tatjana mit Spaziergängen in der Stadt. Schließlich kam sie auch an einer Stelle im Park vorbei, an der gedealt wurde. Sie war sich sicher, als einzige sofort zu erkennen, was da abging. Das war Instinkt. Als der Typ ihr zunickte, wußte sie, daß sie erkannt worden war. Sie drehte sich schnell um und ging weg.

In den nächsten Tagen schlich sie immer wieder um den Park herum. Sie versuchte sich einzureden, daß sie ganz etwas anderes wollte, daß es reiner Zufall war, aber es nutzte alles nichts: Sie hing psychisch noch viel zu sehr am Heroin, um es einfach vergessen zu können. Sie suchte ihre Taschen nach Geld ab, aber sie hatte nichts dabei. Sie war ihrem Vorsatz treu geblieben, möglichst alles auszugeben, bevor sie

es in Drogen umsetzen konnte. Sehnsüchtig schielte sie nach dem Dealer. Dann setzte sie sich ins Gras und zündete sich eine Zigarette an. Plötzlich war der Typ neben ihr.
"Hier", sagte er und schob ihr etwas in die Hand. Tatjana sah ihn verwirrt an, dann war er schon wieder ein paar Schritte von ihr weg. Tatjana besah sich das kleine Päckchen in ihrer Hand. Vermutlich ein halbes Gramm. "Hey!" rief sie. Der Typ drehte sich zu ihr um und lächelte, dann ging er weiter. Ein Kunde wartete auf ihn.
Tatjanas Gedanken drehten sich im Kreis. Warum hatte er das getan? Er mußte doch wissen, daß ein Junkie, der kein Geld für seinen Schuß hat, es sich besorgen würde. Kein Junkie mußte mit Almosen versorgt werden. So was taten Dealer sowieso grundsätzlich nicht. Wo würde das denn hinführen? Kannte sie den Kerl von früher? Aus dem *Fantasy*? Aus dem *Mount*? Sie konnte sich an das Gesicht nicht erinnern. Dann dämmerte es ihr: Der Sack wußte genau, was mit ihr los war. Dafür hatten wiederum die Dealer einen Blick. Er wußte, daß sie auf Entzug war, daß sie mit sich kämpfte ... und er wollte diesen Kampf für sich entscheiden, indem er ihr etwas 'Zucker' gab.
Eine Welle nie gekannter Empörung überschwemmte Tatjana. Sie sprang auf und lief hinter dem Kerl her. "Hey!" rief sie wieder. Er drehte sich um. Tatjana hielt sein 'Geschenk' hoch, drehte es hin und her, daß der Typ sich schon nervös nach allen Seiten umsah, dann warf sie es zu Boden und trat mit dem Absatz drauf. Sie drehte den Fuß hin und her, trampelte und sprang auf dem Pack herum. Der Dealer machte sich davon. Wenn er etwas nicht brauchen konnte, dann Publicity.
Als er weg war, beruhigte sich Tatjana. Sie sah zu Boden und stellte fest, daß das Pack noch nicht mal aufgeplatzt war. Der Kerl verpackte gründlich. Sie hob es auf und steckte es in die Tasche. Sicherlich würde sie jemanden treffen, der mehr damit anfangen konnte als sie. Sie hatte der Versuchung widerstanden und war ungeheuer stolz auf sich. Sie überlegte sogar, ob sie Vera von der Sache erzählen sollte, aber die würde am Ende zur Polizei laufen und sie nötigen, den Kerl zu verpfeifen. So ließ sie den Gedanken wieder fallen.

Zwei Tage später rauchte Tatjana das Heroin von einem Stück Stanniolpapier; noch am selben Abend besorgte sie sich eine Spritze

und ein Gramm Heroin, für das Geld von der Sozialhilfe. Sie redete sich bis zuletzt ein, sie könne dem Druck leichter widerstehen, wenn sie sich eine 'Kleinigkeit' genehmigte. Das würde sie erleichtern und den Streß abbauen. Als der Flash abgeklungen war und sie die Decke über ihrem Bett anstarrte, wußte sie, daß sie verloren hatte. Aber doch nur die erste Runde ...
Es klopfte an die Tür. "Tatjana?" Vera war draußen. Natürlich hatte Tatjana abgeschlossen. "Warum hast du dich eingesperrt? Was machst du da drin?"
"Ich onaniere", sagte Tatjana gelangweilt. Sie wußte, was nun kam.
"Lüg' mich nicht an!" kreischte Vera. "Hast du was genommen? Mach' mir nichts vor! Du hast was genommen! Mach' sofort auf!"
Seit Vera sich dem 'Elternkreis der Drogenberatungsstelle' angeschlossen hatte, um besser auf ihre Tochter eingehen zu können, war sie richtig neunmalklug geworden, hatte aber tatsächlich mehr Durchblick. Eine äußerst anstrengende Mischung wie Tatjana fand. Sie öffnete die Tür und verschloß ihren Geist und ihre Seele vor dem anstehenden Ansturm der Meckerei ...

"Es wird Zeit, daß du in die Therapie kommst." Veras Schlußsatz sollte eigentlich den Moment der Erleichterung für Tatjana darstellen, aber Sie spürte einen Ruck und eine neue Welle der Empörung in sich. Warum dachten bloß alle, sie wäre so einfach zu handhaben wie ein Kinderspielzeug? Genau wie der verdammte Dealer im Park, schien auch Vera zu glauben, daß Tatjana nur aus Knöpfen bestand, die man drücken konnte: Kostenloser Druck, Therapie — wo war da der Unterschied? War es denn so unverschämt, etwas komplizierter zu sein als ein Herd oder ein Toaster?
"Ich werde noch lange warten müssen, bis ich einen Platz bekomme", erklärte Tatjana so ruhig sie konnte.
Aber Vera bemerkte die zusammengepreßten Lippen und die vorgebeugten Schultern. Sie schloß daraus, daß ihre Tochter in Wirklichkeit gar kein Interesse an einer Therapie hatte und sich von ihr bloß ein wohliges Heim, Grundversorgung und Geld beschaffen wollte. Das hatte man im Elternkreis besprochen. Zwar hatten die meisten Anwesenden vehement dagegengehalten, aber Vera tendierte eher zu der Meinung des Vaters, der seine Tochter vor die Wahl

gestellt hatte, clean zu bleiben oder zu verschwinden. Schließlich hatte er sie vier Wochen im Keller eingesperrt — Sie war wie neu geboren, als sie wieder raus durfte, hatte er versichert. Der Mann war bodenständig und resolut. Herbert Baumeister, ein Schreinermeister mit eigenem Betrieb — Vera wünschte sich, sie wäre genauso durchsetzungsfähig, oder wenigstens Carsten. Aber der wollte damit nichts zu tun haben, weil er Tatjana schon abgeschrieben hatte. Langsam begann sich Vera zu fragen, ob Carsten wirklich die richtige Wahl gewesen war ...
Tatjana hingegen glaubte vielmehr, daß ihre Mutter sie loswerden wollte. Carsten war maulig wegen der Zuwendung, die Tatjana erfuhr und die ihm, seiner Meinung nach, abging.
"Die Therapie dauert zehn Monate. Vorher muß ich zur stationären Entgiftung. Ich habe einfach Angst davor, verstehst du das nicht? Heroin ist etwas anderes als ... als irgend etwas, was du dir vorstellen kannst, verstehst du?"
"Nein, das heißt ... ja, schon, aber du mußt dir auch Mühe geben und das sehe ich irgendwie nicht." Vera verschränkte die Arme und starrte Tatjana an. Diese ließ sich aufs Bett fallen und stöhnte. Vera ließ sie allein.

In den nächsten Tagen fand Tatjana keine Möglichkeit sich abzuseilen. Vera beschäftigte und begleitete sie. Das war ihre Variante von Herbert Baumeisters 'Sicherheitsverwahrung'.
"Mußt du dich ständig an mich hängen?" schimpfte Tatjana. Sie hatte turkeyartige Beschwerden und war aggressiv. Ihr war zwar selber klar, daß sie unmöglich einen Turkey haben konnte, verlangte aber vehement nach den Medikamenten des Krankenhauses, obwohl sie ihr noch nicht wieder zustanden.
Abends sperrte Vera sie in ihrem Zimmer ein. Vor dem Fenster hatte sie ein Vorhängeschloß anbringen lassen.

Die Nacht war für Tatjana die Hölle: Allein mit ihrer Einsamkeit, ohne Ablenkung oder einen tröstenden Gedanken, ohne irgend ein Ziel vor Augen, stürmten die Erinnerungen auf sie ein, trennten sich die Seiten der Medaille. Die Nachteile des Fixens wurden immer unscheinbarer, der Flash, das Lebensgefühl ... alles erschien auf einmal

rosig und geil. Wenn sie nur einen Schuß hätte, um dieses Verlangen zu befriedigen, das pure Gefühl, gedrückt zu haben ... Es war die Gewohnheit, die jetzt an ihr zerrte. Wie ein Ex-Raucher, der an Stiften nuckelt oder ständig etwas im Mund haben muß. Dann steckt er sich irgend wann eine Zigarette in den Mund, nur um sie im Mund zu haben, sie zu spüren, sie zwischen den Lippen hin- und herzurollen ... dann zündet er sie an.
Tatjana öffnete die Zimmertür mit einem Drahtkleiderbügel, wie sie es so oft mit Piets Schrank gemacht hatte. Dann schlich sie ins Bad, um auch den, mittlerweile verschlossenen, Medizinschrank zu knacken. Sie nahm ein paar Schlaftabletten und wollte den Schrank gerade wieder verschließen, als sie eine steril verpackte Einwegspritze entdeckte. Zitternd vor Erregung nahm sie sie heraus und drehte sie vor ihrer Nase langsam und genießerisch herum. Wieso hatte Vera so was im Haus? War Carsten zuckerkrank? Sie kicherte leise. Dann vergaß sie alle Vorsicht und nahm die Spritze mit. Sie verschloß den Schrank, ihre Zimmertür und zerstampfte die Tabletten auf einem Handspiegel. Das Pulver kochte sie im Blechnapf eines ausgebrannten Teelichts über einer Kerze auf und zog es in die Spritze. Sie überlegte nicht lange, sondern setzte sich den Schuß ohne Abbinden oder vorherigem Vermischen mit Blut in den Fuß. Der Flash war mehr eingebildet als sonst was, aber sie ließ sich befriedigt zu Boden gleiten und gab sich der Einbildung hin, sie wäre wieder drauf. Es war kein totaler Rückfall, nur ein vorgetäuschter Schuß. Aber es machte sie schußgeil, wenn sie sich vorstellte, mit welcher Ware der Typ im Park dealte. Der würde sicher gleich die Flucht ergreifen, wenn sie wieder aufkreuzte. Das hatte sie ja geschickt eingefädelt. Oder doch nicht? So doof war der sicher nicht, daß er nicht wußte, was gebacken war ...
Sie ging ans Fenster und schaute in die Nacht hinaus. "Freiheit! Was ist das?" murmelte sie. Nach den Ausführungen in der Drogenberatung beschnitt die Therapie ihre Freiheit vollkommen. Und Zuhause fühlte sie sich auch nicht frei. Aber ein Junkie ist auch nicht frei ... was also war Freiheit?

Den nächsten Gesprächsabend brach sie vorzeitig mit einer Ausrede ab und lief in der Stadt herum. Sie war neugierig auf die Gesichter im *Fantasy*, wo ihre Drogenkarriere begonnen hatte. Nur einmal

hineinschauen wollte sie, die Kids dabei beobachten, so abgebrüht zu tun, wie es Tatjana inzwischen war, lässig auf sie herabsehen, mit all ihren Erfahrungen.
In einer Ecke nahm sie einen Deal wahr. Ob es Heroin gab? Im *Fantasy*? Sie konnte es nicht glauben. Irgend wo war auch für die Betreiber dieses abgefuckten Ladens die Grenze, oder doch nicht? Sie trat näher und erkannte einen der Typen aus der Selbsthilfegruppe. Er sah sie kurz an, grinste blöde und huschte an ihr vorbei. Aha, dachte Tatjana. Der ist rückfällig geworden, und Stoff gibt es hier auch. Sie war also nicht die einzige ... die einzige was? Nicht die einzige, die nicht zum Gruppenabend gegangen war ... oder nicht die einzige, die rückfällig geworden war ... oder ...

Sie hatte zwei Gramm und eine nagelneue Pumpe bei sich, als sie Zuhause eintraf. Vera fiel sofort über sie her, wegen dem versäumten Gesprächsabend, weil sie völlig umsonst hingefahren war, um sie abzuholen, weil sie sich herumgetrieben hatte ...
"Ich mußte einfach mal raus!" verteidigte 'Tatjana sich. "Schließlich behandelst du mich wie eine Gefangene!"
"Nur zu deinem Schutz! Dreh' deine Taschen um ... "
Tatjana traute ihren Ohren nicht. "Was?"
"Du sollst mir den Inhalt deiner Taschen zeigen. Ich habe die Spritze zwar nicht gefunden, aber im Schrank ist sie nicht mehr ... "
"Ich weiß gar nicht, wovon du redest!" schrie Tatjana. Sie schob die Ärmel hoch und hielt Vera demonstrativ die Armbeugen hin.
"Laß das", sagte Vera leise. "Ich weiß, daß man es nicht immer sehen kann. Du hast ja mittlerweile genug Erfahrung."
Tatjana bekam einen Heulkrampf. Sie schüttelte sich und schluchzte, aber Vera zeigte sich unbeeindruckt. Herbert Baumeister hatte ihr von ähnlichem Verhalten seiner Tochter Meike berichtet. Die hatte auch wochenlang gefixt, ohne daß er es mitbekommen hatte, weil sie sich die Schüsse unter die Zunge setzte. Da hatte er natürlich nie nachgesehen. Erst als sie ein übles Ekzem bekam, das ihr eine Blutvergiftung einbrachte, so daß er sie ins Krankenhaus fahren mußte, kam es raus.
"Nun mach schon", drängte Vera. Sie war überzeugt davon, Heroin bei ihrer Tochter zu finden. Aber Tatjana war viel zu mißtrauisch

und vorsichtig, um so ein Risiko einzugehen. Sie hatte den Stoff im Garten versteckt, bevor sie ins Haus gekommen war. Daß ihre Mutter ihr die Show nicht abkaufte, enttäuschte sie zwar, aber es bestätigte sie auch, daß sie auf sich allein gestellt war, wie in Frankfurt, es gab kein Vertrauen zwischen ihr und ihrer Mutter. Daß sie dieses Vertrauen, wenn es denn dagewesen wäre, zuerst mißbraucht hatte, spielte ihrer Meinung nach keine Rolle. Die Chance für einen familiären Neuanfang betrachtete sie als vertan. Was soll's? dachte sie nur und packte ihre Taschen aus. Damit zog Eiseskälte in ihr Verhältnis zu Vera.

Nach sechs Monaten hatte Tatjana mit Hilfe der Drogenberatung einen Therapieplatz gefunden. Sie teilte die Freude ihrer Mutter nicht, denn den Weg durch die Entzugshölle, wie sie es nannte, mußte sie allein gehen und schon der Gedanke daran jagte ihr Horrorschauer über die Haut. Noch mehr schockte sie die Entgiftung, die in greifbare Nähe rückte. Sie fühlte sich dem nicht gewachsen. Sie war immer wieder rückfällig geworden, hatte sogar ein paar Freier gemacht, um Stoff kaufen zu können. Es war zwar mehr eine Art 'Freizeit-Fixen', weil sie streng darauf achtete, nicht mit anderen Junkies in Kontakt zu kommen und die Mengen auf ein bis zwei Schuß pro Tag zu begrenzen, aber dennoch ... die letzten zwei Monate war es ihr kaum mehr gelungen, einen Tag Pause einzuschieben. Die Dauerüberwachung konnte Vera natürlich nicht lange durchhalten, dafür war sie viel zu schwach und das Vorhängeschloß am Fenster stellte für Tatjana auch kein langfristiges Problem dar. Sie hatte sich soweit mit den Umständen arrangiert, daß die Sache mit der Therapie ihr wie eine Bedrohung ihres recht bequemen Lebens vorkam.
Vera hingegen betrachtete die Therapie als Chance, ihre Tochter und ihre Ehe gleichzeitig zu retten. Carsten war kaum noch wiederzuerkennen. Er drohte immer öfter mit Auszug, wenn Tatjana nicht bald wieder eigene Wege gehen würde. Vera hatte sich nach langem Überlegen dazu entschlossen, bei Carsten zu bleiben. Sie fühlte sich zu alt für einen Neuanfang. Die Angst vor dem Alleinsein war größer als die Angst, die Tochter zu verlieren.

Am Abend vor dem stationären Entzug setzte sich Tatjana noch einmal einen Schuß, den letzten, wie sie hoffte.

Als Vera sie im Krankenhaus ablieferte, fühlte Tatjana sich wie in die Flammen des Fegefeuers gestoßen. Sie durchlitt die Entgiftung wie eine Folter. 'Hexenverbrennung' kam ihr in den Sinn. Alles Inquisitoren, die da an ihr herumbrannten und vorgaben, nur ihr Bestes zu wollen.

Vom Krankenhaus aus verfrachtete Vera ihre Tochter direkt ins Therapiezentrum. Tatjana sprach während der gesamten Fahrt kein Wort mit ihr. Vera nahm es hin und redete statt dessen selber wie ein Wasserfall. Tatjana schaltete ab und verlebte die Fahrt in Träumen versunken. Sie dachte an Verbrecher im Mittelalter, die zur Strafe nach Australien verschifft wurden, oder an aufsässige Frauen, die gebrochen wurden, um sie gefügig zu machen. Ob man vergewaltigt wurde, oder sonst was, das schien für sie keinen Unterschied zu machen. Im Grunde war alles, was man gegen seinen Willen erdulden mußte, eine Vergewaltigung. Das wußten die anderen Frauen nur noch nicht. Als ob sich Vergewaltigung auf das Eindringen in die Vagina beschränkte. Jede andere Form des Eindringens, in die Seele, die innersten Gedanken und Gefühle, mit Schlägen oder Isolation ... alles dasselbe. Und nun fuhr sie die eigene Mutter zu den Folterknechten, lieferte sie der mehrwöchigen Dauervergewaltigung aus, Erniedrigung, Entwertung ... sie würde nur noch eine unter vielen sein, keine Rechte mehr haben ... nichts! Vor ihrem geistigen Auge schälte sich eine Festung aus den Schleiern, die Tatjana umgaben: Die Anstalt, in der wochen- oder gar monatelang nach Belieben mit ihr verfahren werden konnte. Und ob sie raus durfte, würden die da drin entscheiden ... wenn sie nicht gefügig war, nicht alles mitmachte, dann würden sie sie dabehalten, bis ... bis sie tot war.

Kapitel 17

Das Gelände lagt außerhalb der Stadt und wurde von einer reizvollen Landschaft umrahmt. Nach außen hin eine friedvolle Idylle, eingebettet in Wiesen und Wälder. Die Insassen waren von der Außenwelt hermetisch abgeschlossen. Das verdeutlichte sich für Tatjana seit ihrer Aufnahme. Sie mußte ihre geliebten Szeneklamotten abgeben, nur helle Kleidung war erwünscht. Schmuck und Privatfotos führte sie nicht bei sich. Besuche und Telefonate waren allgemein nicht gestattet, nur zu den Besuchszeiten durften die nächsten Angehörigen für ein oder zwei Stunden kommen. Tatjana bekam keinen Besuch. Sie konnte auch darauf verzichten, daß Vera sich das Maul darüber zerriß, wie gut Tatjana es doch habe, daß sie hier sein durfte. Außerdem konnte sie sich vorstellen, daß Carsten einen Aufstand machte, wenn Vera fahren wollte.

In den Zimmern lagen keine Bücher und Zeitschriften. Szenemusik war verpönt — also alles, was gut war — und die ausgewählte morgendliche Popmusik aus dem Radio, die über die Lautsprecheranlage in alle Räume drang, prägte sich ihr wie ein Denkmal des Hauses ein. Wie jeder Neue wurde sie für die ersten vier Wochen zu den Putzern beordert. Täglich um sieben Uhr zog die Gruppe nach dem Frühstück mit Besen und Eimern los, um die Flure zu reinigen. Sie haßte die Putzerei und die Gruppenarbeit, die sich über die gesamte Freizeit mit vielfältigem Angebot erstreckte. Und sie protestierte dagegen. Im darauffolgenden Gruppengespräch forderte man von ihr eine Erklärung für ihr Fehlverhalten. Sie konnte die therapeutischen Maßnahmen nicht akzeptieren, die sie ständig in die Offensive trieben und ihrer coolen Einstellung zuwider liefen. In dem Gefängnis, wie sie es bezeichnete, fühlte sie sich gedrillt. Durch die ersten zwei Wochen zwang sie sich mit dem Hintergedanken bei Gelegenheit die Flucht zu ergreifen. Das Tor stand offen für jedermann, der sich nicht in die Gemeinschaft einordnete. Und die Gelegenheit wurde von vielen genutzt. Mit mechanischen Bewegungen schob sie den Schrubber über den Flur. Aus den Augenwinkeln spähte sie zu ihrer Nachbarin, die ihr zuzwinkerte. Es nervte sie rund um die Uhr von den gleichen Gesichtern umringt zu sein. Sie sehnte sich in die Sonne hinaus, um allein durch die Wiesen laufen zu können und frei zu atmen. Süchtige bedurften der Liebe und Wärme und von wo flossen sie ihr zu? In dem Druck glaubte sie erstarren zu müssen. — Bis sechzehn Uhr wurde gearbeitet. Dann stand Töpfern auf dem Programm. Sie nahm alles hin, hörte auf, sich zu wehren ... es war einfach widerlich, für jede Bemerkung gleich eine Erklärung vor versammelter Mannschaft abgeben zu müssen. Dann wurde sie nicht nur von den Therapeuten bedrängt, nein, zu allem Überfluß fielen ihr auch noch die anderen

Opfer dieser Gehirnwaschanlage in den Rücken. 'Warum verschließt du dich der Gemeinschaft?', 'Wenn dir was nicht paßt, dann kannst du jederzeit gehen!', und, und, und ... Aber Tatjana wollte nicht gehen. Sie wollte es schaffen, wollte clean werden und sich endlich ein Leben aufbauen, bei dem sie keine Hilfe mehr benötigte. Die ewige Einmischerei mußte ein Ende haben. Das war die Art von Freiheit, von der sie träumte. Und nur dazu benötigte sie die Therapie.
Beim abendlichen Gespräch im Gruppenraum schaltete sie sich nicht ein, bis man das Wort an sie richtete und argumentierte, daß ein jeder reden müsse. Es ging um geschlechtsspezifische Rollenbilder, um das Rollenverhalten und die Auseinandersetzung mit dem Alltag. Der Diskurs befremdete sie. Um dreiundzwanzig Uhr wurde in dem Schlafraum, den sie mit drei Frauen teilte, das Licht gelöscht. Tatjana schlief nicht. In ihr rumorte es, als wolle sie zerspringen. Der totale Drogenentzug schien ihr unbegreiflich. Zu den grundsätzlichen Regeln der Therapie gehörte das Verbot von Drogen, einschließlich Medikamente und Nikotin. Und sie brauchte zumindest Zigaretten. Sie dachte über einen Neuanfang nach, überlegte sich Perspektiven und Ziele. Was sie in ihrer Drogenzeit erfahren hatte, nahm sie mit in das neue Leben. Im Grunde war sie schwach, und Ehrgeiz war nie ihre Stärke. Sie seufzte in das Kissen.
Die Tage reihten sich aneinander und preßten sie in ihr Schema. Die Therapie baute sich stufenweise auf. Und in ihr reifte schon jetzt ein Entschluß, der sie ermutigte. Sie würde bald gehen. Sie war soweit und hatte es nicht nötig, den anderen die Entscheidung zu überlassen. Entgegen ihrer ursprünglichen Befürchtung, sie dürfe erst raus, wenn man es für richtig hielt, wurde hier niemand zum Bleiben gezwungen. Im Gegenteil: Die Liste der Therapiewilligen war so lang, daß Leute, die sich sperrten, nicht geduldet wurden. Daher auch die ständigen Rechtfertigungen, warum man dies oder jenes getan oder nicht getan hatte. Den Flur nicht ordentlich geputzt? Raus! Heimlich geraucht? Raus! Zu lange zu nahe beim Tor gestanden? Raus-raus-raus!
Nach insgesamt drei Wochen ging Tatjana im Morgengrauen mit ihrer Reisetasche, in der sich diesmal erfreulich mehr befand, als bei ihrem ersten Trip, in die Freiheit. Geld hatte sie nicht viel, dafür aber große Pläne. Durch die Wolken lugte ein Sonnenstrahl und versprach

einen klaren Herbsttag. Sie schlug den Weg in die Stadt ein und trank im Bahnhofsrestaurant eine Limonade. Zuerst galt es, eine Trampgelegenheit zu finden. Dann würde sie ein, zwei Freier machen, während ihr Gepäck im Bahnhofsschließfach auf sie wartete. Anschließend würde sie sich ein Zimmer in einer billigen Pension nehmen und weiter anschaffen. Sobald sie genug auf der hohen Kante hätte, würde sie sich eine kleine Wohnung mieten und so lange anschaffen gehen, bis sie ... nun, soweit wollte sie im Moment noch nicht vorausplanen. Erst mal abwarten, wie alles lief. Als Nahziel genügte es ihr, anschaffen zu können, ohne teilen zu müssen und ohne das gute Geld für teure Drogen auszugeben.

Sie schaffte es bis zum späten Abend nach Frankfurt zu kommen. Etwas anderes war ihr nicht eingefallen. Hier kannte sie sich wenigstens aus. Nur vor einer Sache hatte sie Angst: Daß ihr Kai über den Weg laufen würde. Sie nahm an, sobald sie genug Geld hatte, könne sie die Stadt wechseln. Vielleicht vorher mal nach Köln, Hamburg oder Berlin fahren und sich dort umsehen, damit sie wußte, wie es lief, wenn sie dann umzog. Doch nun fuhr sie erst mal mit der S-Bahn zum Hauptbahnhof. Es war kurz vor 21.00 Uhr, als sie auf den Bahnhofsvorplatz trat. Ihre Tasche war schon weggeschlossen, und sie schlenderte zwischen den Junkies herum, schaute, ob sie jemanden erkannte. Die Szene änderte sich zwar ständig, aber das eine oder andere Gesicht war ihr vertraut. Das war Szenenluft, die Atmosphäre der Drugs.
Jemand klopfte ihr von hinten auf die Schulter. "Warst du in Therapie? Man hat dich lange nicht gesehen."
"Wie kommst du auf Therapie?"
"Das probieren doch viele. Übrigens ... Kai ist im Knast. Bist du vor ihm getürmt? Na, jetzt hast du Ruhe." Der Typ lächelte. Tatjana kannte ihn, wußte aber seinen Namen nicht.
"Brauchst du was?" Er bleckte die gelben Zähne. Zögernd schüttelte Tatjana den Kopf. Hier war es etwas anderes, einen Deal abzulehnen. Zu stark noch war die Gewohnheit in ihr verankert. Auch fehlte jegliche Abneigung. Der Typ war anders, als der Dealer im Park bei ihr zu Hause. Der wollte sie nicht abzocken, der brauchte die Vermittlungsdeals für seinen eigenen Konsum, und außerdem hatte sie ja behauptet, sie wäre nicht in Therapie gewesen.

"Hm, na dann mach's mal gut", brummte er und verschwand. Offenbar hatte er den Turkey schon im Nacken und mußte was aufreißen, sonst hätte er sich vielleicht noch länger mit ihr unterhalten. Oder, ach ja, natürlich: Junkies waren ja nicht so gesprächig. Wie konnte sie das nur vergessen. Sie lachte leise über sich selbst. Dann ging sie zu den Mädchen auf dem Junkiestrich. Eine Weile sah sie sich das Geschehen nur an, dann guckte sie sich selbst nach einem Freier um. Nach kurzer Zeit stieg sie bei einem gutaussehenden Mittvierziger ein, der sie allen anderen deutlich vorgezogen hatte. Sie sah wohl doch sehr gut aus, nach der Therapie.
Während sie es ihm im Wagen mit dem Mund machte, dachte sie über Kai nach. Sie hatte die Information noch gar nicht richtig verarbeitet. Er war im Knast! Wie lange schon? Wie lange noch? Sie hätte fragen sollen, aber das konnte sie ja immer noch. Jedenfalls war der Weg für sie frei. Oder hatte jemand seine Geschäfte übernommen? Normalerweise würde das so ablaufen. Vielleicht hatte ihn auch einer mit Absicht abserviert. Dann mußte sie natürlich doch noch aufpassen, damit sie nicht seinem Nachfolger ins Netz ging. Diese Zuhälter betrachteten die Mädchen wie Handelsware. Übernahm einer das Geschäft vom anderen, ob verkauft oder 'gefunden', gingen auch die Mädchen in seinen Besitz über. Wer da nicht mitspielte bekam denselben Ärger, wie von dem eigentlichen Zuhälter.
Der Freier gab ihr einen Fünfziger. Tatjana war ungeheuer stolz darauf. Erstens, weil sie mehr bekommen hatte, als die anderen Junkiemädchen, zweitens, weil sie das Geld behalten konnte und drittens, weil sie es nicht für Heroin ausgeben würde. Sie fühlte sich gut. Sie würde nun einfach solange Freier machen, bis sie ordentlich was zusammen hatte.

Als sie am Bahnhof ankam, legte sie sich gleich wieder auf die Lauer. Aber schon nach dem dritten Freier kamen die anderen Mädchen und fragten sie, ob sie überhaupt fixe. "Klar", log sie. Natürlich würden die anderen sie nicht dulden, wenn sie keine von ihnen war, und zu den Profinutten konnte sie auch nicht, weil die Zuhälter dann gleich zuschlagen würden. Aber ohne Startkapital war die Sache mit der eigenen Wohnung nicht drin.
"Und warum machst du dann einen Freier nach dem nächsten, statt dir erstmal einen Schuß zu setzen? Ich glaub', du willst hier nur

abzocken!" keifte eine, die Tatjana vorher noch nie gesehen hatte. Anna war weit und breit nicht zu entdecken und auch ansonsten kam ihr niemand zu Hilfe. Hatten sie denn alle vergessen? Waren das überhaupt noch dieselben Leute? Sie konnte sich auch nicht erinnern.
"Ich hab' noch nichts", versuchte sie sich rauszureden. "Der erste hat mich rausgeschmissen und der andere gab nur 'nen Zwanziger."
"Und was ist mit dem dritten?"
"Der wollte mich in den Arsch ficken, aber das läuft bei mir nicht!" Tatjana schrie jetzt, damit sie glaubhaft wirkte.
Junkies schrien immer sofort los, wenn man sie nervte. Die anderen schienen ihr die Story vorerst abzukaufen, aber auf Dauer würde sie damit nicht durchkommen. Verblüfft fragte Tatjana sich, was das für eine komische Welt war. Bei den einen durfte man nicht fixen, damit sie einen in Ruhe ließen, bei den anderen mußte man fixen, um sein Brot verdienen zu können. Völlig bescheuert! Sie würde doch nach all dem Streß nicht wieder mit dem Fixen anfangen, damit sie Geld anschaffen konnte, um ein anständiges Leben zu führen.
Der nächste Freier lud sie in seinen Wagen ein. Wenn der jetzt gut zahlte, würde sie für heute Schluß machen, damit die anderen nicht mißtrauisch wurden. Das Geld reichte für den ersten Tag.
Der Mann wollte mit ihr in eine Pension. Sie kannte das Spiel. Dafür würde er einiges locker machen müssen. Im Gegenzug war sie zu praktisch allem bereit. Sie hatte damit keine Probleme mehr, nach allem, was sie schon hinter sich hatte. Er war bescheiden und wollte nur ein paar einfache Schweinereien. Die Art, die er bei seiner Frau wohl nicht bekam und die es ihm wert war, kräftig dafür zu zahlen. Tatjana verstand nicht, warum andere Frauen sich dabei so anstellten. Er ließ ihr einen glatten Hunderter da, sagte noch, er werde sicher demnächst wiederkommen und verschwand. Tatjana wusch sich im kleinen, dreckstarrenden Waschbecken und schlenderte die Stufen zum Empfang hinunter.
"Na? Auch wieder da?" fragte der alte Mann hinter dem Tresen. Sie nickte ihm freundlich zu und wollte schon gehen, als er sie am Ärmel festhielt.
"Sag mal, du warst doch in festen Händen, oder nicht?"
"Warum?"

"Nun, also, du solltest besser aufpassen. Wenn dich einer hier herumhüpfen sieht, biste gleich wieder weg vom Fenster."
Tatjana mußte schlucken. Ihr Hals wurde schlagartig trocken und sehr eng. "Danke", murmelte sie benommen. Dann nahm sie die ausgestreckte Hand des Alten wahr und gab ihm einen Zwanziger. Der Mann sah etwas betrübt drein. Scheinbar hatte er für diese Information mehr erwartet.
Tatjana sprang in das erste Taxi, das vorbeikam. Sie ließ sich in eine kleine Pension am anderen Ende der Stadt fahren. Nach der Taxirechnung blieben ihr noch hundertsechzig Mark, das Zimmer kostete pro Nacht fünfzig. Sie zahlte für zwei Tage im voraus. Damit kam sie über den Umstand hinweg, daß sie kein Gepäck bei sich hatte. Die Tasche hatte sie im Bahnhofsschließfach vergessen.

Am nächsten Morgen ging sie als erstes in eine Drogerie und besorgte sich Haarfärbemittel. In ihrem Zimmer färbte sie sich Haare und Augenbrauen feuerrot. Blondinen wurden zwar bevorzugt, aber rot war auch nicht schlecht. Sie besah' sich das Ergebnis im Spiegel und war zufrieden. Dann machte sie sich auf den Weg zum Bahnhof, um mal zu gucken, ob die anderen Mädchen sie so wiedererkannten.

Alles lief wie geschmiert. Sie machte beinahe zehn Freier am Tag, legte dabei großzügige Pausen ein, um den anderen vorzugaukeln, sie würde spritzen und war sich sicher, daß sie niemand erkannte.
Am vierten Tag jedoch, sie hatte schon über tausend Mark in ihrem Schließfach liegen, fragte eine der Junkiestricherinnen, ob sie Stoff habe. Tatjana verneinte. Da bot ihr die andere etwas an.
"Ist heute nicht gut gelaufen. Tu mir den Gefallen. Ist genauso gut wie vom Dealer."
Tatjana überlegte angestrengt, aber als sie die erste Mißtrauensfalte zwischen den Augen der anderen entdeckte, griff sie zu. Was war schon dabei? Sie würde das Pack an jemand anderen weitergeben. Am Abend hatte sie es schon vergessen. Erst in ihrem Zimmer fiel es ihr wieder ein. Nach kurzem Ringen legte sie eine Spur und zog es durch die Nase.
Schon am nächsten Abend hatte sie sich Nachschub besorgt. Nach dem 'Ziehen' rauchte sie noch ein bißchen.

Die nächste Woche begann für sie mit der Anschaffung einer 'Pumpe'. Zunächst spritzte sie noch selten, aber schon nach wenigen Tagen war sie auf ihrem alten Niveau. Damit sank auch ihr Einkommen. Sie hatte nicht mehr soviel Zeit und auch ihre Kräfte ließen vor dem Turkey nach. Sie brauchte längere Pausen. Mit ihrem finanziellen Polster im Hinterkopf, ließ sie es ruhiger angehen.

Als ihr Erspartes aufgebraucht war, konnte sie die Pensionsmiete nicht mehr zahlen. Sie zog statt dessen zu einem anderen Junkie in eine kleine Wohnung. Es war zwar mehr ein feuchtes Loch, aber das störte sie nicht weiter. An Heiner gewöhnte sie sich rasch. Es lief reibungslos, anders als in der Wohngemeinschaft oder bei Kai. Heiner beherrschte sie nicht. Sie schloß einfach die Lücke, die seine Freundin hinterlassen hatte, als sie mit einem anderen Kerl abgehauen war. Irgendwann wollten sie zusammen eine Therapie machen. Das war der Gedanke, der sie zusammenhielt.

An einem regennassen Novemberabend wartete Tatjana auf den nächsten Freier. Ein wortkarger Typ holte sie in sein Auto. Sie mußte Sperma schlucken und bekam nur zwanzig Mark. Zurück am Bahnhof suchte sie verzweifelt nach einem Dealer, aber es war schon spät. Sie bekam nur noch schlecht gestreckten Stoff von einem anderen Junkie, der damit seinen Schnitt machte.
Zuhause angekommen bereitete sie den Schuß vor und führte die Nadel hastig in die Vene ein. Dann brach sie zusammen.
In der Nacht tauchte Heiner auf. Sie lag noch immer auf dem Boden und starrte ihm mit weit aufgerissenen, seltsam leeren Augen entgegen. Er alarmierte den Notarzt, der nur noch ihren Tod feststellen konnte.

Kapitel 18

Die Stille im Haus erschien Vera unheimlich. Der Anruf vom Rauschgiftdezernat ließ sie nicht los. "Ihre Tochter ist gestern Abend an einer Überdosis Heroin verstorben", hatte man ihr sachlich mitgeteilt. Sie war fassungslos. Wie ein Kartenhaus stürzte alles zusammen. Sie wurde

mit etwas konfrontiert, was sie völlig verdrängt hatte: Dem jederzeit möglichen Drogentod ihrer Tochter. Tatjanas Verhalten traf sie tief. Sie war der Meinung gewesen, sie hätte alles in ihrer Macht stehende getan, um sie auf den rechten Weg zurückzuführen. Der Therapieabbruch war schon ein schwerer Schlag gewesen. Daß sie dann tatsächlich wieder in die Drogenszene abgedriftet war, statt sich an ihre Mutter zu wenden, verstand sie überhaupt nicht. Im Elternkreis der Drogenberatung hatte sie gehört, daß Junkies innerlich zerrissen seien: Sie wollen aufhören und gleichzeitig fixen. Die Wege aus der Sucht führen schrittweise durch einen langen Prozeß, und Tatjanas Abbruch war keine Katastrophe. Vera hatte insgeheim gehofft, Tatjana würde es selber schaffen oder irgend wann zurückkommen und sich wieder von ihr helfen lassen. Sie mußte an Herbert Baumeisters Methode denken und an den Zeitungsartikel, den sie aus irgend einem Grund aufgehoben hatte: Schreinertochter erhängte sich im elterlichen Keller.
Tatjana ging als Drogenopfer in die Statistiken ein, Herbert Baumeisters Tochter in die Selbstmordstatistik. Eigentlich gehörten beide in die selbe, dachte Vera, aber in welche?

Vera ließ sie überführen und auf dem hiesigen Waldfriedhof bestatten. Carsten sah seine Meinung über ihre Tochter nur bestätigt.
"Hast du geglaubt, sie schließt die Therapie erfolgreich ab? Ich nicht. Sie hat ihren Tod selbst zu verantworten", sagte er. Seine Gleichgültigkeit schockierte Vera. Sie konnte sich des Gefühls nicht erwehren, als erleichtere ihn die Tatsache, nicht mehr mit einer drogenabhängigen Stieftochter belastet zu sein.
Am Tag nach der Beerdigung reichte Vera die Scheidung ein. Tage, Wochen, Monate ... zu spät.

Auch Hajo erfuhr von Tatjanas Tod. Mit einer Träne im Auge, dachte er an die Zeit mit ihr zurück: Mein Gott! Sie wollte doch bloß anders sein und ein bißchen kiffen ... Ob sie noch leben würde, wenn Stoff bereits entkriminalisiert wäre? Mit der Dreckszene hatte sie doch eigentlich gar nichts zu tun. Ob ich schuld bin? Aber ihre Mutter ... Dann drehte er sich einen Joint und widmete sich wieder seinem Videospiel.
Das Leben geht weiter ... und der Tod holt die Schwächsten zuerst, zumindest von der Szene ...

[1]Freakbrothers	Beliebte amerikanische Comicfiguren, die jede Drogenart außer Heroin konsumieren, immer Ärger mit der Polizei haben und — angeblich wegen der Drogen — immer gut drauf sind.
[2]Gilbert Shelton	Erfinder und Zeichner der "Fabulous Furry Freakbrothers".
[3]Huka	Wasserpfeife aus Glas, Akryl etc. in der Tabak-Hasch-Mischungen geraucht werden (ursprünglich aus Indien).
[4]Medinox	Rezeptpflichtiges, barbiturathaltiges (2 verschiedene Barbiturate) Schlaf- und Beruhigungsmittel das den Traumschlaf stört oder unterbindet, langfristig die Reaktionszeit verringert und Atemdepression verursacht; hohe Suchtgefahr und erhöhtes Vergiftungsrisiko (z.B. in Wechselwirkung mit anderen Wirkstoffen). Anfang der 80er wurden jährlich für 1,7 Millionen DM etwa 600.000 Packungen zu 7,67 DM verkauft; der Schwarzmarktpreis lag bei ca. 20,- bis 30,- DM

'Erwachsene Kinder' ist der authentische Bericht über ein Kind, das sich nicht anpassen möchte und deshalb um seine Anerkennung kämpfen muß. Dies spielt sich vor dem Hintergrund des 2. Weltkrieges und der Nachkriegszeit innerhalb von fünf Jahren ab.

Karl C. Fischer
Erwachsene Kinder
286 Seiten/13,50 €
ISBN 3-927442-44-5

Dieses Buch ist eine Liebeserklärung. Für die meisten Motorradfahrer ist ihre Sozia ein wichtiger Teil des Fahrvergnügens, aber was es bedeutet, ein Leben auf dem Rücksitz zu verbringen, wird im allgemeinen kaum ausreichend gewürdigt ...

Peter Möbius
SOZIA — Geschichten über die Frau, die hinten draufsitzt
180 Seiten/15,50 €
ISBN 3-927442-87-9

Dieses Buch schildert die sechsmonatige Therapie in einer (fast) geschlossenen Einrichtung, In Einzel- und Gruppensitzungen arbeitet die Autorin dabei ihre Vergangenheit auf, holt verdrängte Probleme ans Licht und arbeitet sie mit Hilfe ihres Therapeuten durch.

Beate Faust
Ich bin Alkoholikerin
100 Seiten/13,50 €
ISBN 3-927442-95-X

Die 16jährige Jules wird mit der plötzlichen Rückkehr ihres Vaters konfrontiert. Was mit einer Ohrfeige beginnt weitet sich zu massivem Terror aus, mit dem einzigen Ziel, Jules zu brechen.

Anna Ronshausen
Das Leben fliegt zweiter Klasse
170 Seiten/15,80 €
ISBN 978-3-927442-39-8

Durch die Wiedergabe eines Kriegstagebuches entsteht eine äußerst lebendige Schilderung eines Einzelschicksals im Nazi-Deutschland. Die unpolitische Sichtweise eines einfachen Mannes, der in den Krieg geschickt wird und nur daran denkt, lebend wieder zu seiner Braut zurückzukehren - sehr persönlich, sehr menschlich, einfach entsetzlich.

Hubert Dreßen
Kinder des Krieges
216 Seiten/16,50 €
ISBN 3-927442-96-8

Dieser autobiografische Roman schildert einfühlsam, detailliert und sehr intensiv das Umfeld, die Gedanken und das Verhalten eines einfachen jungen DDR-Bürgers mit massiven Alkoholproblemen. Es gibt offenbar für jede noch so miese Situation eine weitere Abstiegsmöglichkeit ...

Matthias Strehlau
Abstieg nach Westen
276 Seiten/15,50 €
ISBN 3-927442-55-0

Das Entsetzen hat im Alltäglichen die beste Deckung. Hier kauert es, lange unsichtbar und unentdeckt. Doch sobald es aus ihr hervorbricht, gibt es kein Entrinnen mehr.
Der Autor versteht es den Leser permanent der Bedrohung dieser Heimtücke auszusetzen.

Alexander Seck
Der Autofahrer
220 Seiten/15,50 €
ISBN 3-927442-88-7

Ein mitreißender Fantasyroman, der abseits der üblichen Tolkien-Variationen in eine abenteuerliche Welt entführt.

Annette Huck
Die heiligen Waffen von Saicoria
180 Seiten/15,50 €
ISBN 3-935202-03-2

'Ein Job wie jeder anderer?' ist eine Erzählung aus dem Leben des Polizeialltags, geschrieben von einem Polizisten, der deshalb auch einen Blick hinter die Kulissen für den Leser preisgeben konnte.

Josef Benn
Ein Job wie jeder andere?
180 Seiten/9,80 €
ISBN 3-927442-23-2

Die autobiographische Aufarbeitung einer psychisch belasteten Nachkriegskindheit: Zwischen den Reibereien und Spielchen um die Aufrechterhaltung der Fassade ist die kleine Johanna für ihre Eltern Mittel zum Zweck oder eine Belastung — was ihr bereits recht früh bewußt wird.

Johanna Stein
Wildschweinbraten & Würfelzucker
290 Seiten/16,80 €
ISBN 3-935202-10-5

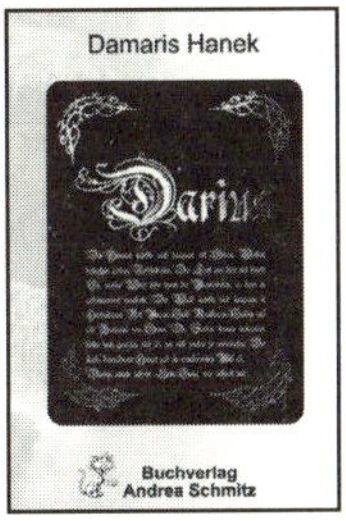

Darius zieht sich immer mehr in seine Traumwelt zurück. Dort fühlt er sich sicher und kann der sein, der er sein will ... bis Rachmael in seiner Traumwelt auftaucht und versucht, ihn gänzlich der realen Welt zu entreißen.

Ist Darius wirklich an allem schuld und zerstört alles was er liebt, so wie Rachmael ihm das einredet? Der Weg zur Wahrheit und zur Selbstannahme ist steinig.

Damaris Hanek
Darius
100 Seiten/11,80 €
ISBN 978-3-935202-25-1

Abgestoßen von den Vorstellungen ihrer Eltern führt Meggie ein riskantes Doppelleben, bei dem sie Drogen ausprobieren und sich in Freizeitkriminalität übt. Ihr Vater steckt sie in eine Therapie. Sie türmt und startett mit ihrer Freundin eine wilde Flucht. Mit Drogenhandel halten sie sich über Wasser, während landesweit nach ihnen gesucht wird.

Alexandra Leicht
Bräute der Landstrasse
280 Seiten/16,50 €
ISBN 3-935202-xx-x